KB000126

東

醫

寶

鑑

장편다큐멘터리

허준 & 동의보감

권1

저자 이철호 李喆鎬

明文堂

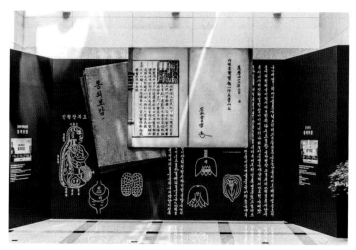

《동의보감》과 신형장부도 (허준박물관 로비 벽면)

사람은 우주에서 가장 영귀한 존재이다.

머리가 둥근 것은 하늘을 본뜬 것이고,

발이 네모진 것은 땅을 본받은 것이다.

하늘에 사시가 있으니, 사람에게는 사지가 있다.

하늘에 오행이 있으니, 사람에게는 오장이 있다.

하늘에는 육극(六極)이 있으니, 사람에게는 육부가 있다.

하늘에 팔풍(八風)이 있으니, 사람에게는 팔절(八節)이 있다.

하늘에 구성(九星)이 있으니, 사람에게는 구규(九竅)가 있다.

하늘에 12시(時)가 있으니, 사람에게는 12경맥이 있다.

하늘에 24기(氣)가 있으니, 사람에게는 24유(兪)가 있다.

하늘에 365도(度)가 있으니, 사람에게는 365골절이 있다.

하늘에 일월이 있으니, 사람에게는 안목(眼目)이 있다.

하늘에 주야가 있으니, 사람에게는 오매(寤寐)가 있다.

하늘에 뇌전(雷電)이 있으니, 사람에게는 희로(喜怒)가 있고,

하늘에 우로(雨露)가 있으니, 사람에게는 눈물이 있다.

하늘에 음양이 있으니, 사람에게는 한열(寒熱)이 있고,

땅에 천수(泉水)가 있으니, 사람에게는 혈맥이 있으며,

땅에 초목과 금석이 있으니, 사람에게는 모발과 치아가 있다.

허준 &《동의보감》화보

보국숭록대부 양천군 허준 영정(아티스트 최광수 1988 제작, 117×80cm)

허준 박물관

서울 강서구 허준로 87 허준박물관

강서구 가양동 구암공원에 있는 의성 허준 동상

옛날 뛰어난 의원은 사람의 마음을 잘 다스려……

내의원전경

한의원

약초약재실

약초약재실

내의원 모형도

《동의보감》 모형도

의약기실

《동의보감》 보다 9개월 앞서 발간된 의서로 보물 제1087-1호
《신찬벽온방》

조선시대 내의원 미니
어처 조형물

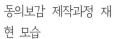

동의보감 제작과정 재
현 모습

내의원 의녀

허준 테마거리

동양의학 최고의 베스
트셀러 《동의보감》

동의보감 유네스코 세
계기록문화유산으로
등재

허준 테마거리

약초원

가시오갈피

구기자

당귀

둥굴레

삼지구엽초

황기

반하

익모초

결명자

맥문동

복령

인동초

서애 유성룡

징비록

평양성

화석정

평양성 탈환도

탄금대

석성(石星, 1538~1599) ; 중국 명나라 관리로 서, 예부시랑 당시 자신 의 부인 류씨를 구해준 역관 홍순언과의 인연 으로 조선의 종계변무 도 해결해 주었으며, 조 선에서 임진왜란이 일 어난 후 홍순언이 구원 병을 청하여 석성은 만 력제에게 조선으로의 출병을 청하였다.

신립장군

허준의 저서

《동의보감》

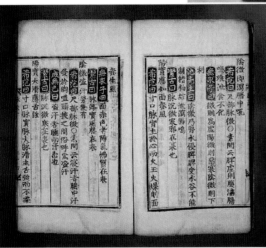

《찬도방론맥결집성》

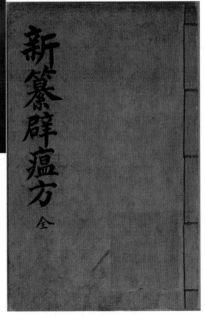

《신찬벽온방》

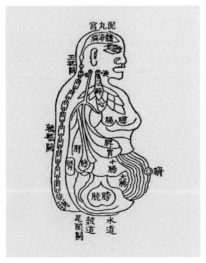

신형장부도

허준의 롤모델

약왕 손사막(중국 당나라의 명의)

손사막은 병자들을 대하는 데 있어서도 결코 빈부귀천을 따지지 않고 누구나 차별 없이 똑같이 대했다. 그의 그런 모습은 허준에게 큰 감명을 주었고, 그로 하여금 손사막을 흠모하게 했다. 그리고 허준은 이후 손사막을 닮은 진정한 의인의 길을 걷고자 노력했다.

약왕 손사막 조소(彫塑)

천금요방

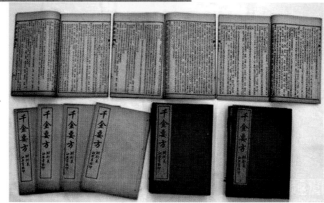

옛날 뛰어난 의원은 사람의 마음을
잘 다스려서 미리 병이 나지 않도록 하였는데,
지금의 의원은 사람의 병만 다스리고
사람의 마음은 다스릴 줄 모른다.
이것은 근본을 버리고 끝을 좇으며 원천을
캐지 않고 지류만 찾는 것이니 병 낫기를
구하는 것이 어리석지 않은가.

─ 구암 허준선생 《동의보감》 중에서(허준박물관 정문 벽면)

비무장지대 안에 있는 허준과 부인 안동김씨 묘. 위에 보이는 건 허준의 생모 영광김
씨의 묘로 추정된다. 허준의 아버지는 그의 정실부인 일직손씨와 함께 휴전선 너머에
있는 양천 허씨 선산에 묻혔을 것으로 추정된다.

장편다큐멘터리

허준 & 동의보감

권1

저자 이철호 李喆鎬

머리말

의성(醫聖) 허준(許浚)과 《동의보감》을 다시 생각한다.

우리는 흔히 조선시대 때 최고의 명의(名醫)라고 하면, 우선 《동의보감》을 지은 구암(龜巖) 허준부터 머리에 떠올린다. 그만큼 허준과 그가 편찬한 의서 《동의보감》은 모르는 사람이 거의 없을 정도로 유명하며 널리 알려져 있다.

사실 허준은 조선조 중기의 명의로서 조선조 제14대 임금이었던 선조(宣祖)와 그 뒤를 이어 조선의 제15대 임금이 되었으나, 훗날 인조반정(仁祖反正)으로 폐위된 광해군(光海君) 두 군주의 어의(御醫)와 내의원(內醫院) 수의(首醫)를 지내며 이들과 왕실 가족의 질병을 치료하는 데 큰 공을 세웠다.

특히 허준은 임진왜란 때 의주로 피난 가던 선조를 끝까지 호종(扈從)하며 그의 건강을 지켰을 뿐만 아니라, 광해군이 어린 시절에 두창(痘瘡 ; 호환·마마, 천연두)에 걸려 사경을 헤맬 때 이를 완치시킴으로써 더욱 명성을 얻었다.

그러나 무엇보다도 허준을 유명하게 만들며 그의 명성을 만방에 떨칠 수 있게 한 것은, 그가 오랜 세월에 걸쳐 각고의 노력 끝에 탄생시킨 《동의보감》 때문이었다.

허준
許浚

이미 잘 알려진 바와 같이 허준은 당시 천대받던 서얼 출신임에도 불구하고 끈질긴 집념과 피나는 노력으로 굴레와도 같았던 신분의 한계를 스스로 뛰어넘어 마침내 내의원의 수의까지 올랐으며, 무자비한 전쟁이 계속되는 가운데 각종 전염병이 만연한 사회 속에서 온갖 질병으로 고통 받고 죽어가는 백성들을 구하기 위해 최선을 다했던 인물이다.

임진왜란(壬辰倭亂)과 정유재란(丁酉再亂) 당시 충무공 이순신(李舜臣, 1545~1598)이 풍전등화(風前燈火)와도 같은 나라를 칼과 지략(智略)으로 구한 구국(救國)의 영웅이라면, 의성 허준은 뛰어난 의술과 그의 명저 《동의보감》을 비롯한 여러 의서들을 통해 병고(病苦)에 신음하는 수많은 인명을 구한 민족의 영웅이라 할 수 있다.

온갖 어려운 여건 속에도 불구하고 허준이 오로지 백성들의 병을 치료하고자 하는 일념으로 심혈을 기울여 쓴 《동의보감》은 허준이 의원(醫員)으로서 많은 병자들을 치료하며 오랜 세월 동안 쌓아 온 풍부한 임상경험과 이를 통해 체득한 새로운 의

동의보감
東醫寶鑑

술, 예로부터 전해오는 의서들을 공부하며 스스로 연구하는 가운데 터득한 해박한 의학 지식 등을 바탕으로 하여 저술한 방대하고도 실용적인 의서이다. 때문에 허준 당시까지의 모든 의학과 의술이 총망라된 의학백과사전 격인 《동의보감》은, 중국 명(明)나라 때의 본초학자(本草學者) 이시진(李時珍)이 엮은 약학서(藥學書)인 《본초강목(本草綱目)》과 더불어 「동양의 2대 의서(醫書)」로 불릴 만큼 뛰어난 저작물로 꼽힌다.

총 25권 25책으로 구성된 《동의보감》은 당시의 국내 유명 의서인 《의방유취(醫方類聚)》와 《향약집성방(鄕藥集成方)》, 《의림촬요(醫林撮要)》 등은 물론 중국에서 간행된 유명한 의서 86종을 참고하여 편찬한 방대한 내용의 의서로서, 여기에는 중국과 조선에서 이제까지 전해오는 수많은 의술과 의학지식, 임상경험, 갖가지 질병 및 증세의 특징과 그 발병 원인, 치료법과 비방(秘方)들이 아주 상세하고도 체계적으로 기록되어 있다.

여기에다 당시에 새로 나온 의술과 새롭게 밝혀진 의학 지식들까지도 빠뜨리지 않고 모두 추가하는 한편 이제까지 잘못 알

허준
許浚

려져 왔거나, 잘못된 부분들은 과감하게 수정하고, 부족한 부분
들은 그 근거를 밝혀 보완한 혁신적인 의서가 바로 《동의보감》
인 것이다.

또 그런 만큼 《동의보감》은 당시 갖가지 질병으로 인해 고
통 받던 이 땅의 많은 백성의 소중한 목숨을 살리고 그들을 질병
의 고통으로부터 해방시켜 주는 데 크게 공헌했다.

아울러 《동의보감》은 의학과 의술을 배워 의원이나 의관
(醫官)이 되고자 하는 사람들과, 전국 각지에서 병자들을 치료
하고 있던 많은 의원들, 또 내의원과 전의감(典醫監), 혜민서(惠
民署), 활인원(活人院) 등과 같은 당시 조선의 의료기관에서 병
자들을 돌보며 치료하던 의관들 및, 궁중에서 임금과 왕실 가족
의 건강을 지키던 어의 등이 반드시 읽고 공부하지 않으면 안
될 필독서였다.

더욱이 《동의보감》은 이제까지 중국의 한의학(漢醫學)에
크게 의존해 왔던 조선의 의학 풍토를 쇄신하며 보다 독창적이
고도 혁신된 민족의학으로서의 한의학(韓醫學)을 이 땅에 뿌리

동의보감
東醫寶鑑

내리는 데도 결정적인 역할을 했다. 나아가서는 중국의 한의학을 맹목적으로 추종하거나 답습하던 당시의 풍토에서 벗어나 우리 민족 고유의 한방(韓方) 의학이 지닌 우수함을 만천하에 알린 의서이기도 했다.

허준이 《동의보감》에서 「동의(東醫)」라는 말을 굳이 책머리에 붙인 것도 『동쪽 지방의 의학 전통을 계승하여 발전시킨 책』이라는 뜻에서였다.

《동의보감》만이 지닌 이 같은 특징들과 독창성, 우수함 등으로 인해 《동의보감》은 우리 민족의 오랜 삶과 전통적 생활 풍습은 물론 조선인 특유의 신체적·체질적 특성에도 잘 맞는 우리 민족 고유의 민족의학으로 발돋움할 수 있게 되었으며, 중국과 일본 등 동아시아의 여러 나라에서도 《동의보감》의 우수함과 그 독창적인 가치를 알고는 놀라움을 금치 못했다.

때문에 중국과 일본 등 동아시아의 의학계에서는 오래 전부터 《동의보감》을 높이 평가하며 이 의서를 공부하고 연구해

=========== 허준 ===========
許浚

왔으며, 18세기 이후에는 중국과 일본에서 《동의보감》을 자기
들 나라에도 널리 보급하기 위해 여러 차례 출간해 왔다. 그러면
서 《동의보감》을 가리켜 『조선 최고의 의서』라며 극찬을 아
끼지 않았다. 그야말로 《동의보감》은 조선 의학의 높은 수준
을 동아시아에 널리 떨친 의서로서 손색이 없었던 것이다.

아울러 《동의보감》은 우리 한의학계에도 지대한 영향을 끼
치며 우리의 한의학과 한방 의술에 새로운 이정표를 제시했다.
허준 이후에 활동했던 후세의 많은 의학자들과 의원, 의관, 어의
들에게는 새로운 의학지식과 의술을 습득할 수 있도록 해주었으
며, 한방의학 발전에 새로운 기틀을 마련하는 역할도 했다.

또 이런 점에서 《동의보감》을 가리켜 「동양의학의 경전
(經典)」이라고 해도 결코 지나친 말이 아니며, 이제는 《동의보
감》이 조선 의학을 대표하는 국제적인 의서임을 부인하는 사람
도 없을 것이다.

그러나 안타깝게도 1613년(광해군 5년) 11월, 훈련도감(訓鍊都

동의보감
東醫寶鑑

監)에서 목활자(木活字)인 내의원자(內醫院字)로 간행했던 《동의보감》 초판본 완질 25책은 현재 남아 있지 않다. 다만 그 후에 전주와 대구에서 목판본으로 출간된 것이 완전하게 전승되고 있는데, 지난 2015년 6월 22일에 허준이 직접 관여하여 간행되었던 《동의보감》 초판 완질 어제본(御製本)이 보물 제1085호-1호에서 국보 제319-1호로 승격 지정되었으며, 이 어제본 《동의보감》 (오대산 사고본)은 현재 국립중앙도서관에 소장되어 있다.

이와 함께 현재 한국학중앙연구원이 소장하고 있는 《동의보감》 (적성산 사고본)은 보물 제1085-2호에서 국보 319-2호로 승격 지정되었으며, 서울대학교 규장각 한국학연구원이 소장하고 있는 《동의보감》 (태백산 사고본) 역시 보물 제1085-3호에서 국보 제319-3호로 승격 지정되었다.

그뿐만이 아니라 《동의보감》은 의학서적으로는 세계 최초로 2009년 7월 31일, 제9차 유네스코 기록유산 국제자문위원회에서 유네스코 세계기록문화유산으로 등재되었는데, 이 또한 《동의보감》이 지닌 의학적·문화적·사료적 가치를 높이 평

허준
許浚

가했기 때문이다.

허준과 그가 편찬한 《동의보감》은 그동안 허준의 파란만장한 삶을 감동적으로 그린 소설과 드라마가 나오면서 많은 사람의 관심을 받으며 더욱 유명해졌다.

특히 서얼이었던 허준이 당시 중인 계급으로 천대받던 의원의 신분에서 내의원의 의관과 어의를 거쳐 마침내는 의관으로서 최고의 영예인 내의원 수의가 되고, 당시에 의원으로서는 감히 상상조차도 할 수 없었던 정3품 당상관(堂上官)의 반열에 오르기까지 했다.

그뿐만 아니라, 그 후에도 계속하여 호종공신(扈從功臣)과 종2품의 가의대부(嘉義大夫), 지중추부사를 거쳐 사후에는 양평군(陽平君)에 오르며 정1품인 보국숭록대부(輔國崇祿大夫)에 추증되었는데, 그의 이러한 입지전적인 모습이 소설과 드라마를 통해 세상에 널리 알려지면서 허준에 대한 관심은 가히 폭발적으로 번져나갔다.

그러나 이들 소설과 드라마에 나오는 허준의 삶의 모습과 그

동의보감
東醫寶鑑

가 행하는 의료 활동은 허준이 실제로 살았던 삶의 모습이나 그가 실제로 행했던 의료 활동과는 큰 차이가 있으며 과장과 허구, 거짓과 오류 등이 많은 것 또한 사실이다.

심지어 허준보다 훨씬 후대의 인물이 허준의 스승으로 나오는가 하면, 내의원의 어의로서 오랜 세월 동안 궁중에서 머물며 주로 임금과 왕실 가족을 치료하던 허준이 일반 백성들 속에서 백성들을 주로 치료했던 것처럼 잘못 그려진 부분도 있었다.

게다가 여러 모로 단점이나 부족함도 있었던 인간 허준의 삶을 너무 미화하고 그의 의술을 지나치게 과장함으로써 그가 마치 모든 병을 다 고치는 신의(神醫)인 것처럼 묘사한 왜곡된 모습들도 적지 않았다.

허준에 대한 이러한 잘못되거나 허황된 묘사나 왜곡된 실상(實狀)들, 그리고 이로 인해 허준과 그가 편찬한 《동의보감》에 대해 잘못 알고 있는 사람들이 많은 현실에 필자는 오래 전부터 안타까움을 금할 수 없었다.

이에 필자는 허준과 《동의보감》에 대한 이러한 잘못된 인

허준
許浚

식과 편견, 허위와 과장 등을 바로 잡는 한편 사람들이 인간 허준의 참모습을 깨닫고 《동의보감》에 대해서 보다 바르게 알 수 있도록 하기 위해서 이 책을 쓰게 되었다.

따라서 이 책에서는 우선 허준에 관한 허구와 과장, 지나친 미화와 거짓, 왜곡된 실상, 그리고 소설적으로 꾸며낸 이야기 등은 과감하게 배제했다. 대신 허준과 《동의보감》에 관해 언급된 옛 문헌들과 자료, 서적 등을 가급적 많이 참고하여 이를 근거로 허준이 실제로 살았던 삶의 모습과 그가 행했던 의료 활동, 인간으로서의 고뇌와 갈등 및 그의 장점과 단점 등을 가식 없이 사실적으로 그려내고자 했다.

필자는 대학에서 한의학을 전공하고 오랫동안 한의사로서 의료 활동을 해왔을 뿐만 아니라, 많은 한방 의서들을 집필한 바 있어 필자의 그런 지식과 경험을 살려 이제까지 나온 허준에 관한 소설이나 드라마 등에서 자주 보이는 한의학적(韓醫學的)인 오류와 무지, 잘못된 내용이나 한의학적인 설명의 부족함 등을

동의보감
東醫寶鑑

세밀히 파악하여 이를 한의학 이론과 한방의학에 맞게 수정하고
보완하여 이 책을 썼다.

특히 이 책은 조선조 태조로부터 철종에 이르기까지 25대 임
금, 472년간의 역사를 연월일(年月日) 순서에 따라 편년체(編年
體)로 기록한 조선 왕실과 우리 민족의 위대한 역사서인 《조선
왕조실록(朝鮮王朝實錄)》에 실린 기록들을 가장 많이 참조하여
썼음을 밝혀 둔다.

그 이유는 《조선왕조실록》이야말로 조선의 각 시대마다 사
관(史官)들이 직접 보고 들은 것들을 거짓 없이 진실 되게 기록
한 사초(史草)들을 바탕으로 하여 엮은 정확한 역사기록물인 만
큼 그 내용의 신빙성이 높기 때문이다.

《조선왕조실록》 가운데서도 특히 허준의 삶과 그가 행했던
의료 활동, 허준이 살았던 시대의 정치적·사회적 실상과 배경,
당시에 많았던 질병과 유행하던 전염병, 각종 질병들에 대한 대
처 방법, 약재를 통한 처방법이나 침구법(鍼灸法), 당시 의료인
들과 의료기관의 의료 활동 모습 및 의료제도, 당시에 발간된 의

허준
許浚

서들과 발간 경위 및 그 내용 등을 가장 잘 살필 수 있는 선조시대의 기록인 《선조실록》과 광해군 시대의 기록인 《광해군일기》를 중심으로 하여 이 책을 썼다.

이와 함께 허준과 관련된 글들이 수록되어 있는 옛 문헌들과 이제까지 나온 허준과 《동의보감》에 관한 각종 서적 및 문헌, 자료, 신문기사 등을 수없이 읽고 비교 검토한 후 이를 근거로 하여 필자의 판단과 한의학 지식, 오랜 임상경험 등을 더하여 다큐멘터리 형식으로 이 책을 썼다.

때문에 이 책에는 소설이나 드라마 같은 허구와 과장, 지나친 미화와 거짓, 왜곡된 실상, 그리고 소설적으로 꾸며낸 이야기는 배제되어 있으며, 어디까지나 역사적 사실과 충분한 근거에 입각한 내용들만 담으려고 노력했다.

또 그런 만큼 소설이나 드라마와는 달리 극적인 장면이 적어 그것들만큼 재미는 덜할지도 모른다.

그러나 명확한 역사적 사료(史料)들과 다양한 한방 의서들을 참조하며 여기에다 필자의 오랜 임상경험과 한의학적인 지식 등

동의보감
東醫寶鑑

을 더하여 객관적인 시각에서 쓴 이 책은 허준과 《동의보감》에 대해 보다 정확하고도 자세히 알고자 하는 사람들에게는 틀림없이 도움이 될 것으로 확신한다.

아울러 이제까지 허준의 삶과 그의 의료 활동 및 의술 등에 대해 잘 몰랐거나 잘못 알고 있었던 사람들에게도 이 책은 여러모로 도움이 될 것이다. 또한 허준의 삶과 그의 참모습, 객관적인 평가의 허준의 의술과 《동의보감》의 정확한 가치와 위상(位相), 허준과 《동의보감》을 배경으로 한 인물들의 실체와 그 시대의 사회상, 당시의 의료계 풍토와 의료 환경 등을 보다 자세히 파악하고자 하는 사람들에게도 이 책이 적지 않은 도움을 주리라 믿는다.

의성 허준이 《동의보감》을 쓸 때의 그 심정과 각오를 따르겠다는 마음으로 시작하여 나름대로 심혈을 기울여 쓴 이 책이 허준과 《동의보감》에 대해서 알고자 하거나 공부하려는 사람들, 허준과 《동의보감》을 의학적 · 학문적으로 연구하는 사람들, 혹은 지금 대학에서 한의학을 공부하는 한의학도들과 한의

허준
許浚

학을 가르치는 교수들, 그리고 허준과 《동의보감》 및 한의학에
관해 관심이 있는 모든 사람들에게 다소나마 도움이 될 수 있다
면 필자로서는 어찌 큰 보람과 기쁨이 아니겠는가.

— 2019년 봄 이철호

허준 &《동의보감》卷 一

목 차

제4장 불타는 왕조(王朝)

옛날 뛰어난 의원은 사람의 마음을

잘 다스려서 미리 병이 나지 않도록 하였는데,

지금의 의원은 사람의 병만 다스리고

사람의 마음은 다스릴 줄 모른다.

이것은 근본을 버리고 끝을 좇으며 원천을

캐지 않고 지류만 찾는 것이니 병 낫기를

구하는 것이 어리석지 않은가.

— 구암 허준선생 《동의보감》 중에서(허준박물관 정문 벽면)

장편다큐멘터리

허준 & 동의보감

권1

제1장 임진왜란(壬辰倭亂)

풍전등화(風前燈火)

1592년 임진년(壬辰年, 선조 25년)에 왜군(倭軍)이 조선을 침략했다.

일본의 통일을 이룩한 도요토미 히데요시(豊臣秀吉, 1536~1598)는 그 여세를 몰아 조선 반도로 들이닥쳤다.

이후로 7년간이나 지속되며 수많은 인명을 앗아갈, 길고도 끔찍한 일본의 조선 침략전쟁이 시작된 것이다.

조선조 14대 선조 때다. 그 해 음력 4월 13일, 왜군은 700여 척의 병선에 무려 16만이나 되는 엄청난 규모의 대군을 태우고 부산포에 이르렀다.

부산포에 상륙한 왜군은 단숨에 경상좌수영군을 궤멸시키고, 다음날 부산성을 공격하여 함락시켰다.

그 이튿날에는 동래부(東萊府)를 침공해 군민들을 몰살시켰다. 이후 양산과 밀양을 거쳐 대구와 선산을 순식간에 통과하여 상주에 이르렀다.

이들 왜군은 더욱 기세등등해져 세 길로 나누어 북상하기 시작하여 조선의 도성(都城) 한양(漢陽)을 향해 파죽지세로 올라왔다.

이를 저지하기 위해서 삼도도순변사(三道都巡邊使)로 임명된 신립(申砬)은 임금의 특명을 받고 종사관 김여물(金汝岉)과 함께 충주로 내려갔다. 이때 김여물은 신립에게 이런 건의를 한다.

"적은 수의 군사로 많은 수의 적을 물리치기 위해서는 험난한 조령(鳥嶺 ; 문경 새재)의 지세를 이용하여야 합니다. 우리가 높은 곳에서 왜군을 내려다보며 지키다가 기습해야 적을 이길 수 있습니다."

김여물은 새재를 이용하여 방어해야 한다고 강력하게 주장했으나, 신립은 이를 받아들이지 않았다. 신립은 왜군이 이미 조령 턱밑에까지 와 있을 것으로 판단했던 것이다. 그래서 그는 김여물에게 이런 말을 한다.

"지금 조령으로 가다가 미처 당도하지 못한 채 적과 만나게 되면 사태는 한층 위급해질 것이오. 뿐만 아니라 아군은 대부분 훈련이 제대로 되지 못한 병정(兵丁)들인 데다 또한 평소에 어루만져 친근히 따르던 자들이 아니기 때문에 사지(死地)에 끌어들이지 않고서는 그들의 도움을 바랄 수가 없을 것이오."

신립은 우선 지금 자신이 갑작스럽게 지휘하게 된 군사들이 미덥지 못했다. 평소 자신과 함께 오랫동안 생사고락(生死

苦樂)을 같이해 온 군사들이 아닌 터라 인간적으로 끈끈한 관계도 아니었을 뿐만 아니라, 그들의 군사적 능력 또한 믿을 수 없었다.

게다가 이들이 평소 훈련이 덜 된 군사들인 데다가 전쟁을 맞아 여기저기서 급히 끌어 모은 오합지졸(烏合之卒)도 많아 이들이 막상 적과 맞붙게 되면 싸우기도 전에 등을 돌려 달아나 버릴지도 모른다는 생각도 들었다.

따라서 신립은 조선의 군사들이 적을 두려워하여 도망치지 못하도록 배수진(背水陣)을 치는 게 유리하다고 판단했다. 더욱이나 신립은 기마전(騎馬戰)에 능통한 장수였다. 일찍이 여진족을 상대로 기마전술을 이용하여 큰 공을 세웠던 그가 아니던가.

때문에 신립은 기병(騎兵)을 믿었다. 기병들로 하여금 평지에서 왜군을 공격하여 그들의 진지를 일시에 무너뜨리면 소수의 병력으로도 능히 적의 대군을 격파할 수 있을 것으로 여겼다.

그래서 신립은 군사들을 뒤로 물려 충주 달천(達川)을 등지고 탄금대(彈琴臺)에 배수진을 쳤다. 1592년 음력 4월 28일이었다.

달려온 비보(悲報)

조령은 조선시대 때에 영남 지방에서 서울에 이르는 영남 대로 상에 위치한 높고 험한 고개로서 영남을 벗어나는 마지막 고개이기도 했다. 조령을 흔히 「새재」라고 불렀던 것도 하늘을 나는 새조차도 날아서 넘기 힘든 높은 고개라는 뜻에서였다.

그러나 이 천연의 요새인 조령을 버리고 신립이 탄금대에 배수진을 치자, 선봉을 맡고 있던 고니시 유키나가(小西行長)가 이끄는 왜군은 조선군으로부터 아무런 저항도 받지 않고 조령을 넘었다.

이어 이들 왜군은 탄금대에 배수진을 치고 있는 조선군과 대치했다. 넓은 들판에는 왜군들로 가득 찼으며, 그들의 검광(劍光)이 햇빛을 가리고 함성은 땅을 뒤흔들었다.

조선군은 삼도도순변사 신립 장군 및 휘하 기병 8천여 명이었고, 왜군은 선봉을 맡고 있는 고니시 유키나가가 이끄는 정예병 약 1만 8천여 명이었다.

신립은 자신이 계획했던 대로 기병을 중심으로 들판에서 왜군을 상대하려 했다. 그러나 막상 달천을 등지고 탄금대에 배수진을 쳐놓고 보니 지형이 매우 불리했다. 탄금대 앞 왼쪽은 논이었고, 물과 풀이 서로 얽혀 있는 지형이라서 기병이 달리기엔 적합하지 못한 지형이었다.

하지만 이제 와서 어찌할 수도 없는 일이었다.

신립은 군사들을 지휘하여 우선 날랜 기병부터 진격시켜 적진을 뚫으려고 하였다. 그러나 왜장 고니시 유키나가는 이미 신립의 작전계획을 간파하고 조선의 기병을 무력화하기 위해 목책을 설치하고 해자(垓字 ; 성 밖을 둘러 파서 못으로 만든 곳)를 파서 대비하고 있었다.

신립은 목청이 터져라 기병들에게 돌격명령을 내렸지만, 그것은 무모한 돌격일 따름이었다.

적진을 뚫으려고 했으나 너무나 견고하여 도저히 뚫을 수가 없었다. 은폐한 채 단단히 대비를 갖추고 기다리고 있던 왜군의 조총과 활 앞에 조선 기병들은 그야말로 강풍에 나뭇잎 떨어지듯 맥없이 무너져 내렸다.

왜군은 조선군의 우측을 포위하고는 동쪽과 서쪽에서 협공을 해댔다. 시간이 흐를수록 조선군은 겹겹으로 에워싼 왜군의 포위망 속에 갇혀 수많은 사상자를 내며 전멸에 가까운 치욕을 당했다. 조방장(助防將) 변기(邊璣)와 충주 목사 이종장(李宗張)도 전사했다.

돌아서 도망치다가 강물에 빠져 죽은 병사들도 많았다. 신립과 김여물은 마지막까지 살아남아 적들을 막아내며 분전하

였으나, 더 이상 물러설 곳도 없게 되었다,

신립이 비장한 어조로 김여물에게 말했다.

"이제는 사나이답게 죽을 뿐이오. 대의(大義)에 있어 구차하게 살 수는 없소."

김여물이 적이 몰려오는 쪽을 흘끔 쳐다보더니 신립에게 고개를 숙이며 입을 연다.

"이 몸 또한 장군을 따르겠나이다."

신립과 김여물은 임금이 있는 북쪽을 향하여 큰절을 올렸다. 그리고는 그들의 목을 노리고 사납게 달려드는 십여 명의 왜군을 칼로 쳐 죽이고는 강물에 몸을 던졌다. 적에게 붙잡혀 치욕을 당할 수는 없는 일 아닌가.

조선군이 거의 전멸하다시피 하고 극히 일부만 살아서 도망쳐버리고 나자 왜군들은 인근 마을에 들이닥쳐 양민들을 무참히 살육했다. 그 날, 달천은 하루 종일 피로 물들고 냇물은 핏빛으로 흘렀다.

도성(都城)을 버리다

다음날인 4월 29일, 신립이 충주 탄금대에서 왜군에게 대패하고 그 자신마저 강물에 뛰어들어 자결했다는 비보(悲報)가 파발마(擺撥馬)를 타고 도성에 날아들었다.

선조와 대신들은 당시 조선의 명장(名將)으로 불리던 신립마저 왜군에 크게 패하고 전사하였다는 소식에 극도의 두려움과 불안감에 휩싸여 떨다가 파천(播遷)을 논의했다.

일부 대신들은 눈물을 흘리며 파천의 부당함을 간했다. 하지만 왜군은 빠른 속도로 물밀 듯이 북상하고 있었고, 그들을 막을 방도는 보이지 않았다.

선조는 도성 한양은 물론 자신의 안위마저 더 이상 지킬 수 없다고 판단했다. 선조와 조정에서는 서둘러 광해군(光海君)을 세자로 책봉하고는 파천을 결정했다.

다음날인 4월 30일, 선조와 종친, 조정의 문무 신료들은 미명(未明)을 틈타 몽진(蒙塵) 길에 올랐다. 이른 새벽부터 늦은 봄비가 추적추적 내리고 있었다.

선조는 융복(戎服)에 주립(朱笠)을 눌러 쓴 차림으로 좌우의 부축을 받으며 창덕궁(昌德宮) 인정전(仁政殿)에서 무거운 마음으로 말에 올랐다.

먼저 사관(史官)들로 하여금 종묘(宗廟)와 사직(社稷)의 위패를 받들어 앞장서게 했다. 그 뒤를 세자로 책봉된 광해군이 따랐으며, 선조를 필두로 여러 왕자들과 종친, 의정부(議政府)의 고관 등이 말에 올라 길을 떠났다.

선조를 따르는 종친과 문무 신료들은 다해 봐야 100명도 되지 않았다. 왕의 몽진 결심이 전해지자 누구랄 것도 없이 사라져 버렸기 때문이다.

궁의 하급 관리와 나인들은 물론 임금을 경호하던 무장들조차도 겁에 질려 상당수가 어디론가 달아나 버리고 없었다. 왕비와 세자, 왕자, 상궁들과 10여 명의 시녀들과 일부 문무 신료들 및 관원, 군사들만이 선조를 호위하며 따르는, 그야말로 초라하기 그지없는 몽진 행렬이었다.

이들 몽진 행렬이 돈화문(敦化門) 밖으로 빠져나가 서대문 무악재 고개에 올라섰을 때 날이 밝았다.

참담한 심경으로 도성을 바라보던 일행은 깜짝 놀랐다. 궁궐에서 연기가 피어오르는가 싶더니 순식간에 불길이 사방에서 치솟아 오르는 게 아닌가.

임금과 조정이 도성과 백성을 버리고 달아났다는 소문이 돌자 마음이 돌아선 백성들은 분노하여 경복궁과 창덕궁, 창경궁 등 궁궐에 불을 놓은 것이다.

오랜 세월 억눌려 살아온 노비와 천민들은 물을 만난 물고기처럼 활개를 치며 노비들의 부적(簿籍)이 있는 장예원(掌隷院)과 노비들에 관한 정사(政事)를 관장하던 형조(刑曹)로 달려가 불을 질렀다. 자신들을 끈질기게 옭아매어 온 노비문서들을 찾아내 모조리 불태워 버렸다.

백성들을 괴롭혔던 양반들을 보면 때리고 발로 걷어찬 후 마구 짓밟았다. 그것도 부족해 죽이기까지 했으며, 값비싼 물

건들도 가져갔다.

이때 불에 타버린 경복궁은 먼 훗날인 고종(高宗) 때까지 중건되지 못한 채 조선의 법궁(法宮) 역할을 하지 못했다. 역대 왕들의 실록과 《승정원일기(承政院日記)》도 무사하지 못했으며, 《고려사(高麗史)》를 편찬하고 남겨두었던 초고(草稿)마저 화마(火魔)를 입었다.

어의(御醫) 허준(許浚)

임진왜란이 일어났을 때 구암(龜巖) 허준(許浚, 1539~1615, 당시 52세)은 내의원(內醫院) 어의(御醫)로 봉직하고 있었다. 서자(庶子) 출신으로 신분 상승에 한계가 있었던 그가 어떻게 그 당시 양반이 오를 수 있는 벼슬 중에서도 아주 높은 벼슬이라는 당상관 정3품의 품계를 받고 임금을 가까이에서 모시는 어의가 될 수 있었던 것일까.

임진왜란이 일어나기 4년 전이었던 1588년(선조 21년), 선조의 14명 아들 가운데 하나였던 왕자 성(誠)이 두창(痘瘡)으로 죽었다. 이어 1590년(선조 23년)에는 광해군(왕자 琿혼, 1575~1641)도 두창에 걸렸다.

미처 손을 쓸 겨를도 없이 왕자 성을 잃었던 선조는 어의들

에게 속히 광해군의 병을 치료하도록 명했다. 그러나 어의들
은 어명을 받고도 선뜻 나서질 않았다.

광해군이 지금 심하게 앓고 있는 두창은 당시 「호한 마
마」라고 불렸는데, 예로부터 이 말만 들어도 울던 아이마저
울음을 뚝 그친다고 할 만큼 무시무시하게 치사율이 높은 병
이었다. 그런데 어의라고 해서 선뜻 나섰다가 병을 못 고치게
되면 문책을 당할 건 불 보듯 뻔한 일이 아닌가.

두창은 이처럼 치사율이 높은 병이었기 때문에 당세의 사
람들은 이 병에 구태여 약을 쓰기보다는 차라리 무속의 힘으
로 고치려고 하는 수가 많았다. 이 점은 민중들 사이에서 뿐
만이 아니라 궁중에서도 크게 다를 바 없었다.

예컨대, 일찍이 태종(太宗)의 넷째아들이자 막내아들로서
어려서부터 태도가 의젓하고 총명했던 성령대군(誠寧大君,
1405~1418)이 두창으로 인해 위독할 때에도 태종이 점쟁이들
을 불러 점을 쳐 보도록 했다는 기록도 있다(《태종실록(太宗
實錄)》1418년 1월 26일).

이때 점쟁이들은 점을 쳐 보고는 「길하다」는 점괘를 내놓
았다. 성령대군이 낫게 될 거라는 점괘였다. 그러나 성령대군
은 결국 죽고 말았다. 그의 나이 불과 14살 때였다.

이때에도 어의들은 문책이 두려웠던지 태종에게 "창진(瘡
疹 ; 두창을 말함)이 발병하면 죽고 사는 것은 하늘에 달려 있

습니다.”라며 약 한 번 쓰지 않았다고 한다.

두창이란 지금의 천연두(天然痘)를 말하는데, 「마마」라고도 불렸으며, 당시는 치료가 아주 어려운 난치병에 속했다. 그래서 옛날에는 두창을 「큰 손님」이라고 부르고, 홍역을 「작은 손님」이라고도 불렀다.

그만큼 이들 질병들은 옛날에 매우 높은 사망률과 빠른 전염력으로 인해 사람들이 몹시 두려워하던 무시무시한 질병이었다.

더욱이 미신이 성행하던 그 시절에는, “마마에 약을 쓰면 마마신이 화를 내 큰일 난다.”는 속설도 널리 퍼져 있었다. 때문에 두창으로 인해 죽어가면서도 약을 쓰기 꺼리는 풍토마저 있었는데, 이것은 두창을 다스릴 특효약이 없던 그 시절에 쓸 만한 약이 별로 없다 보니 점이나 굿 같은 미신 행위로 이 병을 고치고자 한 데서 나온 속설로 보인다.

두창이 발병하면 초기에 고열과 함께 두통과 몸살을 앓게 된다. 이어 피부발진이 나타나는데, 발진은 처음 입안에 붉은 반점들로 나타난다. 곧이어 얼굴 피부에 붉은 반점들이 나타나고 팔과 손, 다리와 발로 번지며 24시간 이내에 온몸으로 퍼지게 된다.

이어서 발진은 튀어 올라온 돌기 모양으로 변하고, 돌기들은 농포(膿疱)로 변하고, 다시 농포들은 딱지가 된다. 대부분

의 돌기들은 초기 발진이 나타난 후 2주 이내에 딱지가 않는
다. 마지막으로, 딱지가 떨어지는 단계가 되면 움푹 팬 흉터
를 남긴다. 그래서 천연두를 앓고 나면 흔히 「곰보」가 된다
고 말한다.

허준이 목숨을 걸고 나서다

광해군이 두창에 걸려 사경을 헤매고 있는데도 어의들 가
운데 나서는 사람이 아무도 없는 것을 본 선조는 화가 치밀었
다. 그는 어의들을 불러놓고 노기 띤 음성으로 말한다.

"세자의 병세가 저토록 심하거늘, 어찌 약을 쓰지 않는 것
이오? 어서 약을 써서 세자의 병을 고치란 말이오!"

"……"

그러나 어의들은 묵묵부답, 아무 말도 하지 못하고 서로 눈
치만 보고 있었다.

이때 허준이 나서며 아뢴다.

"병세가 위중하긴 하오나 신(臣)이 약을 한번 써 보겠사
옵니다."

이 말에 선조의 용안(龍顔)에는 화색이 돌았다.

"그렇게 하시오. 꼭 세자의 병을 고치도록 하시오."

광해군이 두창에 걸린 이때는 겨울이었는데, 추위의 위세

가 그 어느 해보다도 대단했다. 날마다 매서운 바람도 불어
댔다.

허준은 광해군의 상태를 다시 한 번 자세히 살폈다. 독열
(毒熱)이 한쪽으로 몰려 있었고, 발열도 심했으며, 수반 증상
또한 험악했다.

위태로운 상황이 계속 반복되었다. 그럴수록 선조의 근심
도 커졌다. 허준은 이 난국을 타개하기 위해 기존의 의서(醫
書)들을 살피며 어떤 처방을 써야 할지 골똘히 생각했다. 예
로부터 전해 오던 의서 《창진집(瘡疹集)》도 다시 꺼내 자세
히 읽어 보았다.

《창진집》은 두창과 홍역에 관한 치료법과 예방에 대해
써놓은 책으로서 1460년(세조 6년)에 임원준(任元濬)이 편찬
한 것이다. 임원준이 이 《창진집》을 편찬하기 전까지는 두
창과 홍역에 관한 치료법을 따로 쓴 책은 없었다.

그런 만큼 당시에 의관(醫官)이나 의원(醫員)이 되고자 하
는 사람들은 이 《창진집》을 반드시 공부해야만 했다. 두창
과 홍역에 대해서 알고, 이를 치료하기 위해서는 당연히 해야
할 공부였다.

1462년에는 《창진집》이 의원들이 반드시 공부해야 할 필
독서로 규정되었으며, 이어 1464년과 1471년에는 《창진집》
이 의원 양성을 위한 강의록으로도 쓰였다.

1484년(성종 15년) 12월에 완성하여 이듬해 1월 1일부터 시행된 조선의 법전(法典)이며, 《경국대전(經國大典)》 중에서는 오늘날까지 유일하게 온전히 전해오는 《을사경국대전(乙巳經國大典)》에도 《창진집》은 의관 및 의원들의 필독서임을 법적으로 분명히 밝혀 놓았다.

1518년(중종 13년)에 김안국(金安國)이 《창진집》을 우리말로 번역한 《언해창진방(諺解瘡疹方)》을 조선 팔도(八道)에 배포했다는 기록도 있다.

그러나 안타깝게도 이 《창진집》은 훗날 유실되어 현재는 전해지지 않고 있어 그 자세한 내용이나 책의 분량 등은 알 수 없다.

이처럼 《창진집》이 의관이나 의원 모두가 꼭 숙지해야 할 필독서였던 만큼, 허준 또한 이 《창진집》을 공부했을 것이며, 실제로 그는 이 《창진집》을 참고한 비방(秘方)을 써서 광해군의 두창을 말끔히 치료했다.

허준은 훗날 1601년(선조 34년)에 선조의 명을 받아 《언해두창집요(諺解痘瘡集要)》를 저술하게 되는데, 이 책은 기존에 있던 《창진집》의 내용에다 허준이 광해군의 두창을 치료할 때 썼던 비방과 경험, 두창에 전염되지 않는 예방법과 두창의 치료법 등을 추가하여 개정한 의서(醫書)라고 할 수 있다.

《언해두창집요》는 1608년에 내의원에서 발간했으며, 상
·하 2권으로 되어 있다. 아울러 이 책을 발간한 데에는 임진
왜란 직후에 창궐한 두창을 치료하기 위한 목적도 있었다.

한글 언해본으로 간행된 이 《언해두창집요》에는 《창진
집》에 실려 있던 내용들도 상당수 실려 있는데, 이를 종합하
여 보면 지금은 유실된 《창진집》에 실렸던 두창과 홍역의
원인과 증상, 치료법 및 예방 등이 어떤 것이었는지도 미루어
알 수 있다.

광해군의 두창을 치료하다

허준은 《창진집》에 근거하여 자신이 이제까지 중국의 유
명한 의서들을 비롯한 옛 의서들을 공부하며 알게 된 것들도
충분히 활용하여 약을 처방했다. 그런 다음 세 차례에 걸쳐
광해군으로 하여금 이 처방약을 복용토록 했다. 그러면서 그
는 한시도 광해군 곁을 떠나지 않았다.

그러자 광해군의 병세가 차츰 호전되더니 열흘 만에 완쾌
되었다. 광해군을 끈질기게 괴롭히던 두창이 말끔히 치유된
것이다. 우려했던 「곰보」 자국조차 남지 않았다.

허준은 훗날 자신이 쓴 《언해두창집요》의 발문(跋文)에
서 이때의 경위를 이렇게 기술하고 있다.

"경인년(1590년) 겨울에 왕자가 다시 두창에 전염되었습니다. 성상(聖上)께서 지난 일을 기억하시고 신에게 특별히 명하시어 약을 써서 치료하게 하셨습니다. 당시에는 추위의 위세가 대단했고, 독열(毒熱)이 한쪽으로 몰리게 되어 험악한 증상이 잇따라 발생했습니다.

궁 안이나 바깥에 있는 사람들 모두 약 때문에 그러한 것이라고 하지 않는 사람이 없었습니다. 병세가 더욱 악화되어 가자, 주변은 모두 어수선했지만, 성상의 결단은 더욱 확고하여 더욱 급하게 쓸 것을 재촉하셨습니다.

신은 성상의 뜻을 받들어 효험이 있는 영약(靈藥)을 찾아다녔으며, 거의 돌아가실 뻔했지만, 약을 세 번 투약해 세 번 일어나게 했습니다. 그 사이 험악한 증상은 사라지고 정신은 맑아졌으며, 며칠 지나지 않아 평소와 같이 회복하였습니다."

《언해두창집요》의 발문에서 허준은 이때 쓴 처방에 관해서도 다음과 같이 언급하고 있다.

"……신은 재주는 없사오나 외람되이 성상의 명을 받들어 심장과 간장(心肝)이 다 없어질 정도로 정성을 다해 옛것들과 지금의 의서들을 다 모으고 가려 그 정수(精髓)만을 골랐습니다.

형체와 색깔의 좋고 나쁨을 변별하고, 증후의 가볍고 심함

을 구분했으니, 책을 펼쳐 비교해 보면 물거울에 비추듯 환하
게 드러날 것입니다…….

그 가운데 저미고(猪尾膏)와 용뇌고자(龍腦膏子)는 백발백
중(百發百中)의 약으로 기사회생시키는 것이 그림자나 소리
보다 빨라서 목숨을 관장하는 귀신이라도 이보다 더 신묘하
지는 못할 것이옵니다."

그렇다면 《언해두창집요》의 발문에서 허준이 광해군의
두창 치료에 썼다고 스스로 밝히며 그 효험을 극찬한 저미고
와 용뇌고자는 과연 어떤 약인가?

저미고와 용뇌고자는 둘 다 모두 위중한 두창 증상을 치
료하는 처방이다. 특히 저미고는 두창이 안으로 함몰해 들
어가며 밖으로 돋아나오지 않거나, 독기(毒氣)가 몸속으로
깊이 들어가 검게 함몰되며 위태로워진 증상의 치료에 쓰이
는 처방약이고, 용뇌고자는 두창이 바깥으로 터져 나오지
않아 가슴이 답답하고, 발광하며 숨을 헐떡이고, 헛소리를
하며 귀신을 보거나, 얼굴이 까맣게 타들어가는 증상을 치
료하는 처방 약이다.

이들 두 처방 모두 강한 방향성을 갖고 막힌 곳을 소통시키
는 용뇌(龍腦)를 활용하고 있다는 것은 같다. 그러나 저미고

는 새끼돼지의 꼬리 끝에서 뽑아낸 피 저미첨혈(猪尾尖血)을 쓰고, 용뇌고자는 돼지의 심장에서 뽑아낸 피 저심혈(猪心血)을 써서 약을 만든다는 점이 다르다.

훗날 허준이 자신이 아는 모든 의학지식과 수많은 병자들을 진료하고 치유할 때의 경험 등을 바탕으로 하여 심혈을 기울여 쓴 《동의보감(東醫寶鑑)》의 「잡병편(雜病篇)」을 보면, 저미고를 만드는 방법과 저미고를 만들 때 새끼돼지 꼬리의 끝에서 뽑아낸 피로 용뇌를 반죽하는 이유 등이 나오는데, 그 내용을 살펴보면 다음과 같다.

『……용뇌 한 돈을 새끼돼지의 꼬리 끝에서 뽑아낸 피로 반죽한 다음 팥알만큼씩 잘라서 알약으로 만든다. 이것을 도수가 약한 술이나 자초음(紫草飮)에 풀어서 먹인다. 열이 심하면 새로 길어 온 물에 풀어서 먹이면 잘 낫는다. 대개 돼지의 꼬리는 일순간도 가만히 있지 않기 때문에 그 흔들고 발양(發陽)시키는 힘을 취한 것이다.』

「저미고」라는 이 처방약이, 예로부터 양기(陽氣)가 충만한 동물로 알려진 새끼돼지 꼬리의 끝에서 뽑아낸 피로 용뇌를 반죽하여 환약(丸藥)으로 만든다는 것이 흥미롭다.

그런데 저미고에 관한 이러한 설명 중에서 『새끼돼지 꼬리의 끝에서 뽑아낸 피(猪尾尖血저미첨혈)를 사용한다』는 것은 이미 오래 전 중국 북송(北宋) 때의 명의 주굉(朱肱)이 쓴 의서 《활인서(活人書)》에도 나오는 것이다.

즉 당대의 명의였을 뿐만 아니라 특히 상한(傷寒)에 정통했던 주굉은 자신이 쓴 《활인서》에서 두창과 상한을 주의 깊게 감별할 것을 강조하며, 소아 두창 처방의 대강을 제시하는 한편, 두창에 돼지꼬리의 끝에서 뽑아낸 피를 써야 하는 이유에 대해 『한시도 쉬지 않고 움직이는 돼지 꼬리의 행태를 빌어 두창의 독기를 떨쳐내기 위한 것이다.』라고 썼는데, 허준은 그의 《동의보감》에서 《활인서》에 나오는 이 글을 인용하고 있는 것이다.

이런 점에서 보면, 허준은 광해군의 두창을 치료할 때 독자적인 처방약을 새로 고안해서 쓴 것이 아니라, 자신이 이미 공부해 두었던 주굉의 《활인서》 내용을 다시금 활용하여 광해군의 두창을 치료하고자 했던 것을 알게 된다.

다시 말해서, 허준은 의식을 잃은 환자를 깨우는 효능을 지닌 용뇌에다, 독기를 떨쳐내는 움직임을 지닌 새끼돼지 꼬리에서 뽑아낸 피로 반죽하여 만든 환약으로 광해군의 몸속에 퍼져 있는 두창의 독기를 없앰으로써 병을 치료하고자 했던 것이다.

또한 허준이 저미고와 함께 용뇌고자 처방을 쓴 것은, 잃었던 의식을 일깨우는 효능이 있는 용뇌에다가 정신을 담당하

는 심장에 문제가 있을 때 이를 치료하는 데 쓰여 온 돼지 심
장의 피로 반죽하여 만든 환약인 용뇌고자를 통해 광해군에
게서 나타나고 있는, 두창으로 인한 정신이상 증세를 치료하
기 위함이었다.

물론 이러한 처방들은 과학이 아직 발달하지 않았던 시대
에 쓰였던 처방들로서 의학적 근거가 약할 수도 있으나, 당시
로서는 의학적 합리성과 함께 방술(方術)로서의 성격도 가지
고 있었다.

저미고에 관한 이런 일화도 전해온다.

조선 후기의 의관으로서 특히 두창 치료를 잘했던 것으로
유명한 유상(柳相, 또는 柳尙)은 1683년(숙종 9년) 두창에 걸
린 숙종을 치료하기 위해 궁궐로 불려간 적이 있는데, 이때
유상은 일찍이 허준이 써서 큰 효과를 보았던 저미고 처방을
자신도 쓰려고 했다.

그런데 숙종의 어머니인 명성대비(明聖大妃)가 저미고는
준제(峻劑 ; 약성이 강한 약)라며 이를 쓰지 못하도록 막았다.
그러자 유상은 생각 끝에 저미고를 소매 속에 몰래 넣어 가지
고 가서 숙종에게 복용토록 했는데, 놀랍게도 숙종은 이내 병
이 나았다고 한다.

이 공로로 유상은 동지중추부사(同知中樞府事)에 제수되
었으며, 그 후 1699년(숙종 25년)에는 또다시 세자의 두창을

완치시킴으로써 지중추부사(知中樞府事)에 오르고, 1711년(숙종 37년)에도 왕자의 병을 치료하여 합천 군수를 거쳐 삭령 군수에 제수되었다. 저서로는 《고금경험활유방(古今經驗活幼方)》 1권이 있다.

이처럼 허준이 썼던 저미고는 후세에도 널리 쓰이며 두창 치료에 탁월한 효험을 나타냈지만, 허준의 《언해두창집요》에는 광해군의 두창을 치료할 때 그 증세가 어떤 경과를 보였는지, 약을 복용할 때의 반응은 어떠했는지 등에 관한 구체적인 기록은 남아 있지 않다.

그러나 《언해두창집요》 발문을 통해 소개하고 있는 두 개의 처방과 《언해두창집요》 본문 중에 실려 있는 처방의 출전과 그 효능에 관한 설명 등을 세밀히 살펴보면 허준이 어떻게 처방약을 선택하고, 또 두창에 대해 어떻게 처치하려 했는지를 추측해 볼 수 있다.

우선 허준은 광해군의 두창을 치료할 때 이제까지 없었던 처방을 독자적으로 다시 만들어 쓴 것이 아니라, 그동안 자신이 공부해 온 수많은 기존 의서들에 나와 있는 처방에 근거하여 그 가운데 어떤 처방을 써야 병자에게 가장 효과가 크고 적합한지를 곰곰이 생각했다. 그 결과 그는 광해군의 증세와 현재의 상태 등에는 저미고와 용뇌고자를 함께 처방하는 것이 가장 효과적일 것으로 판단하고 과감히 이 처방들로 약을 썼던 것이다.

특히 허준이 쓴 《언해두창집요》나 《동의보감》 등을 살펴보면, 《활인서》 등의 옛 의서들에 실린 처방들을 자주 소개하며 인용하고 있음을 알 수 있는데, 이런 것들만 보더라도 허준은 광해군의 두창 치료 때 자신의 독자적인 처방이 아닌, 옛 처방들을 적절히 활용하였음을 알 수 있다. 또 이런 점에서 허준이 광해군의 두창에 썼던 저미고와 용뇌고자는 모두 허준이 새로 만들어낸 처방약이 아니라 출처가 분명한, 선택된 처방이었던 것이다.

또한 이러한 사실 등을 통해 허준은 이때 이미 중국의 여러 시대에 나온 의서들을 다 섭렵하고 있었음을 알 수 있다.

실제로도 허준에 대한 당대의 평가 역시 그가 『제서(諸書)에 널리 통달하여 약을 쓰는 데에 노련한 명의』라는 것이었다.

서얼의 벽을 뛰어넘어 정3품 당상관에 오르다

사경을 헤매던 광해군의 두창이 완쾌되자, 선조는 물론 문무 신료들 모두 기뻐하며 허준의 의술에 탄복해 마지않았다.

선조는 허준을 불러 환한 얼굴로 거듭 치하했다. 이어 선조는 허준에게 정3품 당상관인 통정대부의 벼슬을 내리며 그 공을 높이 평가했다.

당시로서는 상상조차 할 수 없었던 실로 파격적인 일이 아닐 수 없었다. 정3품은 다시 당상관과 당하관으로 나뉘는데, 당시 당상관 벼슬을 받으려면 나라에 큰 공을 세워야만 가능했을 정도로 대단히 어려운 일이었다. 더욱이 서자(庶子)라는 신분으로는 아무리 올라가도 정3품 당하관까지 밖에 오를 수 없던 때였다.

그런데도 허준은 《경국대전》이 규정한, 서자 출신으로서 받을 수 있는 최고의 관직인 종3품의 한계마저 뛰어넘어 당상관 정3품이 되고 내의원의 어의까지 된 것이다. 이와 함께 허준은 내의원의 부제조(副提調)로 올랐는데, 당시는 부제조 이상만이 어의가 될 수 있었으며, 부제조는 승지(承旨)도 겸임했다.

당시 조선의 의료기관으로는 내의원과 전의감(典醫監), 혜민서(惠民署), 활인원(活人院) 등이 있었다. 이 가운데 내의원은 왕실에 필요한 약의 조제와 왕실 사람들의 치료를 위해 두었던 관청이었고, 전의감은 왕궁에서 쓸 의약과 특정인에게 줄 의약을 맡는 기구였다.

또한 혜민서는 일반 백성들의 진료를 위하여 설치한 기구였으며, 활인원은 병자나 굶는 사람들을 보호하고 치료하기 위하여 운영하던 곳이었다.

　내의원에서 허준의 위로는 정1품인 도제조(都提調)와 정2품인 제조(提調)가 각각 1명씩 있었는데, 도제조는 실질적인 어의라기보다는 행정자문 등의 역할을 맡고 있는 관료였다.

　내의원 부제조 이하의 의관은 흔히 내의(內醫)라 했는데, 종4품인 첨정(僉正)과 종5품인 판관(判官), 종6품인 주부(主簿)가 각기 1명씩 있었으며, 종7품인 직장(直長) 3명, 종8품인 봉사(奉事) 2명, 정9품인 부봉사(副奉事) 2명, 종9품인 참봉(參奉) 1명이 있었다.

　이밖에 남녀유별의 유교 규범이 엄격하던 때라서 궁중 여인들만을 진료하던 의녀(醫女)들이 있었고, 왕의 곁에서 늘 왕을 관찰하고 잡무를 담당하던 내시(內侍) 등도 있었다.

　조선조 제17대 효종(孝宗) 때에 이르러서는 직장 2명을 줄이고 침의(鍼醫)와 의녀 22명을 두었다. 여기에 딸린 아전(衙前)을 초기에는 서리(書吏)라 하여 4명을 두었는데, 중기 이후로는 서원(書員)으로 그 격을 낮추고 20명을 두었다가 후기에는 23명으로 정원을 늘였다.

각기병과 난리탕(亂離湯)

　허준은 말려둔 약재들을 살피며 내의원에서 바쁘게 일하던 중 임금과 조정이 몽진한다는 소식을 들었다. 당시 54세의 나

이였던 허준은 망설이지 않고 행장을 급히 꾸려 임금의 몽진 행렬에 끼었다.

잔악한 왜군이 도성 한양을 향해 몰려오고 있다는 소식에 조정의 많은 신료들은 갖가지 핑계를 들어 몽진에 따라나서지 않으려 하거나 몰래 도망쳐버린 터였다. 공연히 임금의 몽진 행렬에 끼어들었다가 추격해 올 왜군들에 의해 죽음을 당할지도 모른다는 두려움 때문이었다.

하지만 허준은 임금을 모시는 어의로서 끝까지 임금과 왕실을 지키겠다는 일념으로 다소 아픈 몸을 이끌고 선조를 따라나섰다. 그것이 신하로서 당연한 도리요, 임금을 가까이에서 모시는 어의로서 마땅히 해야 할 일로 여겼다. 그 많던 어의들 가운데서도 선조를 따르는 어의는 허준을 포함해 고작 두 명뿐이었다.

허준이 행렬에 뒤처지지 않게 빠른 발걸음으로 잘 걷자, 이를 곁에서 본 한음(漢陰) 이덕형(李德馨, 1561~1613)이 허준에게 다가와 빙긋이 웃으며 한마디 툭 던진다.

"거 참, 각기병으로 왕진은 갈 수 없다더니만……, 각기병으로 잘 걷지 못하는 데는 난리탕이 최곤가 봅니다."

각기병이 있어도 다급해지니까 잘 걷는 모양이라는 비꼼이었다.

그 이전, 허준은 당시 세도가들의 집에 왕진을 가지 않는 것으로도 유명했다. 하지만 허준은 구태여 그들의 비위를 건드리고 싶지 않았기에 세도가들의 왕진 요청이 있을 때면 각기병이 있어 걷기 힘들어 갈 수 없다며 둘러댔다.

허나 이것은 어디까지나 변명일 뿐이었다. 실제로는 이들 세도가들이 허준에게는 그래도 대접을 좀 해주었지만, 다른 의원들은 지위 고하를 막론하고 무시하며 오라 가라 하는 것이 못마땅했기 때문이다.

하긴 세도가들의 입장에서 보면, 이들 의원 따위는 저 아래에 있는 하찮은 신분에 지나지 않았다.

그렇게 각기병 평계를 대던 허준이 임금의 행렬을 잘도 따라가니까 이덕형이 보기엔 좀 재미있었을 테고, 그래서 지나가는 말로 허준에게 한 방 날렸던 것이다.

1580년(선조 13년) 별시문과(別試文科)에 을과로 급제하여 외교문서를 담당하던 승문원(承文院)에 보직되고 대제학(大提學) 이이(李珥)에게 발탁된 이후 1591년 예조참판에 오르고 겨우 31세에 대제학을 겸임했던 이덕형, 학문과 인품이 뛰어났고 머리도 총명하여 조선 역사에서 가장 젊은 나이에 대제학에 올랐던 그는 이때 중추부동지사(中樞府同知事)로서 선조를 수행하고 있었다.

이덕형보다 다섯 살 위였지만, 어려서부터 서로 막역한 사이로 지내면서 절친했던 도승지(都承旨) 백사(白沙) 이항복

(李恒福 ; 오성대감, 1556~1618)이 곁에 있다가 씩 웃으며 한마디 거들었다.

"그러기에 말일세. 각기병에는 난리탕만 한 게 없나 보네 그려."

화석정(花石亭)과 율곡(栗谷) 이이(李珥)

선조의 몽진 행렬은 발길을 재촉하며 빠르게 북상했다. 한양을 떠날 때부터 끈질기게 따라다니며 퍼붓던 빗줄기가 임진강 가에 이르렀을 때에도 멈출 줄 몰랐다.

시간이 지날수록 빗줄기는 오히려 거세졌다. 마치 하늘에서 굵은 창들이 땅을 향해 사정없이 내리꽂히는 것 같았다.

강줄기를 타고 어디선가 세찬 바람까지 불어와 등불마저 제대로 밝힐 수가 없었다. 사위(四圍)는 어둠에 묻혀 도저히 지척을 분별할 수 없었다. 장대 같은 폭우와 칠흑 같은 어둠이 앞을 가리고, 물결이 세차게 일렁이는 임진강이 또 앞을 막아선 형국이었다.

임진 나루에 도착한 선조 일행은 난감한 표정으로 굽이쳐 흐르는 강물만 바라보며 더 이상 나아가지를 못했다. 그야말로 진퇴양난(進退兩難)이었다.

마침 임진강 변이 한눈에 내려다보이는 높다란 벼랑 위에 화석정(花石亭)이 있었다. 예로부터 수려한 경관을 자랑하는 곳이었다.

경기도 파주시 파평면(坡平面) 율곡리 임진강 변에 위치한 조선시대의 정자다. 먼 훗날인 1974년 9월 26일에는 경기도 유형문화재 제61호로 지정된 곳이기도 했다.

화석정은 원래 1443년(세종 25년) 율곡(栗谷) 이이(李珥)의 5대 조부인 강평공(康平公) 이명신(李明晨)이 지은 것을 1478년(성종 9년) 율곡의 증조부 이의석(李宜碩)이 보수하고, 몽암(夢庵) 이숙함(李淑瑊)이 화석정이라 이름 지었다.

옛 기록에 의하면, 이숙함은 당나라 때 재상 이덕유(李德裕)의 별장으로서 경치가 매우 아름다웠던 평천장(平泉莊)의 기문(記文) 중에 나오는 「화석(花石)」을 따서 이 정자 이름을 화석정으로 지었다고 한다.

그 후 율곡이 이 화석정을 다시 중수했는데, 이때 그는 화석정 보수에 불에 잘 타는 관솔을 썼다. 화석정을 다시 짓고 난 후에도 그는 국사(國事)에 바쁘다가 간혹 여가가 날 때면 이곳을 찾았다.

관직에서 물러난 후에도 율곡은 여생을 이곳에서 보내며 그의 제자들과 더불어 시문(詩文)을 논하였다. 당시 그의 학문에 반한 중국의 칙사(勅使) 황홍헌(黃洪憲)이 이곳을 찾아와 시를 읊고 자연을 즐기기도 했다.

그런데 임진강은 강을 건너기가 그리 쉽지 않았다. 특히 하류 쪽은 양안(兩岸)이 수직 절벽인 경우가 많아 일부 정해진 곳에서만 도강(渡江)이 가능했다. 그 대표적인 길이 남쪽의 임진 나루에서 북쪽의 동파(東坡) 나루로 가는 것이었다.

임진 나루와 동파 나루는 예로부터 한양과 파주, 그리고 개성과 평양을 거쳐 의주로 이어지는 중요한 통로였으며, 한양으로 들어가는 관문(關門)이자 군사적으로도 아주 중요한 전략적 요충지이기도 했다.

특히 문산과 장단 사이를 흐르는 임진 나루는 서울에서 파주를 거쳐 개성에 이르는 중요한 길목이었다.

선조와 문무 신료들은 남쪽의 임진 나루에서 배를 타고 임진강 북쪽에 있는 동파 나루로 갈 생각이었다. 그러나 짙은 어둠 속에서 비는 계속 내리고, 세찬 바람이 부는데다가 강물까지 범람하며 물길이 거세 선뜻 강을 건너지 못한 채 망설이고만 있었다.

사탕 물

비바람을 잔뜩 맞은 선조는 몹시 춥고 배가 고팠다. 지난 4월 30일 미명에 궁궐을 몰래 빠져나온 이후 선조는 그동안 음식을 제대로 먹지 못했다.

한양을 떠나 경기도 고양 땅 벽제(碧蹄)역에 이르렀을 때 그곳에 설치되어 있던 객관(客館)인 벽제관에서 잠시 쉬며 점심 수라를 한술 겨우 뜬 이후로 이경(二更 ; 밤 9~11시)이 다 된 이때까지도 선조는 저녁 수라를 들지 못하고 있었던 것이었다.

《선조실록》은 당시 상황을 이렇게 전한다.

『점심을 벽제관에서 먹었는데, 왕과 왕비의 반찬은 겨우 준비되었으나 동궁(東宮, 세자)은 반찬도 없었다.』

저녁 수라를 들지 못한 선조는 허기와 갈증을 몹시 느꼈다. 비바람을 맞은 온몸은 추워서 덜덜 떨렸다. 어깨를 잔뜩 웅크린 채 선조는 내시를 향해 입을 열었다.

"술 좀 없는가?"

"급히 떠나오느라 미처 챙기지 못하였사옵니다."

내시가 몸 둘 바를 몰라 하며 이같이 말하자, 선조가 다시 말한다.

"그럼 차(茶)라도 가져오너라."

하지만 그마저도 없었다.

"송구하옵니다. 그것도 미처 준비하지 못했사옵니다."

"……"

선조는 더는 말이 없었고, 그의 입에서는 옅은 한숨만 새어

나왔다

이를 본 내의원 서리(書吏 ; 내의원에서 일하던 하급 관리인 아전, 당시 내의원에는 4명의 아전이 있었다.) 용운(龍雲)이 슬그머니 강가로 내려갔다. 그러더니 그는 주위를 살피며 자신의 상투 속에 감추어 두었던 사탕(砂糖, 설탕) 반 덩어리를 꺼냈다.

옛날에는 사탕이 아주 귀한 약재로도 쓰였는데, 내의원에서 서리로 잡일을 하던 용운은 선조의 몽진 길에 따라나설 때 내의원에 약재로 보관되어 있던 설탕 반 덩어리를 몰래 꺼내와 자신의 상투 속에 숨겨 두었던 것이다. 비상약으로 쓸 생각이었다.

용운은 딱딱하게 굳어 있는 사탕 덩어리를 강물에 두어 번 가볍게 씻었다. 그가 이처럼 사탕 덩어리를 강물에 씻은 것은, 우선 끈적끈적한 사탕 덩어리가 이제까지 지저분한 상투 속에 있었기 때문에 혹 먼지나 자신의 머리칼 같은 불순물이 묻어 있을지도 모른다는 생각 때문이었다.

아무리 난리 통이라 해도 먼지나 머리칼이 묻은 더러운 사탕을 모시는 임금에게 드릴 수는 없는 일 아닌가.

이와 함께 딱딱하게 굳어져 있는 사탕을 허기진 임금에게 곧바로 들도록 하는 것도 좋아 보이지 않았다. 그래서 그는 더러워진 사탕 덩어리를 좀 더 깨끗하게 하고, 딱딱한 사탕

덩어리가 물에 잘 녹도록 하기 위해 이를 강물에 씻었던 것
이다.

딱딱했던 사탕 덩어리가 물에 풀리며 좀 녹자 용운은 강물
을 표주박에 떠서 그 속에 사탕 덩어리를 넣고는 곁에 있던
나뭇가지를 꺾어 휘휘 저었다. 그런 다음 그는 이 표주박을
행여 넘치지나 않을까 조심스럽게 받쳐 들고는 내의원의 상
관인 어의 허준을 찾았다.

"전하께 이걸 좀 올려 주십시오."

"이게 뭔가?"

허준은 용운이 내민 표주박과 털보인 용운의 얼굴을 번갈
아 쳐다보며 물었다.

"사탕 물이옵니다."

"사탕 물? 어디서 난 건가?

"전하께서 몹시 갈증을 느끼시고 시장하신 것 같아 마침
소인이 갖고 있던 사탕을 물에 풀어 온 것이옵니다."

허준은 용운이 사탕을 어디서 가져온 것인지를 이내 알아
차렸다. 보나마나 내의원 약재 창고에 있던 사탕을 난리를 틈
타 몰래 훔쳐 왔을 것이다.

사탕(설탕)이 언제 우리나라에 들어왔는지는 정확히 알 수
없으나, 일찍이 삼국시대 때나 통일신라시대 때에 이미 사탕
이 있었던 것으로 추측된다.

사탕은 후추와 더불어 중국의 송(宋)나라에서 약재로 수입되었다는 고려 때의 문헌 기록도 있다.

사탕은 예로부터 귀한 약재로 쓰여 왔는데, 옛사람들은 사탕에 대해 그 맛이 달고 성질이 한(寒)하며 심복(心腹, 가슴과 배)의 열창(熱瘡)과, 입이 마르고 갈한 것을 다스리는 효능이 있는 것으로 보았다. 이와 함께 사탕에는 심폐(心肺, 심장과 폐)를 부드럽게 하고, 대소 장(腸)의 열과 술독을 풀어주는 효능도 있는 것으로 여겼다.

중국 명(明)나라 때의 본초학자(本草學者)였던 이시진(李時珍, 1518~1593)이 엮은 약학서(藥學書)인 《본초강목(本草綱目)》에는 사탕의 약효에 대해, 『사탕은 속을 부드럽게 하고, 비(脾 ; 지라, 오장五臟의 하나)를 도우며, 간기(肝氣)를 완화시킨다.』고 기록되어 있다. 허준이 훗날 쓴 《동의보감(東醫寶鑑)》에도 사탕을 다른 약재들과 함께 약재로 쓴다는 내용이 많이 나온다.

이를테면 《동의보감》에 실린 「복령조화고(茯苓造化糕)」라는 처방약과 그 효능을 보면 이렇다.

『백복령(白茯苓)·연자(蓮子)·산약(山藥)·검실(芡實) 각 160g, 멥쌀(갱미粳米 가루를 낸 것) 300g, 사탕 600g.

비위허약(脾胃虛弱)으로 몸이 여위고 기운이 없으며 식욕이 부진하여 음식을 잘 먹지 못하는 데 쓴다.

위의 약을 가루 내어 쌀가루와 고루 섞은 다음 시루에 넣고 잘 찐다. 그런 다음 이것을 햇볕에 잘 말린 후에 아무 때나 적당한 양씩 먹는다.』

역시 《동의보감(東醫寶鑑)》에 나오는 처방약 「비전삼선고(秘傳三仙糕)」에도 사탕이 약재로 들어간다.

『인삼(人參)·산약(山藥)·연자(蓮子)·백복령(白茯苓)·검실(芡實) 각 200g, 꿀·사탕가루 각 600g, 찹쌀가루 3되, 멥쌀가루 7되.

비위허약으로 몸이 여위고 기운이 없으면서 식욕이 부진하여 식사를 못하는 데 쓴다. 찹쌀가루와 멥쌀가루를 잘 섞어 시루에 쪄서 햇볕에 말린 다음 다시 가루를 낸다.

그 밖의 나머지 약들도 가루를 내어 꿀과 사탕가루를 넣고 함께 골고루 섞은 다음 이것을 쌀가루와 잘 혼합하여 한 번에 큰 숟가락으로 1~2g씩 하루 3~4번 더운 물로 먹는다.』

사탕은 조미료와 탈수제(脫水劑)로도 쓰였으며, 방부작용이 있어 식품 보존제로도 활용되었다. 사탕은 음식 만들 때 아주 귀한 식재료로도 쓰였는데, 조선조 정조(正祖) 때의 학자 한치윤(韓致奫, 1765~1814)이 저술한 《해동역사(海東繹史)》 제26권 「물산지(物産志)」를 보면 다음과 같은 글이 나온다.

『고려의 밤떡(栗糕)은 밤알이 많고 적음에 구애됨이 없이 껍질을 벗겨 그늘에서 말린 다음 빻아서 가루로 만든다.

이렇게 만든 가루 3분의 2에다가 찹쌀가루를 넣어 반죽하고 꿀물을 바른 다음 쪄서 익혀 먹는다.

이때 하얀 사탕(白糖)을 섞어 넣으면 아주 묘한 맛이 난다.』

조선조 숙종(肅宗, 1661~1720) 때의 실학자 유암(流巖) 홍만선(洪萬選, 1643~1715)이 쓴 농서(農書) 겸 가정생활서인 《산림경제(山林經濟)》 「생선요리 편」에도 사탕과 식초로 회무침을 만든다는 기록이 있다.

그러나 사탕은 예로부터 중국은 물론 일본과 여진족 등 여러 나라와 왕성하게 무역을 하던 조선의 왕실에서조차도 흔히 쓸 수 없을 정도로 아주 진귀한 물품이었다. 때문에 고관이나 부유층 사이에서는 사탕이 귀한 선물이나 뇌물로도 쓰였다.

허준은 용운이 사탕을 어디서 가져왔는지 잘 알고 있었지만, 그를 꾸짖지는 않았다. 지금 그런 걸 나무랄 상황도 아니었거니와 그가 이렇게 사탕 물을 가져옴으로써 갈증과 허기에 시달리는 임금에게 그나마 도움이 될 일 아닌가.

"알겠네. 전하께 드리겠네. 따라오게."

허준은 용운을 데리고 선조에게 다가가 표주박에 담긴 사탕 물을 두 손으로 공손히 바치며 아뢴다.

"이것이라도 좀 드시옵소서."

"이게 무엇인가?"

선조는 표주박을 받아 그 속을 잠시 들여다보더니 물었다

"사탕 물이옵니다."

"사탕 물?"

"내의원에서 일하는 이 자가 마침 사탕을 갖고 있었다며 물에 타온 것이옵니다. 비록 적은 양이오나 갈증 해소와 기력 회복에 다소나마 도움이 될 것이옵니다."

허준이 곁에서 허리를 잔뜩 구부린 채 서 있는 용운을 흘끔 쳐다보며 이같이 말하자, 선조는 고개를 돌려 용운을 바라보며 말한다.

"그러니까 짐을 위해 이 사탕 물을 구해 왔단 말이지?"

"예, 그러하옵니다. 소인이 마침 갖고 있던 사탕이 좀 있어서……양이 너무 적어 송구하옵니다."

선조의 용안(龍顏)에 모처럼 미소가 번졌다. 선조는 두어 번 고개를 끄덕이더니 용운이 바친 사탕 물을 달게 마셨다. 갈증이 한결 해소되며 시장기도 좀 가셨다. 다소나마 기력도 회복되는 것 같았다.

훗날 용운은 이때 선조에게 사탕 물을 바친 공로로 호종공신(扈從功臣) 가운데 한 사람으로 오른다.

화석정에 불을 질러라!

쉬지 않고 내리는 비 때문에 임진강물은 갈수록 불어났고, 흙탕물이 되어 흐르는 강물은 거셌다. 이런 날에 강을 건넌다는 것이 쉽지 않아 보였다. 더욱이 한 치 앞도 내다보기 어려운 칠흑 같은 밤이 아닌가.

그렇다고 여기서 그냥 가만히 있을 수도 없는 일이었다. 이 많은 사람이 비를 피할 만한 곳도 없었고, 무엇보다도 승냥이 떼 같은 왜군이 언제 뒤따라와 덮칠지 몰랐다.

선조와 일행은 모두 두렵고 불안했다. 다행히 군사들이 인근에서 대여섯 척의 작은 배들을 구해 왔으나, 날도 어둡고 비바람까지 불어 배를 띄우지 못하고 있었다.

이때 도승지 이항복의 뇌리에 문득 스치는 것이 있었다. 그는 곧 품 안에 지니고 있던 봉서(封書) 하나를 꺼내 들었다. 그것은 8년 전에 이미 세상을 떠난 율곡이 자신의 문하로서 서인(西人)에 속했던 이항복에게 남겼던 봉서였다.

이항복은 횃불을 들고 서 있던 군사 한 명에게 횃불을 가까이 비추라 이르고는 봉서를 열어 그 속에 든 종이를 꺼내 펼쳤다. 거기에 이런 글이 적혀 있었다.

『화석정에 불을 질러라.』

율곡은 일찍부터 일본이 언젠가는 반드시 난을 일으켜 조선을 침략할 것이며, 이로 인해 종묘사직(宗廟社稷)이 위태로울 것을 예견했다. 때문에 그는 일본의 침략에 대비한 「10만 양병설」을 주장했으나, 이를 선조가 받아들이지 않음으로써 실현되지 못했다.

그러나 율곡은 장차 있을지도 모를 나랏일에 대비하여 도성 한양에서 북으로 가는 길목인 임진강 나루 근처에 있던 화석정에 들를 때마다 하인들에게 기름을 묻힌 걸레로 이 정자의 마루와 기둥 등을 열심히 닦도록 일렀다. 그런 후 그는 임종 때 나라에 어떤 위기나 환난이 닥쳐 혹 임금이 이곳에 오게 되면 그때 이 봉서를 열어 보도록 유언하고는 이를 이항복에게 맡겼던 것이다.

이항복은 율곡이 남긴 봉서 속의 글을 보고는 율곡의 혜안(慧眼)에 놀랐다. 어찌 나라가 이리될 줄 아셨단 말인가.

이항복은 고개를 연신 끄덕이며 곁에 있던 군사들에게 비장한 어조로 말한다.

"속히 저 화석정에 불을 질러라!"

이항복의 말이 떨어지기가 무섭게 군사들이 횃불을 움켜쥔 채 재빠르게 몸을 날려 화석정을 향해 내달았다. 그리고는 관솔로 가득하고 기름을 잔뜩 먹은 화석정 마루와 기둥에 횃불을 들이댔다.

그러자 화석정은 이내 불길이 번지기 시작하더니, 곧이어 화석정 전체가 불길에 휩싸였다. 한 치 앞도 보이지 않던 임진강 가가 갑자기 대낮처럼 환해졌다. 선조와 일행은 모두 넋을 잃은 듯 그 불길을 쳐다보았다.

당시 화석정에는 율곡이 여덟 살 때 지었다는 「팔세부시 (八歲賦詩)」가 걸려 있었는데, 이 또한 거센 불길에 휩싸여 흔적도 없이 사라져 버렸다.

林亭秋已晩	騷客意無窮	임정추이만	소객의무궁
遠水連天碧	霜楓向日紅	원수연천벽	상풍향일홍
山吐孤輪月	江含萬里風	산토고륜월	강함만리풍
塞鴻何處去	聲斷暮雲中	새홍하처거	성단모운중

숲 속 정자에 가을이 저무니,
나그네의 정취는 끝이 없어라.
멀리 흐르는 물줄기는 하늘에 닿아 푸르고,
서리 맞은 단풍은 해를 향해 붉도다.
산은 외로운 보름달을 토해내고,

강은 만리에서 불어오는 바람을 머금었네.

변방의 기러기는 어디로 날아가는가?

가을이 저물어 가는 구름 속에서 울음소리만 들리는구나.

율곡이 이 시를 지을 때처럼 강물 위로 달려온 세찬 바람에 불길은 더욱 거세게 치솟았고, 화석정이 밤하늘을 밝히며 활활 타오르는 것을 보면서 선조와 문무 신료들은 물론 따르던 모든 이들도 하염없이 눈물을 흘렸다. 허준도 눈시울이 뜨거워지며 눈물을 흘렸다.

화석정에서 솟아오른 불길이 어둡고 음산했던 밤하늘을 환하게 밝히자, 선조와 그를 호종(扈從)하던 문무 신료들과 왕족들, 사관, 상궁, 호위 군사 등은 배에 올랐다. 서로 먼저 타려고 하는 바람에 언쟁도 벌어졌다.

임진강은 만리 저편에서 불어오는 비바람을 잔뜩 머금은 채 굽이쳐 흘렀고, 이곳 물길에 익숙한 뱃사공들은 우의도 입지 않은 채 온몸으로 비바람을 맞으며 말없이 노만 저었다. 배에 오른 사람들은 피로에 지쳐 이내 잠이 들거나 눈을 감은 채 잠을 청했다.

당시 병조좌랑(兵曹佐郎)으로서 선조와 같은 배를 타고 호종했던 기재(寄齋) 박동량(朴東亮)은 훗날 자신의 쓴 《기재잡기(寄齋雜記)》에서 선조와 왕자들, 신료들이 배

를 타고 임진강을 건널 때의 모습을 다음과 같이 세세하게
묘사해 놓았다.

『어좌(御座)를 보니, 오직 유서애(柳西厓, 유성룡)만이 들
어와 임금 앞에 엎드려 있었고, 좌우에는 신성(信城)과 정원
(定遠) 두 왕자가 엎어져서 잠을 자고 있었다. 상은 여전히 채
찍을 들고 앉아 있었는데, 당시 궁색한 행색 중에 이날이 제
일 심하였다.』

불을 지른 건 화석정이 아니라 옛 승청이었다

화석정을 불태워 그 불빛으로 선조와 그 일행이 무사히 임
진강을 건넜다는 일부 기록과 전해오는 이야기들과는 달리,
그 당시 선조를 호종했던 좌의정 서애(西厓) 유성룡(柳成龍,
1542~1607)이 훗날 임진왜란 동안에 자신이 경험했거나, 보고
듣거나 있었던 일들을 기록해 놓은 책인 《징비록(懲毖錄)》
(권 1)에 적어 놓은 글을 보면, 이때 불을 놓았던 곳은 화석정
이 아니라 임진강 남쪽 기슭에 있던 옛 승청(丞廳)인 것으로
되어 있다.

『……나루를 건너서니 이미 날이 어두워 지척을 분간하기
어렵다. 임진강 남쪽 기슭에 옛 승청이 있었는데, 혹시 왜적

이 거기 있는 재목을 가지고 뗏목을 매어 건너올까 걱정해서
임금의 명령으로 불에 태우니, 그 불빛이 강 북쪽에까지 훤히
비치어 길을 찾아갈 수가 있었다(……旣渡 已向昏 不能辨色
臨津南麓 舊有丞廳 恐賊取材木 桴筏以濟 命焚之火光照江北
得尋路而行).』

　《선조실록(宣祖實錄》의 내용을 훗날 일부 수정, 보완하
여 새로 편집한 《선조수정실록(宣祖修正實錄)》(권 26)과
조선조 중기의 학자 신경(申炅)이 임진왜란 전후의 조선과 명
(明)나라의 관계 및 조선이 명나라의 후원으로 재조(再造)·
재건되었다는 내용을 적어 놓은 책인 《재조번방지(再造藩邦
志)》(권1) 등과 같은 여러 기록에도 이와 유사한 내용의 글들
이 적혀 있다.

　이때 불을 질러 태운 것은 화석정이 아니라 임진 나룻가에
있던 옛 승청이었다는 것이다. 더욱이 지형 상으로도 임진 나
루와 임진 나루 북쪽의 대안(對岸)에 있던 동파 나루는 서로
마주보고 있는 형국이지만, 임진 나루와 율곡리에 있는 화석
정과는 거리가 좀 있다.

　그런데도 지금까지 많은 사람들이 율곡이 장차 나라에 어
려운 일이 있을 것으로 예견하여 화석정에 수시로 기름칠을
해두고는 나라가 위기에 처했을 때 이 화석정을 불에 태우도

록 유언하였으며, 실제로 선조의 어가가 임진 나루에서 더는 가지 못하고 있을 때 화석정에 불을 놓아 그 불빛으로 강을 무사히 건넜던 것으로 알고 있다.

이에 대해 율곡을 앞날에 대한 예언가로 높이 받들려고 하는 후인(後人)들이 지어낸 이야기라는 견해도 있으나, 어쨌든 율곡이 왜적의 침입을 예상하고 이에 대한 대비를 스스로 많이 했다는 것만은 분명하며, 이런 점에서 그의 우국충정(憂國衷情)은 높이 평가되어야 할 것으로 보인다.

또한 이때 선조는 임진강을 건너면서 나루터 근처에 있던 민가에 모두 불을 지르도록 했다고 한다. 뒤쫓아 온 왜적이 집을 뜯어 뗏목을 만들어 추격해 올까봐 두려웠기 때문이다.

그뿐만 아니라 선조는 임진강을 먼저 건너 동파 나루에 이르자, 타고 온 배들을 임진 나루로 돌려보내지 않고 모조리 불에 태워 없애 버리라고 명령했다. 그 배들을 다시 돌려보냈다가 그사이 임진 나루까지 쫓아온 왜군들이 이 배들을 타고 강을 건너올지도 모른다는 생각에서였다.

이로 인해 임진 나루에 남아서 배가 돌아오기만을 기다리고 있던 많은 사람들은 배를 탈 수가 없었다. 이들은 배가 돌아오기만을 애타게 기다리다가 끝내 배가 돌아오지 않자, 자신들을 버린 나라와 임금을 욕하며 뿔뿔이 흩어졌다.

《선조실록》(선조 25년 4월 30일)을 보면, 선조가 임진강

을 건넜던 4월 30일 밤의 처참했던 상황이 이렇게 기록되어
있다.

『저녁에 임진강 나루에 닿아 배에 올랐다.

상(上, 主上)이 시종하는 신하들을 보고 엎드려 통곡하니,
좌우가 눈물을 흘리면서 감히 쳐다보지 못하였다.

밤은 칠흑같이 어두운데, 한 개의 등촉(燈燭)도 없었다. 밤
이 깊은 후에 겨우 동파(東坡)에 닿았다.

상(上)이 배를 가라앉히고, 나루를 끊고 가까운 곳의 인가
(人家)도 철거시키도록 명했다. 이는 적병이 그것을 뗏목으로
이용할 것을 염려한 때문이었다.

백관들은 굶주리고 지쳐 인근 촌가(村家)에 흩어져 잤는데,
강을 건너지 못한 사람들이 반을 넘었다.』

난리통 속의 인간들

임진강을 겨우 건너 동파 나루에서 배를 내린 선조와 그를
호종하는 이들은 발이 푹푹 빠지는 진흙탕 길을 겨우 걸어 파
주 땅인 동파 역(東坡驛)에 도착했다. 허준 역시 주린 배를 움
켜쥐며 선조의 뒤를 따라갔다.

이때에도 하늘은 여전히 캄캄하고 음산했으며, 궂은 밤비
는 쉬지 않고 추적추적 내리고 있었다. 임진강을 건너고 난

이때 선조를 따르는 신료들과 호위 군사는 60여 명으로 줄어
있었다.

한양을 떠날 때부터 줄곧 내리는 비에 선조의 곤룡포(袞龍
袍)가 젖자, 수행하던 경기관찰사 권징(權徵)은 자신이 입고
있던 우의(雨衣)를 벗어 선조에게 바쳤다. 그래서 선조는 여
기까지 오는 동안 줄곧 우의를 입고 있었지만, 계속 내리는
비에 그의 속옷은 이미 다 젖어 있었다. 하지만 갈아입을 속
옷 하나 없었다.

선조의 어가가 한밤중에 동파 역에 도착했을 무렵, 그곳에
는 파주 목사 허진(許晉)과 장단 부사 구효연(具孝淵)이 나와
기다리고 있었다. 이들은 선조의 어가가 임진강을 건너 이곳
으로 오고 있다는 소식을 듣자 발걸음을 재촉하여 급히 달려
왔던 것이다.

허진과 구효연은 그래도 신하로서 임금에게 따뜻한 밥이라
도 올려야겠다는 생각에서 먼저 하인들에게 임시 부엌을 서
둘러 만들도록 지시했다. 이와 함께 애써 구해 온 약간의 쌀
과 부식거리로 정성껏 음식을 만들었다.

그런데 생각지도 않았던 엉뚱한 일이 벌어졌다. 허진과 구
효연이 임금을 위해 마련해 놓은 음식들을 보자 온종일 굶주
렸던 호위 군사들이 눈이 뒤집혀 부엌으로 난입해 만들어 놓
은 음식들을 마구 먹어치웠던 것이다.

실로 어이없는 일이었다.

난리가 나고 임금이 왜군에게 쫓기는 처량한 신세가 되자 임금을 호위하던 군사들마저 임금을 우습게 여기고 기강이 흐트러져 임금이고 뭐고 없었던 것일까.

선조 때의 문신으로서 임진왜란 때 순찰사를 겸임하여 군사들을 지휘하며 한양 방어에 힘쓰다가 한양이 왜군에 의해 점령되고 그 자신 병으로 임무를 감당치 못하게 되자, 이에 대한 문책으로 관직을 삭탈 당했던 달천(達川) 윤국형(尹國馨, 1543~1611)은 이 날의 비참한 광경을 훗날 그의 《문소만록(聞韶漫錄)》에 이렇게 썼다.

『날이 저물어서 동파 역에 이르렀다. 밤비가 주룩주룩 내리는데, 사람들이 모두 굶고 잤다. 임금이 드실 음식도 난리를 일으킨 난졸(亂卒)들에게 빼앗겼다.』

임금에게 바치려고 애써 준비했던 음식들을 선조의 호위 군사들이 다 먹어치우자, 허진과 구효연은 참으로 난감하고도 허탈했다. 두려운 생각도 들었다. 아무래도 엄한 문책을 받을 것만 같았다.

허진과 구효연은 잠시 이야기를 나누며 방법을 모색하다가 함께 도망치는 방법을 택했다.

이뿐만이 아니었다. 선조를 호종하던 중 왜군이 바짝 추격해 오는 것을 느끼자 선조의 총애를 받던 조존세(趙存世)와 박정현(朴鼎賢), 임취정(任就正), 김선여(金善餘) 등 네 명의 사관(史官)이 한양을 떠난 이후에도 계속 써 오던 선조에 관한 사초(史草)들을 몽땅 불에 태워 버리고는 도망쳐 버리는 일도 벌어졌다.

이것이 이른바 「사초 폐기사건」이다.

이로 인해 선조가 즉위한 이후 임진왜란이 일어나기까지의 25년간의 역사적 기록들이 순식간에 사라져 버렸으며, 훗날 《선조실록》을 편찬할 때 임진왜란 이전의 내용은 어쩔 수 없이 간략해지게 되었다.

선조는 재위 기간이 40여 년이나 될 정도로 긴 세월 동안 통치했고, 또 큰 전란을 겪었기 때문에 그의 실록 또한 양적으로 방대해야 했지만, 지금 전해오는 《선조실록》에 임진왜란이 일어나기 이전의 기록들이 너무나 보잘것없는 내용으로 채워져 있는 것도 바로 임금을 가까이에서 모시고 살피며 목숨을 걸고 사초를 쓰고 지켜야 할 사관들이 오히려 사초를 불태워 버리고 도망했기 때문이다.

임금의 몽진 길을 끝까지 수행한 신하는 어의 허준을 비롯해 17명에 불과했다. 하기야 임금이 먼저 백성들을 버리고 도망친 마당에 어떤 신하가 임금을 따르며 자기 목숨을 바쳐 지키고자 하겠는가.

　자신을 호위하던 군사들에게 자신이 먹을 음식마저 빼앗긴 선조는 그날 밤늦게 누군가가 인근 마을 사람에게서 가져온 다 식어버린 싸라기밥을 조금 먹었다. 그러나 세자를 비롯하여 다른 사람들은 아무것도 먹지 못한 채 모두 굶고 자야만 했다.

요동내부책(遼東內附策)

　이튿날인 5월 1일 아침, 선조는 영의정이자 북인(北人)의 영수인 아계(鵝溪) 이산해(李山海, 1539~1609)와 좌의정 유성룡을 불러놓고 손으로 자신의 가슴을 두드리며 괴로운 표정으로 이렇게 말한다.

　"이모(李某, 이산해를 이름)야, 유모(柳某, 유성룡)야! 일이 이 지경에 이르렀으니, 내가 어디로 가야 하겠소? 거리낌 없이 속에 있는 생각들을 다 털어놓으란 말이오."

　이때 선조가 "내가 어디로 가야 하겠는가?"라고 말한 것은 까닭이 있었다. 즉 여기서 선조가 말한 「어디」란 다름 아닌 압록강 건너의 요동(遼東)을 뜻하는 것이었으며, 선조는 이때 이미 압록강을 건너 만주로 달아날 생각을 하고 있었던 것이다.

　선조의 이러한 속마음을 금방 알아챈 유성룡은 어이가 없었다. 한 나라의 군주(君主)라는 사람이 도성과 백성들을 내 팽개치고 먼저 도망치는 것도 기가 막힐 일인데, 왜적을 물리 칠 생각은 하지 않고 또다시 중국 땅으로 도망치겠다는 것 아 닌가.

유성룡은 굳은 표정으로 단호하게 말한다.

"아니 되옵니다. 대가(大駕 ; 임금이 탄 가마)가 우리 동토 (東土, 조선)에서 한 발짝만 떠나면 조선은 우리 땅이 아닌 것 이 됩니다."

하지만 선조는 자기 뜻을 굽히려 하지 않았다

"내부(內附 ; 요동에 가서 붙는 것)하는 것이 본래 나의 뜻 이다."

무슨 말인가?

이 말은 곧 선조 자신의 최종 목적지는 누가 뭐라든지 요동 (遼東), 즉 만주로 가겠다는 것이었으며, 조선을 버리고 요동 에서 살겠다는 뜻이었다. 이를 「요동내부책(遼東內附策)」 이라고 하는데, 왜군을 피해 요동으로 도주한 후 그곳에서 명 나라 조정으로부터 제후 대접을 받으며 비빈(妃嬪)과 환관들, 그리고 자신을 따르는 몇몇 신하들을 데리고 여생을 편하게 보내면 된다는 것이 참으로 군주답지도 못하고 어리석은 선 조의 생각이었다.

선조는 이때 호종하던 신료들에게 안남국(安南國, 지금의

베트남)의 예를 들며 자신이 요동으로 가야 하는 이유에 대해
이렇게 변명하기도 했다.

"내가 요동으로 건너가려는 것은 단지 피신만을 위한 것
이 아니다. 안남국이 멸망하고 스스로 중국에 입조(入朝)하
니, 명조(明朝)에서 병사들을 동원하여 안남으로 보내 안남을
회복시켜 준 적이 있지 않았느냐? 나도 이와 같은 것을 생각
하였기 때문에 요동으로 들어가고자 하는 것이다."

그러나 선조의 이러한 생각들은 모두 나라는 망해도 나만
잘살면 그만이라는 「선사후공(先私後公)」의 극치였으며,
선조의 이와 같은 생각들은 곧 실제 행동으로 나타났다. 즉
그는 한 신료를 은밀히 불러 요동으로 망명을 할 테니 받아달
라는 국서(國書)를 작성하여 명나라에 보내라고 지시했던 것
이다.

선조의 이 같은 도피책에 유성룡은 거듭 안 된다며 반대했
다. 하지만 선조의 뜻을 꺾을 수는 없었다.

조변석개(朝變夕改)

이날, 선조는 자신은 요동으로 도망칠 생각을 하면서도 경
기관찰사 권징에게 임진강 방어 대책을 수립할 것을 명령한
다. 자신이 북으로 도주하는 동안 남아서 뒤쫓아 오는 왜군들

을 잘 막으라는 것이었다.

그런 다음 그는 몽진 행렬을 이끌고 동파 역을 떠나 개성으로 향한다.

그런데 그날 저녁 선조의 몽진 행렬이 개성에 이르자, 그곳 백성들은 선조의 어가를 향해 비난과 욕설을 퍼붓고, 손으로 「쑥떡」을 연신 날리기도 했다. 심지어 돌을 던지는 백성들도 있었다.

하지만 조정의 신료들 가운데 누구도 나서서 이들을 막는 사람이 없었다. 도성과 백성들을 버리고 도망쳐 온 주제에 무슨 할 말이 있겠는가.

선조도 아무런 말이 없었다.

하지만 그는 그런 조정의 신료들이 못마땅했다. 이튿날인 5월 2일, 선조는 한산(韓山) 이씨(李氏) 명문가 출신으로 목은(牧隱) 이색(李穡)의 후손이며 토정(土亭) 이지함(李之菡)의 조카이자 이덕형의 장인이기도 했던 영의정 이산해에게 공연히 트집을 잡았다. 그가 영의정으로서 나랏일을 제대로 수행하지 못하고 그르쳤기 때문에 왜적이 침입한 것이며, 그래서 임금인 자신이 지금 이런 모진 고통과 온갖 수모를 당하고 있다는 것이었다.

여기에는 당시 서인(西人)의 중심이자 지금 우리에게도 잘 알려진 「관동별곡(關東別曲 ;《송강가사松江歌辭》에 있는 관동팔경을 두루 유람하는 가운데 뛰어난 경치와 그에 따른 감흥을 표현한 작품)」등과 같은 가사문학(歌辭文學)의 대가였던 송강(松江) 정철(鄭澈, 1536~1593)과 그의 측근들이 많이 포진하고 있던 양사(兩司 ; 사간원과 사헌부) 관리들의 입김이 크게 작용했다.

이들은 이 기회를 이용하여 자신들의 정적(政敵)인 북인의 영수 이산해를 영의정 자리에서 몰아내기 위해 귀가 얇은 선조에게 나랏일을 그르쳐 왜적을 불러들인 죄를 물어야 한다며 그의 파면을 강력히 건의했던 것이다.

결국 선조는 정철과 그의 측근들의 탄핵을 마지못해 받아들이는 체하며 자신이 못마땅하게 여기고 있던 이산해를 영의정에서 파면시켰다. 그러자 이산해는 피난길에 졸지에 영의정 자리에서 물러나 백의(白衣)로 선조를 따라야 하는 「낙동강 오리알」 같은 신세가 되고 말았다.

선조는 이산해를 영의정에서 파면시키자마자 그 자리에 좌의정 유성룡을 앉혔다. 그런데 그날 저녁, 일부 신료들이 이번에는 유성룡이 이산해와 함께 나라를 잘못 이끌어 나라가 이 꼴이 되었다며 유성룡을 탄핵하는 것이었다.

그러자 선조는 또다시 이들의 탄핵을 받아들여 유성룡을 영의정에서 파면시키고는 그 날 유성룡의 뒤를 이어 좌의정에 올랐던 최흥원(崔興源)을 영의정으로 임명했다.

아무리 조변석개(朝變夕改) 같은 것이 정치판이라고는 하지만, 참으로 어처구니없는 일이었다. 아침에 영의정이 되었던 유성룡은 단 하루도 채우지 못하고 저녁때에 파직되었던 것인데, 이는 아마도 조선 역사상 가장 짧은 영의정 재직 기간이었으리라.

첫 승전보

선조는 도성을 버리고 황급히 북으로 도주하면서 북병사(北兵使) 김명원(金命元)을 총사령관인 도원수(都元帥)로 임명하고, 방어사 신각(申恪)을 부원수로 임명하여 왜군이 한강을 넘어 도성에 들어오지 못하도록 한강 방어선을 철저히 구축하라는 엄명을 내렸었다.

이와 함께 선조는 삼정승(三政丞) 가운데 한 사람은 남아서 한양을 지켜야 한다고 생각하여 당시 수성(守城) 의지가 누구보다도 강했던 유성룡에게 남도록 명했다.

그러자 도승지 이항복이 선조에게 이렇게 아뢰었다.

"앞으로 명(明)나라의 힘을 빌려야 할 일이 많을 것이옵니다. 그리고 그 일을 감당하기 위해서는 유성룡 대감이 조정에 꼭 있어야 하옵니다."

선조는 잠시 망설이다가 이항복의 이 같은 건의를 받아들였다. 그래서 그는 유성룡 대신 당시 우의정으로 있던 노저(鷺渚) 이양원(李陽元, 1533~1592)을 도성을 지킬 유도대장(留都大將)으로 임명한 후 한양에 남도록 했다.

한강 방어를 맡은 도원수 김명원이 이끄는 조선군은 한강을 사이에 두고 왜군과 대치했다. 그런데 이때 왜군 몇몇이 한강을 건너오려는 기색을 보이자 도원수 김명원은 잔뜩 겁에 질린 표정으로 부원수 신각에게 말한다.

"아무래도 난 전하의 어가(御駕)를 호위하러 가야겠소."

"도원수께서 지금 자리를 뜨시면 여긴 어찌 됩니까?"

신각이 이렇게 말하며 말리자, 김명원은 벌컥 화를 냈다.

"여긴 당신이 있잖소? 나 대신 당신이 왜놈들을 막으란 말이오!"

그러더니 그는 변복(變服) 차림으로 서둘러 말을 타고는 북으로 달아나 버렸다. 이를 본 군사들도 등을 돌려 슬금슬금 달아나기 시작했으며, 군사들의 사기는 땅에 떨어졌다. 신각은 달아나는 군사들을 막아 보려 했으나 막을 수가 없었다.

유도대장 이양원이 침통한 얼굴로 신각에게 말한다.

"아무래도 대세가 기운 것 같소. 잠시 후퇴하는 수밖에 없을 것 같소."

결국 신각은 유도대장 이양원과 함께 남아 있던 일부 군사들을 이끌고 경기도 양주(楊州)로 퇴각한다. 이곳에서 이들은 여기저기서 오는 패잔병들과 도망병을 수습하여 전열을 재정비하는 한편 함경도병마절도사 이혼(李渾)의 군사들과도 합세한다. 그런 다음 해유령(蟹踰嶺) 부근에 주둔하여 왜군의 동태를 면밀히 살핀다.

그러던 중 5월 16일, 한양을 무혈입성(無血入城)한 일본군 제2진을 이끌고 있던 가토 기요마사(加藤淸正)가 선조의 어가를 쫓기 위해 선발대 70명을 보낸다. 그런데 이들은 조선군을 우습게 여기며 무장도 제대로 갖추지 않은 채 술까지 마시고는 해유령에 이른다.

그러자 신각이 이끄는 조선군은 숲속에 매복하고 있다가 이들을 기습하여 70명을 모조리 전멸시킨 후 그들의 목을 베었다. 이때 신각은 선두에 서서 철퇴를 마구 휘두르며 적을 내리쳤는데, 그가 어찌나 세게 철퇴를 내리쳤던지 타고 있던 백마에 왜군의 피가 튀어 온통 붉은색으로 물들어 버렸을 정도였다.

이 전투가 바로 「해유령 전투」 혹은 「양주 전투」로 불리는데, 비록 그 전과는 아주 크다고 할 수는 없겠으나, 왜군들에게 줄곧 쫓기면서 패전하기만 하던 조선 육군으로서는 그야말로 최초의 통쾌한 승리가 아닐 수 없었다.

그러나 이 전투가 있기 전, 선조의 어가를 보호한다는 핑계로 개성으로 달려간 도원수 김명원은 한강 방어 실패의 책임을 추궁 받을 것이 두려웠다. 그래서 그는 선조에게 이렇게 아뢴다.

"전하, 방어사 신각이 소신의 명을 따르지 않고 제멋대로 도망치는 바람에 도성을 지킬 수 없었사옵니다."

이 말에 선조는 크게 노해 몸을 부들부들 떨며 소리쳤다.

"당장 신각의 목을 쳐라!"

선조는 이 같은 명과 함께 신각이 있다는 양주로 선전관을 급파했다.

그런데 며칠 뒤, 선조에게 유도대장 이양원으로부터 승전보(勝戰譜)가 올라왔다. 신각이 가토 기요마사가 보낸 선발대와 싸워 대승했다는 장계(狀啓)였다. 그 증거물로 신각이 보낸 왜군 선발대의 수급(首級) 70급도 함께 놓여 있었다.

이를 본 선조와 문무 신료들은 망연자실(茫然自失)했다.

신각이 도성 방어를 거역하고 달아나버린 줄로만 알고 이미 그의 목을 치라는 어명과 함께 선전관을 급파하지 않았던가.

선조는 한동안 말이 없다가 입을 연다.

"급히 파발을 보내 신각의 목을 베지 말라 하라!"

선조는 자신의 경솔함을 후회했다. 그러나 때는 이미 늦었고, 후회막급(後悔莫及)일 따름이었다.

신각은 이미 5월 18일 먼저 도착한 선전관에 의해 목이 베여 처형당한 후 더 이상 이 세상 사람이 아니었다. 조선을 지키던 아까운 장수 하나가 상관의 모함에 억울하고도 비참하게 죽고 만 것이다.

신각이 억울하게 죽고 나자 그의 부인은 남편 신각의 장사를 지낸 뒤 스스로 목숨을 끊어 남편 뒤를 따랐다. 패전만 거듭하다가 첫 승전보에 접한 선조는 우의정이던 이양원을 영의정에 제수했다.

이때는 전쟁을 미리 막지 못한 책임을 물어 선조가 영의정 이산해와 좌의정 유성룡을 막 파직시킨 후라서 영의정 자리가 비어 있던 터였다.

제2장 풍운(風雲)

임진강 방어선

선조는 이상하게도 도원수 김명원에게 한강 방어 실패의 책임을 묻지 않았다. 책임을 묻기는커녕 그에게 다시 경기와 해서(海西 ; 황해도) 군사들을 징발해 임진강을 지킬 것을 명하였다.

이와 함께 선조는 마침 체직(遞職)되어 돌아온 남병사(南兵使) 신할(申硈)을 방어사로 삼아 함께 임진강을 방어하도록 하였다.

남병사란 조선시대 종2품 무관직으로서 남도병마절도사(南道兵馬節度使)를 줄인 말인데, 당시 함경도의 마천령 이북인 경성(鏡城)에 있는 병마절도사(兵馬節度使)를 북병사(北兵使)라고 하였으며, 그 남쪽 바닷가 쪽인 북청(北青)에 있는 병마절도사를 흔히 남병사라고 불렀다.

그런데 새로 방어사로 임명된 신할은 유도대장 이양원과 함께 왜군 70명의 목을 베어 조선 육군이 첫 승리를 거두는 데 큰 공을 세웠음에도 불구하고 도원수 김명원의 모함으로 억울하게 죽은 신각의 동생이었다.

선조는 이때 한강 방어선이 붕괴되고 도성마저 왜군에게 점령당한 터라 임진강을 왜군의 북진을 막는 최후의 저지선으로 여기고 동원할 수 있는 모든 병력을 모아 임진강 방어에 나섰던 것이다.

충주전투 이후 최대 규모로 조직된 방어 태세였다. 다행히도 한양에서 파주를 거쳐 개성에 이르는 길목의 요충지인 임진강은 강물이 급류로 흐르는데다가 강을 따라 절벽이 이어져 있어 방어하기에는 최상의 조건을 갖추고 있었다.

당시 임진강 방어에는 명령계통이 셋으로 나뉘어 있었다. 첫째는 도원수 김명원과 그 휘하에 부원수 이빈(李薲), 독전관 홍봉상(洪鳳祥), 경기관찰사 권징(權徵), 조방장 유극량(劉克良), 검찰사 박충간(朴忠侃), 좌위장 이천(李薦), 방어사 신할 등이었다.

둘째는 선조에 의해 새로 제도도순찰사(諸道都巡察使)로 임명된 한응인(韓應寅)과 부사 이성임(李聖任)이 이끄는 부대가 있었는데, 이 부대는 주로 평안도 출신인 3천 명의 용맹한 군사들로 구성되어 있었다.

더욱이 이 부대를 지휘하는 한응인은 선조로부터 도원수 김명원의 명령을 듣지 않아도 된다는 특별한 명을 받고 있었으며, 그만큼 한응인은 도원수 김명원 못지않은 독자적인 지휘권을 갖고 있었다.

셋째는 임진강 상류 대탄(大灘 ; 지금의 경기도 연천 부근)에 전 유도대장(留都大將) 이양원(李陽元)과 순변사 이일(李鎰), 전 부원수 신각(申恪) 등이 지휘하던 부대였다.

병력 수는 도원수 김명원 휘하에 7천 명, 제도도순찰사 한응인 휘하에 3천 명, 전 유도대장 이양원 휘하에 5천 명으로 총 1만 5천 명이었다.

도원수 김명원과 제도도순찰사 한응인이 지휘하는 경기, 황해도, 평안도 등의 조선군 총 1만 5천여 명은 강의 북안 장단 쪽에 포진하고 있었다. 그러나 신각이 누명을 쓰고 억울하게 죽은 후에는 신각 대신에 이빈이 부원수로 임명되었고, 조방장에 유극량, 방어사로 신할이 임명되었다. 이와 함께 경기 감찰사 권징도 군사를 이끌고 참전했으며, 홍봉상은 독전관으로 참전했다.

한편 한양에 머무르고 있던 일본군은 새로운 작전계획을 세웠다.

우선 우키타 히데이에(宇喜多秀家)는 점령한 한양에 그대로 머무르면서 전군을 총지휘하기로 하였고, 1번대(番隊)의 주장(主將)으로서 천주교 신자였던 고니시 유키나가(小西行長)는 평양으로 가기로 하였다.

그리고 3번대의 주장이었던 구로다 나가마사(黑田長政)는 황해도로 가서 1번대를 후원하며, 2번대의 주장 가토 기요마

사(加藤淸正)는 함경도 방면으로 가기로 하였다. 아울러 4번
대의 주장 모리 데루모토(毛利輝元)는 강원도로 가서 2번대
를 후원하기로 하였다.

이러한 작전계획에 따라 1592년 5월 10일, 가토 기요마사가
이끄는 왜군 2번대는 파주를 거처 13일쯤 문산 쪽 임진강 남
안(南岸)에 도착했다. 그러나 이때는 이미 도원수 김명원 휘
하의 7천여 명의 조선군이 동파 나루터에 배치되어 있었고,
유도대장 이양원 휘하의 5천여 명의 조선군은 대탄 나루터에
포진한 다음 강변 여기저기 있던 배들을 모두 한곳으로 집결
시키고 난 후였다.

조선군은 이때 집결시키기 어려운 배들은 아예 강물에 침
몰시켜 버렸다. 민가에서 소유하고 있던 뗏목들은 왜군이 사
용하지 못하도록 모두 불에 태워 버렸다. 더욱이 임진강은 수
심이 깊을 뿐만 아니라 물살도 셌다.

때문에 가토 기요마사가 이끄는 왜군 2번대는 임진강 남안
에서 더 이상 진격하지 못하고 강가에 진을 친 채 강 건너에
있는 조선군과 마주보며 대치할 수밖에 없었다.

그런데 이 날(5월 13일), 1번대의 주장 고니시 유키나가는
일본 본국의 명령에 따라 야나가와(柳川調信)를 조선군 진영
에 사신(使臣)으로 보낸다. 강화를 권유하는 사신이었다.

이에 조선군 진영에서는 그에게 행재소(行在所 ; 임금이 민

정 시찰이나 큰 재난, 외적의 침입 등으로 상주하는 궁궐을 떠나 임시로 머무르는 별궁. 행궁 또는 이궁이라고도 함)에 보고하여 3일 안에 회신을 주겠다고 회답한다.

그런데 이때 야나가와는 왜군 2번대의 진영에 들러 가토 기요마사와 밀담(密談)을 나눈다. 조선군 진영에서 회신이 오기 전 군대를 물려 후퇴하는 척하라는 것이었다. 그러자 가토 기요마사는 회심의 미소를 지으며 고개를 끄덕인다. 그리고는 부하 장수들에게 속히 막사를 철거하거나 불사르고 무기들을 수레에 실은 다음 철수하라고 명령한다. 하지만 이것은 조선군을 유인하기 위한 기만전술이었다.

대패(大敗)

왜군들이 갑자기 철수하는 것을 지켜보던 조선군 지휘부에서는 상반된 의견이 나왔다. 장군들 사이에서 왜군이 임진강을 건널 수 없어 퇴각하는 것이라는 의견과, 반면에 우리 조선군을 유인하기 위한 기만전술이라는 상반된 의견이 나왔던 것이다.

제도도순찰사 한응인과 방어사 신할, 경기관찰사 권징 등은 이것을 일본군의 퇴각으로 보고 강을 건너 즉시 추격하자고 주장했다. 특히 신할은 속히 강을 건너 도망치는 왜군을 추격하자고 강력히 주장했다.

그러자 연로(年老)하지만, 전투경험이 많은 조방장 유극량이 반대하고 나섰다.

"경솔하게 강을 건너 진격해서는 안 됩니다. 왜놈들이 지금 퇴각하는 체하는 건 우리를 끌어들이기 위한 술책이니, 절대로 강을 건너 뒤쫓아서는 안 됩니다. 좀 더 기회를 보다가 공격해도 늦지 않습니다."

이 말에 성질이 급한 신할은 벌컥 화를 냈다.

"그게 무슨 소립니까? 도망치는 왜놈들을 그냥 돌려보내자는 거요? 지금 서둘러 뒤쫓지 않으면 저놈들을 칠 수 없단 말이오."

그러더니 그는 갑자기 차고 있던 칼을 뽑아 유극량을 치려고 했다.

"역시 천출(賤出)은 어쩔 수가 없구먼. 비겁한 천출은 죽어야 해!"

신할의 말대로 유극량은 원래 천출이었다. 하지만 그는 힘이 좋고 무술에 뛰어나 무과(武科)에 급제하여 장수까지 된 것이다. 자신의 출신 성분까지 들먹이며 칼을 들이대는 신할 앞에서 유극량은 두려움이 없었다. 오히려 그는 비분강개(悲憤慷慨)하여 신할을 노려보며 이렇게 말한다.

"난 어려서부터 머리를 매고 종군한 사람인데, 어찌 죽음이 두려워 피한단 말이오? 내가 이렇게 반대하는 것은 오직 국가 대사를 그르칠까 두려워하기 때문이란 말이오!"

이를 지켜보던 도원수 김명원은 유극량의 말이 옳다고 여겼다. 그래서 그는 신할에게 좀 더 지켜보자며 말렸다. 하지만 신할은 물러서려고 하지 않았다. 여기에다 경기관찰사 권징(權徵)도 신할을 지지하고 나섰다.

"적세(敵勢)가 허약해졌으니, 빨리 진격해야 합니다."

그런데 이날 마침 군사 3천 여 명을 이끌고 임진강 북안(北岸)에 도착한 제도도순찰사 한응인도 신할의 편을 들어 이렇게 말했다.

"내 생각도 방어사의 생각과 같소. 지금이야말로 왜놈들을 물리칠 수 있는 절호의 기회요. 방어사의 말대로 속히 강을 건너 왜군을 공격해야 하오."

이때 한응인이 이끌고 온 휘하의 군사들은 대부분 압록강 연변 출신의 날쌘 용사들로서 북쪽 오랑캐들과 싸운 경험이 많아 전투에 익숙한 터였다. 그래서 한응인은 이 용맹한 군사들을 이끌고 퇴각하는 적을 치면 반드시 이길 것으로 믿었다.

한응인의 이 같은 말에 그의 부하 장수 하나가 한응인을 향해 머리를 숙이며 말한다.

"장군, 먼 길을 쉬지 않고 달려 방금 이곳에 도착한 우리 군사들은 몹시 피로한 상태입니다. 게다가 이들은 아직까지 식사도 하지 못했습니다. 뿐만 아니라 병장기도 제대로 정비하지 못했으며, 뒤따르는 부대 또한 아직 당도하지도 않았습니다. 더욱이나 적군이 후퇴하는 형세를 볼 때 정말로 물러가는 것인지, 아니면 아군을 속이기 위한 술책인지 헤아리기가 어렵습니다. 그러니 잠시 휴식을 취하고 대열을 정비한 다음, 내일 적군의 형세를 다시 한 번 살펴본 후에 나아가 싸우는 것이 좋을 것 같습니다."

그러나 한응인은 한시라도 빨리 전공을 세워야겠다는 욕심에 오히려 그를 나무랐다.

"군사들을 핑계로 비겁하게 나아가지 않으려는가?"

이러더니 그는 갑자기 칼을 뽑아 이 장수의 목을 내리쳤다. 자신의 위세를 보이기 위한 본보기였다.

그의 이 같은 행동을 본 도원수 김명원은 겁이 나 더 이상 반대하지 못한 채 가만히 있었다. 그 또한 한응인이 이미 선조로부터 자신의 명령을 받지 않아도 된다는 지엄한 어명을 받았다는 것을 알고 있었기 때문에 그도 한응인을 함부로 대할 수 없었던 것이다.

제도도순찰사 한응인이 이곳으로 오기 전 먼저 선조를 찾아갔을 때 선조는 그에게 이런 말을 했었다.

"내려가거든 병사들부터 장악하라. 만일 거역하는 자가 있으면 군령에 따라 참하라."

군기를 확고히 잡으라는 어명이었다. 그러면서 선조는 한
응인에게 김명원의 지휘를 받을 것 없이 독자적인 지휘를 해
도 좋다는 권한까지 주었다.

제도도순찰사 한응인과 방어사 신할, 경기관찰사 권징 등
에 의해 군영의 분위기가 강을 건너 적을 치는 쪽으로 급격하
게 쏠리자, 김명원 역시 이를 따를 수밖에 없었으며, 한응인
의 서슬 퍼런 군령에 장수들은 곧 군사들을 배에 태워 강을
건넜다. 임진강 북안에는 3천여 명의 병력만 남긴 채 1만 2천
여 명의 주력이 왜군 공격에 투입되었다.

이때 신할로부터 비겁하다는 소리를 들었던 유극량은 분개
하여 자기 휘하의 군사들을 이끌고 가장 먼저 강을 건넜다.
이어 신할과 독전관 홍봉상이 그 뒤를 따랐다. 하지만 도원수
김명원과 제도도순찰사 한응인 등은 진영을 지킨다며 강을
건너지 않고 그대로 남았다.

임진강을 건넌 조선군은 일제히 왜군을 뒤쫓았다. 그런데,
조선군이 방심하여 사주(四周) 경계도 없이 어느 험난한 산속
에 이르렀을 때 주위에 매복하고 있던 왜군들이 일제히 함성
을 지르며 기습해 오는 것이 아닌가.

덫에 걸린 것이다.

복병이 사방에서 나타나 조총과 화살을 풍우(風雨) 치듯
퍼붓자 조선군은 당황하며 겁에 질렸다. 앞장섰던 유극량과

독전관 홍봉상은 군사들을 독려하며 적을 향해 활을 쏘며 싸우라고 외쳤다. 하지만 그런 말이 겁에 질린 조선군에게 들릴 리 없었고, 모두들 뒤돌아서 달아나기에 바빴다.

적을 향해 활을 쏘며 싸우던 유극량과 독전관 홍봉상은 곧 왜군이 쏜 총탄에 맞아 전사했다. 강을 건너 왜군을 추격하자고 강력히 주장했던 신할은 말을 탄 채 뒤돌아서 달아났으나 결국 강을 건너려다가 물에 빠져 죽고 말았다.

적을 피해 절벽 위로 달아난 군사들도 많았는데, 이들은 더 이상 피할 곳이 없게 되자 스스로 절벽에서 뛰어내려 강물에 몸을 던졌다. 미처 절벽 아래로 뛰어내리지 못한 군사들은 뒤쫓아 온 왜군의 칼날 앞에 엎드린 채 처참하게 난도질당하며 죽었다. 강을 건너려다가 뒤쫓아 온 왜군의 창검에 찔려 죽거나 강물에 빠져 죽은 군사들도 부지기수였다.

임진강을 건넜던 1만 2천여 명의 조선군 가운데 살아서 임진강 북쪽으로 되돌아온 군사는 1,000명도 되지 않았다.

5월 17일에 있었던 일이다.

훗날 유성룡은 그의 《징비록》에 이때의 참상을 다음과 같이 적었다.

『임진강 변 깎아지른 절벽 위에서 강물로 떨어져 죽는 조선군 병사들의 모습이 마치 모진 바람에 흩날리는 낙엽과도

같았다. 봄날에 꽃놀이하듯 군대를 다뤘으니 대패한 것이 당
연하다.』

강 건너 북쪽에서 이런 처참한 모습을 지켜본 김명원과 한
응인 등은 완전히 기가 꺾여 아무 말도 하지 못하고 있었다.
그런데 이때 정찰사 박충간이 군사들 속에 있다가 갑자기 말
을 타고 달아나는 것이었다.

그러자 누군가가 소리쳤다.

"도원수가 달아난다!"

이 말 한마디에 임진강 북쪽에 있던 군사들은 정말로 도원
수 김명원이 달아나는 것으로 알고 모두 겁에 질려 뿔뿔이 흩
어져 달아나 버렸다. 그리고 그 후 5월 27일, 왜군은 의기양양
하여 임진강을 건넜다.

선조와 침(鍼)

한양을 떠난 이후 줄곧 비바람을 맞은 데다가 음식도 제대
로 먹지 못하고 과로한 탓일까, 평소에도 건강이 그다지 좋지
않던 선조는 이때 마흔한 살이었는데, 몽진 길이 시작된 이후
로는 건강이 더욱 좋지 않았다.

개성에서 하룻밤을 자고 난 선조가 서둘러 어의(御醫)를
찾았다. 대기하고 있던 허준과 이공기(李公沂) 두 어의가 급

히 선조 앞에 엎드리며 무릎을 꿇었다.

"간밤에 열이 수시로 오르내리고, 가슴이 막히고 답답해서 혼났네. 왼쪽 무릎이 시리고 아파서 걷기가 힘들구나. 심화(心火 ; 마음속에서 북받쳐 나는 화)가 맺혀 이리 된 것 같아. 아무래도 침을 맞아 맥(脈)을 터야겠어."

평소 침(針) 맞기를 좋아했을 뿐만 아니라, 몸이 좀 아플 때마다 어의들을 불러 침을 자주 맞았던 선조는 자신의 병세에 대해 스스로 이같이 진단을 내리며 침을 맞아야겠다는 뜻을 비쳤다.

선조는 본래 비위(脾胃)와 원기(元氣)가 약했는데, 왜란으로 인해 나라가 어수선하고 왜군들에게 쫓기는 동안 스트레스를 많이 받았다. 게다가 믿었던 장수들마저 왜군에게 여지없이 패해 죽어나가는 것을 보면서 몹시 울화가 치밀고 분통이 터졌다.

군주로서 무능한 자기 자신에 대해 화가 났을지도 모른다. 때문에 선조는 몽진하는 와중에 먹은 것도 별로 없으면서 속이 늘 더부룩하고 기운이 없었으며, 몸 안에서 열이 나고 가슴이 막히며 답답한 증상이 있었다. 더욱이나 비바람을 맞으며 말을 타고 장시간 이동하다 보니 다리와 무릎도 시리고 아팠다.

그래서 침술의 통기(通氣) 효과를 잘 알고 있었던 선조는 자신의 맺힌 기(氣)를 트고자 대뜸 침을 맞아 막힌 맥을 트겠다고 한 것이다.

허준은 우선 선조의 용안을 살폈다.

망진(望診)이었다. 망진이란 한방에서 예로부터 써 온 진찰법들 가운데 하나로서, 환자의 안색이나 피부의 색, 혀의 상태 등을 살핌으로써 병의 예후와 병세 등을 파악하는 것을 말한다.

한방에서는 보통 얼굴의 귀와 눈·코·입·혀는 오장(五臟 ; 腎·肝·肺·脾·心)의 정기(精氣)와 상통하는 것으로 간주하는데, 귀에서는 신기(腎氣), 눈에서는 간기(肝氣), 코에서는 폐기(肺氣), 입술에서는 비기(脾氣), 혀에서는 심장기(心臟氣)를 본다. 즉 이들 오관(五官 ; 귀·눈·코·입·혀)을 통해 오장의 기능과 변조를 엿보는 것이다.

맥진(脈診)과 복진(腹診)도 해 보았다. 맥진이란 환자의 맥을 짚어보는 진찰법이며, 복진은 인체의 오장육부(五臟六腑)가 모두 뱃속에 근거하고 있으므로 환자의 배를 촉진(觸診)하여 그 허실을 살피는 진찰법이다.

선조의 얼굴은 약간 수척해졌고, 안색은 다소 붉은빛을 띠고 있었으며, 이마와 가슴 쪽에 열이 약간 나는 것이 감지되었다.

특히 선조의 혀에는 혓바늘이 많이 돋아나 있었는데, 이는

심로(心勞)라 하여 신경을 많이 쓰거나 속이 많이 상한 후, 정
신적인 충격을 받았거나 고민이 있을 때, 또는 스트레스를 많
이 받았을 때 자주 나타나는 현상이며, 그만큼 정신, 즉 뇌신
경의 기능까지도 관여하는 심장의 기능이 나빠져 있음을 뜻
한다. 이와 함께 심장의 기능과 밀접한 관련이 있는 뇌신경의
기능도 약해져 있을 뿐만 아니라 혈액순환 또한 좋지 않다는
것을 의미한다.

허준에 이어 이공기도 선조의 병세를 살폈다. 그리고 두 사
람은 잠시 눈짓으로 의견을 나누었다. 이어 허준이 선조에게
아뢴다.

"전하께서 말씀하신 대로 심화가 많이 맺힌 것 같사옵니
다. 침으로 통기(通氣)를 하고, 침을 놓아 기운을 운행시키는
것이 적합할 줄 아옵니다."

허준은 침을 써서 선조의 경락(經絡)을 자극하면 몸 안의
기가 잘 소통되면서 치솟아 오른 심화가 가라앉을 것이며, 이
와 함께 열도 내리고 가슴이 막히며 답답한 증세도 호전될 것
으로 보았다. 또 이렇게 되면 선조의 혀에 많이 돋아나 있는
혓바늘도 가라앉으며, 무릎이 시리고 아픈 증세도 한결 좋아
질 것으로 여겼다.

여기에다 탕약까지 쓰면 더 좋겠지만, 탕약에 쓸 약재가 없
었다. 허준은 한양을 떠날 때 약재들을 미처 챙겨오지 못한

것이 또다시 후회스러웠다. 자책감도 들었다.

한방에서는 예로부터 탕약과 더불어 침술을 매우 중요한 의술로 여겨 왔다. 침술은 예로부터 종기나 두통, 팔다리의 통증 등과 같은 증세에 대한 치료법으로 많이 쓰여 왔는데, 침술은 특히 몸에 맺힌 기혈(氣血)을 터 열을 내리는 데도 매우 효과적이다.

때문에 열기(熱氣)가 있는 부위에 대한 치료를 하고자 할 때에는 뜸을 뜨기에 앞서 침술을 먼저 쓰는 일도 많았다. 먼저 환부에 여러 차례의 침을 놓아 경맥(硬脈 ; 혈압이 높거나 열이 나서 강하게 뛰는 맥박)을 가라앉히며 잘 통하게 한 다음 허한(虛寒)과 사기(邪氣)가 모이는 곳에 뜸을 뜨면 그 효과가 더욱 좋기 때문이다.

기(氣)와 혈(血)

한의학에서는 예로부터 우리 인체에는 기(氣)와 혈(血)이 흐르고 있으며, 이러한 기와 혈이 서로 조화를 이루면서 잘 흘러야만 건강할 수 있다고 여겨왔다. 이와 함께 기는 모든 생명의 원동력이자 모든 힘의 근원으로 여겨왔으며, 인체를 떠받치고 있는 「보이지 않는 기둥」 가운데 하나가 바로 기라고 믿었다.

지금으로부터 약 2,200여 년 전에 이루어진 중국 의학의 최고 원전(原典)이며 중국에서 가장 오래된 의학서의 하나로 일컬어지는 《황제내경소문(黃帝內經素問)》을 보면, 『심기(心氣)가 빠지는 자는 죽는다.』라는 내용의 글이 적혀 있다. 이것도 기가 쇠한 자는 이미 죽은 것과 같으며, 목숨을 오래 부지할 수 없다는 뜻이다.

《황제내경소문》은 흔히 줄여서 《황제내경》이라 하는데, 이 《황제내경》에서는 기를 몸의 근본이자 병의 근본으로 여긴다. 그래서 《황제내경》에는 이런 내용의 글이 있다.

『기는 사람의 근본이다. 모든 병은 기에서 시작된다. 양생의 도를 잘 지켜 몸에 정기(精氣)가 가득하면 건강하고, 반대로 사기(邪氣)가 침범하면 병이 든다.』

사실 기란 우주에 가득 찬 에너지로서, 몸의 근본이기도 한 동시에 병을 일으키는 근본이기도 하다. 이는 다시 말해 기가 바로 몸과 병 양자의 공통분모라는 뜻이 된다.

기원전 4세기경 도가(道家)의 사상가 장자(莊子) 또한 『기가 모이면 그게 바로 생명이요, 기가 빠지면 그게 바로 죽음이다.』라고 했다.

이런 것들은 모두 기가 우리 인체에 끼치는 영향이 클 뿐만 아니라, 이 기가 원활하게 운행되어야만 인체 내의 혈액순환도 원활해지고, 인체 내의 모든 장기(臟器)와 여러 가지 기능들도 건강하고 순조롭게 되는 것으로 여겼기 때문이다.

특히 우리 인체 안에 있는 오장육부(五臟六腑)와 피육근골(皮肉筋骨)에 영양을 공급하는 혈(血), 즉 혈액이 온몸을 순환하는 데 있어서는 반드시 기의 혈이 필요하다. 다시 말해 기의 소통이 원활하지 못하면 혈의 순환도 원활할 수가 없으며, 기가 힘차게 혈을 이끌어 나갈 때 비로소 혈의 순환도 잘될 수가 있는 것이다.

그런데 우리 인간의 기에는 「선천적인 기」와 「후천적인 기」두 가지가 있다. 선천적인 기란 태어날 때부터 가지고 나온 기를 말하며, 사람이라면 누구나 이 선천적인 기를 받아 가지고 태어난다. 특히 아버지로부터는 하늘의 기를, 어머니로부터는 땅의 기를 받고 태어나는 것으로 여긴다.

그러나 이 선천적인 기는 계속 유지되는 것이 아니라, 시간이 지날수록 소멸하기 때문에 살아가면서 끊임없이 새로운 기를 보충 받지 않으면 안 된다.

다른 모든 생물들과 마찬가지로 인간도 대자연으로부터는 공기와 일광(日光) 등을 통해 수시로 대우주나 대자연이 뿜어내는 정기(正氣), 또는 「하늘의 기」를 받아야 하고, 대자연과 땅의 기운을 받고 자라난 각종 음식물을 통해서는 「땅의 기」를 받아들여야 한다.

이와 함께 여러 가지 심신 훈련이나 수양 또는 운동 등을 통해서 새롭고도 강한 기도 보충 받아야 한다. 그리고 이처럼 후천적으로 받아들이고 보충하는 기를 일러 「후천적 기」라 고 한다.

기는 우리 인체 내에서 여러 가지 작용을 하는데, 그 대표 적인 것 몇 가지만 살펴보면 다음과 같다.

첫째, 기는 우리 인체의 모든 생리활동을 추동(推動)하는 작용을 한다. 즉 우리 몸 안의 오장육부가 움직이는 것도, 대 뇌와 신경계통이 활동하는 것도, 그리고 혈액이 온몸을 순환 하는 것 등도 모두 기의 추동작용에 의한 것으로 보면 된다.

둘째, 사기(邪氣), 즉 나쁜 기운에 대항하고, 이를 몸 밖으 로 몰아내며, 우리 인체의 건강을 지키고 방어하는 작용을 한 다. 우리 인체는 항상 외부로부터 갖가지 질병과 나쁜 기운의 공격을 받고 있으며, 내부에서도 여러 가지 원인에 의해 질병 이나 나쁜 기운이 조성되고 있는데, 기가 이를 막아내고 물리 치는 역할을 하는 것이다. 따라서 기의 강약이 곧 질병이나 나쁜 기운에 대한 저항력과 직결되기 마련이다.

셋째, 체온유지 작용을 한다. 인체의 모든 생리활동은 일정 한 온도 속에서만 정상적으로 이루어지는데, 인체의 열원(熱 源)인 기가 이 역할을 적절히 수행하고 있다.

따라서 우리 몸 안에서 이처럼 중요한 작용들을 할 뿐만 아

니라 우리의 건강과 아주 밀접한 관련이 있는 이 기가 부족해
진다든가, 기의 흐름이 원활치 못하다든가, 또는 선천적 혹은
후천적으로 기가 허약해진다든가, 어떤 나쁜 감정이나 사기,
질병, 좋지 않은 환경 등에 의해 기가 약해져 제 역할을 충실
히 하지 못한다면 실로 큰 문제가 된다.

만일 이렇게 되면 기가 정상적인 활동을 할 수 없는 것은
물론 기가 제대로 소통이 안 되어 기나 혈의 흐름이 막히거나
원활하지 못하고, 기와 직결된 인체의 오장육부와 피육근골
등에도 문제가 생겨나며, 사기(邪氣)가 활개 치게 된다. 그리
고 이로 인해 인체의 곳곳에서 탈이 생기고 병이 생기며, 이
미 가지고 있던 질병이나 증세는 더욱 악화된다.

그러므로 이럴 때는 속히 부족하거나 허약해진 기를 보충
하고, 기의 힘을 강화시켜 주어야 한다. 그 방법으로는 여러
가지가 있는데, 그 대표적인 것 가운데 하나가 바로 침술을
통한 것이다.

그것이 선천적인 기이든 후천적인 기이든 일단 우리 몸에
들어온 기는 마치 강물이 흐르듯 우리 몸 안 곳곳을 순환하며
흐른다.

그런데 한의학에서는 예로부터 우리 인체 내에는 비록 눈
으로는 볼 수 없지만, 기가 흘러가는 통로가 있다고 여겨 왔
다. 이것이 바로 경락(經絡)이다. 기혈의 통로가 경락인 것이

다.

경락은 마치 고성능 컴퓨터의 전자회로와도 같이 우리 몸 안에 복잡하게 얽혀 있는데, 경락에서의 「경(經)」이란 우리 몸 안의 머리끝에서부터 발끝에 이르기까지 가로, 세로를 달리고 있는 기혈 중에서 세로의 흐름을 말한다. 그리고 「낙(絡)」이란 가로의 흐름을 뜻한다.

경락들 가운데서도 주된 경락들만 간추려 「12경락」과 기경팔맥(奇經八脈)이라고 한다. 기가 흐르는 경락 곳곳에는 일종의 「정거장」 격인 혈(穴) 또는 「혈 자리」라고 하는 곳이 있는데, 한방에서 침을 놓거나 지압을 할 때 찾는 곳이 바로 여기다.

이와 함께 우리 몸에는 기의 터미널 격이자 대우주와의 「소통 창구」라고 할 수 있는 기공(氣孔)이란 것도 있는데, 그 숫자는 무려 8만 4천 개에 이른다. 우리 몸은 이 기공을 통해서 대우주나 자연 속의 기를 받아들이기도 하고, 몸 안의 기를 내보내기도 한다.

특히 우리 인체 내에는 365개의 기혈(氣穴), 즉 경혈이 있으며, 여기서의 365라는 숫자는 1년이 365일이라는 것과 원의 각도가 360도라는 것과 일치하거나 비슷한 것으로서 우리의 인체가 대우주와 흡사한 존재라는 것을 보여준다.

다시 말해, 우리 인체와 대우주는 서로 밀접한 관련이 있으며, 같은 존재라는 것을 의미한다.

경락이나 기혈(경혈) 등은 우리 눈에 보이지도 않을 뿐만 아니라, 인체를 해부해도 발견할 수가 없다. 때문에 서양의학에서는 그 존재를 인정하지 않고 있다. 그러나 눈에 보이는 것만 존재하는 것은 아니며, 눈에 보이지 않더라도 기는 분명히 존재하는 것이다.

한방에서는 이러한 경락과 기혈을 아주 중요시 여기며, 질병이나 증세 등과 관련된 부위의 경혈에 침을 놓거나 뜸이나 지압 등으로 자극을 가하여 막힌 경락을 뚫고 기의 흐름을 원활하게 하는 가운데 장부의 기능을 활성화시켜 질병이나 증세를 치료한다.

침술의 대가 이공기(李公沂)

조선 왕실에서 임금에게 침을 놓을 때는 엄격한 법도와 규정이 있었는데, 이 점은 《선조실록》을 비롯한 여러 실록들을 살펴보면 잘 알 수 있다. 이에 따른 조선 왕실에서의 침술 예법과 그 과정을 요약해 보면 다음과 같다.

1) 약방(내의원을 말함)의 도제조와 제조를 비롯하여 관원과 의관들이 모두 입시(入侍)하여 차례로 임금의 병세를 묻고 자세히 살핀다.

2) 이에 근거하여 약방의 약의(藥醫)와 침의(針醫)들은 가
   장 적절한 처방법에 관하여 거듭하여 신중히 의논한 후
   저마다의 소견을 내놓는다.

3) 도제조 혹은 제조는 이러한 모든 의논을 모아 어떤 처방
   을 쓸 것인지를 결정한 후 이를 임금에게 아뢴다. 그러
   면서 침 맞기를 청하고 임금의 허락을 받는다.

4) 침을 놓기에 적절한 날을 택한다. 그리하여 침놓기에 좋
   은 날이 선정되면 이름난 침의들을 불러 모은다.

5) 침놓는 날에는 왕세자가 먼저 임금에게 문안을 드리고,
   조정의 관원들은 궁궐의 뜰에 대령한다.

6) 침놓는 날에 도제조와 제조를 비롯한 의관들이 입시하
   여 임금의 맥도(脈度 ; 맥이 뛰는 정도)를 다시금 살피며
   이에 관한 논의를 한 다음 침놓을 곳을 정한다.

7) 침을 놓을 때에도 침의는 그때그때 여러 의관들과 수시
   로 의논한다.

8) 침놓은 날 제조 이하 의원들은 궁궐에서 숙직한다.

이러한 것들이 대체로 침술을 시행할 때의 궁중예법으로서
지켜졌으며, 만일 이를 어겼을 경우에 의관들은 종종 탄핵이
나 처벌을 받기도 했다.

이처럼 침술 예법이 엄격했던 것은, 그것이 옥체(玉體)에

침을 대는 일이었기 때문이다. 자칫 실수라도 하여 옥체가 상하기라도 하면 어찌하겠는가.

따라서 임금에 대한 침술 시행은 더없이 신중히 처리해야만 했으며, 여러 어의들이 모여 반복해서 상의하여 모두의 의견이 일치된 다음에야 비로소 임금에게 침 맞기를 청할 수 있었고, 또한 이를 임금이 허락해야만 어의는 비로소 침을 놓을 수가 있었던 것이다.

하지만 지금은 임금이 왜군에게 쫓기는 다급한 상황이라 이러한 궁중 예법대로 선조에게 침을 놓을 수 있는 상황이 아니었다. 더욱이 이때 선조를 호종하는 어의는 허준과 이공기 둘밖에 없지 않은가.

허준은 같은 어의인 이공기에게 눈짓하여 잠시 밖으로 나갔다. 이어 허준이 이공기에게 말을 꺼냈다.

"아시다시피 지금 의관이라고는 우리 두 사람밖에 없지를 않소? 게다가 처방약을 쓸 만한 형편도 못 되고요. 그러니 침 시술로 전하를 편하게 해드리는 길밖에 다른 도리가 없을 것 같습니다만……."

"저도 그리 생각합니다. 가져온 약재도 없고, 지금 같은 난리 통에 어디 가서 처방에 쓸 약재를 구해 오겠습니까?"

이공기가 고개를 끄덕이며 허준의 말을 받았다.

"그래서 하는 말인데, 전하의 침 시술을 맡아 주시오. 침술은 나보다도 능하지 않소."

"과분한 말씀입니다"

이공기는 겸양을 표했으나, 허준은 선조에 대한 이번 침 시술은 이공기가 맡아 주도록 거듭 요청했고, 이공기는 결국 이를 받아들였다. 허준이 이공기에게 이같이 말한 것은 침술에 있어서만큼은 이공기의 침술이 허준 자신보다도 앞섰다고 여겼기 때문이다.

당시 내의원에 있던 어의들과 그 아래 있던 의관인 내의(內醫)들은 약재와 음식을 통한 처방을 전문으로 하는 약의(藥醫)와 다양한 종류의 침이나 뜸을 이용하여 병을 치료하고 증상을 완화시키는 데 전문인 침의(鍼醫) 또는 침구의(鍼灸醫)로 크게 둘로 나누어져 있었다.

그런데 허준은 침구(鍼灸 ; 침과 뜸)보다는 병자의 병을 진단하고 약이나 음식을 통한 적절한 처방을 써서 병을 고치는 데 더욱 능한 약의에 속했으며, 이공기는 약이나 음식을 통한 처방보다는 병자의 병명(病名)이나 증상에 따라 그에 적합한 침구술(鍼灸術)을 써서 병을 고치는 데 더욱 능한 침의 또는 침구의에 속했다. 당시에 이미 같은 어의나 내의라 하더라도 전문 영역이 각기 다르고, 이에 따라 의술 또한 분업화되어 있었다.

흔히 허준이 당대 최고 명의로서 병자에 대한 진단은 물론 약과 음식을 통한 처방과 침구술 모두 당대 최고였던 것으로 알고 있는 사람들이 많으나, 실상은 조금 달랐다.

즉 병자의 병을 정확히 진단하여 이에 따른 약이나 음식 처방을 내리고, 풍부하고도 유능한 의술 경험과 해박한 의학지식을 바탕으로 훌륭한 의서들을 저술하는 능력 등에 있어서는 당시 허준을 따라올 만한 명의가 없었으나, 침구술만큼은 허준보다도 더 뛰어났던 침구술 전문 명의들이 여럿 있었는데, 그 중 한 사람이 바로 이공기였다.

그렇다면 이공기는 과연 어떤 사람이었던가.

이공기(李公沂)는 허준과 마찬가지로 선조 때의 실력 있는 어의(御醫)로서, 그는 훗날 허준처럼 어의의 최고 직인 수의(首醫 ; 내의원 소속의 우두머리 의관)에까지 올랐다. 그만큼 그는 뛰어난 의관(醫官)이었으며, 선조 때에 《의림촬요(醫林撮要)》를 저술한 어의 양예수(楊禮壽)와 《동의보감》을 저술한 허준과 더불어 선조와 왕실의 건강을 지켰던 당대의 명의였다.

그는 임진왜란 때 선조를 의주까지 호종한 공으로 임진왜란이 끝난 후 논공행상(論功行賞)이 있을 때 허준 등과 함께 호성공신(扈聖功臣) 3등에 녹훈(錄勳)되었으며, 1644년(인조 22년)에는 종1품 숭정대부(崇政大夫)에 추증되었다.

그는 특히 침구술에 아주 능한 의관이었으며, 임금을 비롯

하여 왕실 가족과 대관(大宮)들의 병을 치료하는 데 공이 많
았다. 임진왜란이 일어나기 6년 전인 1586년(선조 19년)에는
왕비의 인후증(咽喉症)을 치료한 공으로 내의로서 동반(東班)
의 직을 제수 받았으며, 이듬해에는 허준과 더불어 임금의 병
을 치료한 공으로 상을 받았다.

임진왜란이 일어나기 5년 전인 1587년(선조 20년)에도 그는
선조의 병을 완쾌시킨 공로로 허준, 양예수, 안덕수(安德秀),
이인상, 김윤헌, 남응명(南應命) 등과 함께 각기 녹피(鹿皮) 1
영(令)을 하사받았다.

이공기는 지금의 외과 처치술에 해당하는 침폄술(針砭術)
에도 아주 유능한 의관이었다. 때문에 그는 원병(援兵)으로
조선에 파병된 명나라 군사들이 전투에서 부상을 당했을 때
선조의 명에 의해 이들 명군(明軍)의 부상병들을 치료해 주는
일을 많이 했다.

이 점은 《선조실록》(1593년, 선조 26년)에도 잘 나타나
있다. 즉 임진왜란 때 참전했다가 부상을 당한 명나라의 장수
파총(把摠)을 치료하기 위해 조정에서는 어의 이공기를 파견
하는데, 이때 여러 어의들 가운데서 이공기를 선발한 이유에
대해 다음과 같이 언급하고 있다.

『비변사가 아뢰었다.

"명나라 군사들 중에 전투에 나갔다가 병이 들었거나 다친 사람으로 본 고을의 성안에 있는 자가 거의 수백 명에 이르는데, 그 가운데 파총과 같은 사람은 병졸과는 비교가 안 됩니다.

탄환에 맞은 사람도 있고, 칼날에 베인 자도 있으며, 불에 다친 사람도 있는데 의원을 보려 한다 합니다.

마침 내의 이공기는 침폄술(針砭術)에 매우 능하니 그로 하여금 왕래하면서 치료하게 하소서(備邊司啓曰 天兵赴戰病傷人 在本州城中者 幾至數百 其中如把摠等人 非如卒伍之比. 或有中丸 或有刃刺 或有火傷 欲見醫員云. 內醫李公沂 頗解針砭之術使之往來治療)." 』

허준의 《동의보감》 「제상문(諸傷門)」과 「침구편」에도 임진왜란 당시 이공기가 전쟁터에서 겪으며 체득한 의학적 경험이 실려 있다. 이러한 기록들을 통해서도 알 수 있듯이, 이공기는 쇠붙이로 된 침을 잘 놓았을 뿐만 아니라 폄술(砭術), 즉 돌로 만든 침으로 놓는 침술에도 아주 능했다.

돌침은 옛날 구석기시대 때부터 쓰여 온 의료기구의 하나로서, 석기시대 때에는 돌을 뾰족하게 갈아서 종기가 난 부위를 째거나, 넘어지거나 다쳤을 때 외과적인 치료를 하는 데 주로 쓰였다. 그리고 이것이 침(針)의 기원이 되었는데, 돌침을 다른 말로 석침(石針)·폄석(砭石)·참석(鑱石)·침석(針石)이라고도 한다.

신석기시대에 접어들면서 석침은 점차 가늘어지면서 그 치료 효과도 높아졌으며 환자의 통증을 완화시키는 데도 기여했다. 이후 동물의 뼈를 갈아서 만든 골침(骨針)과 대나무를 뾰족하게 깎아 만든 죽침(竹針)이 나와 함께 쓰이다가 금속기시대에 접어들면서 침의 기구에도 변혁이 일어나 구리침(銅針)·철침(鐵針) 등으로 발전하였고, 이어서 은침(銀針)과 금침(金針)도 쓰이게 되었다.

중국의 의학서들 가운데서도 가장 오래된 《황제내경(黃帝內經)》「소문(素問)」에는 『동방은 병이 모두 옹양(癰瘍 ; 종기)으로 되어 있고, 그 치료는 폄석으로 하는데, 폄석 또한 동방으로부터 온 것이다.』 라고 기록되어 있다.

이를 통해 추정해 볼 때, 이 시기는 고조선(古朝鮮)시대 후기에 해당되므로 이미 고조선시대 때 폄석 시술이 시행되었음을 알 수 있으며, 이것이 다시 중국 한(漢)나라에 전해진 것으로 보인다.

조선시대에는 폄석을 통한 침술이 피부에 생긴 옹저(癰疽)나 옹양으로 인하여 생긴 화농을 제거하거나, 일반 화농성 질환이 생겼을 때, 넘어지거나 다쳤을 때, 전쟁터에서 적의 칼이나 창에 찔려 생긴 창상(槍傷)이나, 화살 혹은 조총 등에

맞아 외과적인 치료를 해야 할 때, 야산이나 어둡고 습기가
많은 곳에서 오랫동안 있어서 생긴 여러 가지 풍습통(風濕
痛) 등에 많이 쓰였는데, 특히 이공기는 쇠붙이로 된 침과 함
께 폄석을 통한 침술로써 많은 환자들을 치료하여 그 능력을
인정받았다.

선조 28년(1595년)부터 선조 34년(1601년)에 이르기까지의
《선조실록》에도 선조가 허준과 이공기 등을 인견(引見)하
여 침구 치료를 받았다는 내용의 기록이 나온다.

특히 선조 30년(1597년)의 기록에는 이공기가 허준·양예
수와 함께 선조에게 침구 치료를 하는 모습과 당시의 상황이
자세하게 묘사되어 있다.

또한 선조 34년의 기록을 보면, 이공기가 허준, 그리고 당
시 젊은 나이에 뛰어난 침구술을 보였던 허임(許任)과 함께
입진(入診)하여 침구로써 선조의 병을 치료하였다는 내용도
나온다.

이밖에도 《선조실록》 곳곳에서 허준·양예수와 함께 이
공기의 이름이 자주 거명되고 있는 것을 보면, 당시 어의로서
의 이공기의 명성이나 서열이 허준이나 양예수에 비해 그리
뒤지지 않았음을 알 수 있다.

선조 28년, 그러니까 1595년에 이공기는 다시 호군(護軍)으
로서 동궁(東宮)을 배종(陪從)한 공으로 가선대부(嘉善大夫)

에 올랐다.

선조 37년(1604년) 6월, 선조는 임진왜란 때 공이 있는 신하들에게 호성공신(扈聖功臣)·선무공신(宣武功臣)·청난공신(淸難功臣) 등 세 종류의 공신을 녹훈한다. 이어 같은 해 10월에는 공신으로 녹훈된 이들 모두에게 교서를 발급한다.

이 가운데 호성공신이란 임진왜란을 맞아 선조가 몽진할 때 임금과 세자를 호종(扈從)한 신하들에게 내린 칭호이며, 이들에게 공훈에 따라 등급한 사실을 문건으로 내린 것이 교서이다.

이때 호성공신의 1등에는 이항복 등 2인, 2등에는 유성룡 등 31인, 3등에는 허준을 비롯하여 모두 53인이 녹훈되었다. 이공기는 3등 공신 53인 중 36번째로 등재되었으며, 호성공신 3등인 충근정량호성공신(忠勤貞亮扈聖功臣)이 되었다.

이 같은 사실만 보더라도 임진왜란 때 선조를 호위하던 문무 신료들 중에서 어의는 허준과 이공기 단 두 사람뿐이었음을 알 수 있다.

또한 이들 86명의 호성공신에게 내린 교서 가운데서 김응남(金應南)·박숭원(朴崇元)·심대(沈垈)·유성룡·이공기·이헌국(李憲國)·이충원(李忠元)·홍진(洪進) 등에게 반사(頒賜 ; 왕이 물품이나 녹봉을 내려줌)한 교서가 지금까지도 남아 있다.

　선조 37년에 선조는 다시 호성·선무·청난 삼공신(三功
臣)의 공신상(功臣像)을 제작하라는 어명을 내리는데, 지금까
지 전해져 오고 있는 이공기의 초상화도 바로 이때 그려진 것
으로 추정된다.

　호성과 선무, 청난의 삼공신을 임명하는 과정을 기록한 의
궤인 《호성선무청난삼공신도감의궤(扈聖宣武淸難三功臣都
監儀軌)》에는 이들 공신들의 초상화를 제작하는 절차가 자
세하게 기록되어 있다.

　그러나 이공기는 호성공신 교서에 공적 사례, 공신에 대한
포상과 특전, 공신의 명단, 사실 증명 등이 차례로 기록되었
으나 안타깝게도 그 앞부분이 손실되어 지금은 완전한 내용
을 확인하기 어렵다.

　교서에 쓴 글은 당시의 승지(承旨)였던 신지제(申之悌, 156
2~1624)가 짓고, 글씨는 당대의 명필인 한호(韓濩, 1543~ 1605)
가 썼다고 전해진다.

　이공기는 임진왜란 때 선조를 호종한 공으로 선조로부터
충북 제천에 있는 토지를 하사받고 훗날 이곳에 정착하였으
며, 충북 제천시 송학면 도화리에는 아직도 그의 후손인 한산
이씨(韓山李氏)가 집성촌을 이루고 있다.

　《제천읍지(堤川邑誌)》와 《조선환여승람(朝鮮寰輿勝
覽)》 등의 문헌에는 제천에 이공기의 부조묘(不祧廟 ; 불천위

不遷位 제사의 대상이 되는 신주를 둔 사당. 나라에 큰 공훈이 있거나 도덕성과 학문이 높은 사람에 대해 신주를 땅에 묻지 않고 사당(祠堂)에 영구히 두면서 제사를 지내는 것이 허락된 신위(神位)가 있다고 기록되어 있는데, 이곳이 바로 제천시 송학면 도화리이기도 하다.

이공기의 아들인 이영남(李英男)은 아버지의 뒤를 이어 의관이 되었는데, 그 또한 어의를 거쳐 내의원 수의(首醫)까지 됨으로써 부자(父子)가 2대에 걸쳐 수의에 오른 우리나라 역사상 유일무이한 기록도 가지고 있다.

선조가 침 맞던 날

임금이 침 맞는 날에는 예로부터 신하들이 갖추어야 할 정해진 예법이 있었다. 우선 임금이 침 맞는 날에는 임금의 주위에 어의는 물론 내의원에 있는 모든 의관들이 미리 와서 대기하고 있어야만 했다.

이와 함께 가급적 많은 문무 신료들이 모여 엄숙한 분위기 속에서 걱정하는 모습으로 임금을 기다리는 것이 신하로서 당연히 갖추어야 할 도리였다.

때문에 이때에도 비록 왜군들에게 쫓기는 다급한 상황이기는 하였으나, 영의정 이산해를 비롯하여 좌의정 유성룡, 도승지 이항복 등은 당시 선조가 머무르고 있던 개성의 경덕궁(敬德宮) 뜰에 도열해 있으면서 선조가 침을 다 맞을 때까지 기다렸다.

경덕궁은 원래 태조(太祖) 이성계(李成桂)가 왕위에 오르기 전에 살던 사저(私邸)였으나, 그가 왕위에 오른 뒤 크게 고치고 궁(宮)으로 봉했던 곳이다.

그러나 이 경덕궁은 태조의 또 다른 사저인 목청전(穆淸殿)과 함께 임진왜란 때 불타 없어지고 만다.

이윽고 허준과 이공기는 시술할 모든 준비를 갖추고 선조가 있는 방 안으로 들어갔다. 방 안에는 낡은 병풍 하나가 쳐 있었고, 선조는 그 병풍 안에 비스듬히 누워 있었다. 침을 맞을 때는 이처럼 병풍을 쳐서 임금의 옥체를 가리는 것이 당시의 예법이었다.

허준과 이공기는 선조에게 공손히 절을 한 후 선조 앞에 무릎을 꿇고 앉았다.

"오늘 시술은 이 의관이 할 것이옵니다."

허준이 이렇게 고하자, 선조는 말없이 고개를 끄덕였다. 그의 표정은 평온했다. 이공기의 침술 능력을 잘 알고 있었기 때문이리라.

그런데 임금이 침을 맞을 때는 임금의 일거수일투족을 늘

살피며 사소한 것들까지 빠짐없이 기록해 두어야 하는 승지
와 사관이 반드시 입시(入侍)해야 하는 것이 예로부터 전해오
는 예법이었다. 이와 함께 내의원 제조와 의관들은 대체로 병
풍 안쪽에 머무는 것이 관례였다.

그러나 간혹 임금이 의관만 병풍 안으로 들게 하고, 승지
와 사관을 물러나 있도록 하여 궁중에 논란이 빚어진 적도
있었다.

다만 임금의 옥체 아랫부분에 침을 놓을 때에는 침을 놓는
침의만 병풍 안쪽에 남고, 나머지는 내의원 제조라 하더라도
병풍 밖으로 나가 있어야만 했다. 그 이유는, 존엄한 임금이
아랫부분을 벗은 몸으로 여러 사람을 대하는 것이 민망했기
때문이다.

그런데 이날은 승지와 함께 당연히 병풍 안에 들어와 대기
하고 있어야 할 사관이 하나도 보이지를 않았다. 앞서 언급했
던 바와 같이 한양을 떠날 때부터 선조를 따라왔던 조존세와
박정현, 임취정, 김선여 등 사관 네 명이 개성까지 오기 전 동
파 역에서 사초들을 모조리 불태워버리고 도망치는 바람에
남아있는 사관이 하나도 없었기 때문이다.

궁중 같았으면 당연히 참석했을 내의원의 제조는 물론 부
제조인 어의들과 내의(內醫 ; 내의원의 부제조 이하의 의관)
들도 없었고, 단지 내의원 부제조이자 어의인 허준과 이공기

두 사람, 그리고 승지 두 사람만이 병풍 안에 들어와 있을 뿐이었다.

허준은 왠지 모르게 선조에게 죄송스러웠다. 침 맞는 임금 곁을 지켜야 할 사람들이 너무나 적지 않은가.

허준은 병풍 안 뒤쪽에서 무릎을 꿇고 다소곳이 앉아 있는 승지 두 사람을 흘끔 돌아보고는 선조에게 조심스럽게 아뢴다.

"왼쪽 무릎이 시리고 아프다고 하시니, 그곳에 침을 쓰게 될 것이옵니다. 하온데, 승지들은 어찌하면 좋겠사옵니까?"

이 말은 임금의 옥체 아랫부분인 왼쪽 무릎 쪽에 침을 놓아야 할 것이므로 부득이 하체가 드러날 터인데, 병풍 안에 이미 들어와 있는 승지들을 어떻게 했으면 좋겠느냐는 뜻이었다.

그러자 선조는 허준의 말뜻을 대번에 알아차리고는 이렇게 말한다.

"의관들만 남고 승지들은 병풍 밖으로 나가도록 하라. 침을 맞은 뒤에 다시 들어오면 되지 않겠느냐?"

비록 신하라고는 하지만 의관도 아닌 승지에게 자신의 벗은 아랫도리를 보이고 싶지 않았던 것이다.

선조의 이 같은 말이 떨어지자 승지 두 사람은 조용히 몸을 일으켜 병풍 밖으로 나갔고, 병풍 안에는 선조와 허준, 그리고 오늘 선조에게 침을 놓을 이공기만 남았다.

이공기는 선조의 환부를 다시 한 번 찬찬히 살펴보고는 묵직한 자신의 침통(針筒)을 조심스럽게 열었다.

그 침통 속에는 인체의 기능 장애인 비병(痺病 ; 몸에 마비가 오는 병)을 치료하는 것은 물론 일체의 기능적 병변(病變)을 치료하는 데 쓰일 뿐만 아니라, 외과적 시술과 안마 등에도 사용되는 구침(九鍼), 즉 참침(鑱鍼)을 비롯하여 원침(圓鍼)과 시침(鍉鍼)·봉침(鋒鍼)·피침(鈹鍼)·호침(毫鍼)·장침(長鍼)·대침(大鍼)·원리침(員利鍼) 등이 가지런히 들어 있었다.

모두가 다 잘 닦여져 있는 은침(銀鍼)들이었다. 당시에는 임금이나 왕실 가족에게 침을 놓을 때는 반드시 은침만을 써야 했다. 은침은 독에 닿으면 변색을 하기 때문에 침에 혹 독이 묻어 있는지를 미리 살필 수 있기에 독이 묻은 침을 쓰지 못하도록 하기 위한 조치에서였다.

창호 문을 통해 들어오는 5월의 아침 햇살에 은침들이 빛을 받아 창검처럼 반짝거렸다.

이공기는 은침들을 잠시 살펴보더니, 먼저 참침을 꺼내 들었다. 피부의 사기(邪氣)를 빼내는 데 주로 쓰이며, 머리와 몸에 고열이 있을 때 사용되는 침이었다.

제호탕(醍湖湯) 대신 「장(醬) 물」

이공기는 선조의 하체에 있는 여러 경혈(經穴 ; 인체의 흐르는 氣가 고이기 쉬운 곳으로서 침이나 뜸을 놓는 자리)뿐만 아니라 이와 관련된 옥체 곳곳의 경혈을 찾아 여러 종류의 침들을 차례로 놓았다.

그런 그의 손길이 빠르고도 능숙했다. 그러면서도 그는 가끔씩 곁에서 지켜보고 있는 허준과 귓속말로 상의를 한 후 다시 경혈을 찾아 침을 놓곤 했는데, 그러는 동안 두어 시간이 흘렀다.

때가 마침 단오(端午) 무렵이라 날씨가 더운 탓도 있었겠지만, 그의 이마에서는 계속 땀이 흘러내렸다. 침을 맞는 선조도 침을 맞는 동안 기운이 쭉 빠졌다.

침놓기가 끝난 뒤에 임금은 입시했던 의관들에게 술을 내리는 것이 관례였다. 때로는 임금이 침을 맞고 난 후 그 경과가 좋거나 난치병이 치유되었을 때, 혹은 임금이 침 맞고 나서 기분이 좋으면 정1품인 도제조와 정2품인 제조, 그리고 정3품이자 부제조인 어의들 모두에게 말이나 호피(虎皮), 녹피(鹿皮), 활, 쌀, 목면 같은 특별한 선물을 내리기도 했다. 내의원 부제조 이하의 의관인 내의들은 물론 시중들던 의녀(醫女)

들에게까지도 선물을 하사할 때도 있었다.

그러나 이날 선조는, 허준은 물론 자신에게 침을 놓아 준 이공기에게마저 술 한 잔 내릴 수 없었다.

임금으로서 체면이 말이 아니었다. 자존심마저 상했고, 자괴감마저 들었다. 하지만 어쩌겠는가.

그러나 선조는 이공기나 허준에게 미안하다거나 수고했다는 말은 일절 하지 않았다. 단지 이날의 일들을 자신의 가슴 속에 깊이 새겨 두었으며, 훗날 이를 떠올려 허준과 이공기를 호성공신으로 녹훈하였던 것이다.

침을 맞고 난 후 선조의 왼쪽 무릎이 시리고 아픈 증세는 상당히 좋아졌다. 하지만 맥이 빠지며 기운이 없었고, 갈증이 심했다.

힘없는 모습으로 누워 있던 선조가 허준을 바라보며 입을 열었다.

"시원한 제호탕(醍湖湯)이 생각나는구려."

「제호탕」이란 당시 여름을 앞둔 단오(端午)가 되면 궁중의 내의원에서 미리 마련해 두었던 것을 임금에게 진상하던 일종의 한방 청량음료를 말하는데, 내의원에서는 해마다 이 때가 되면 임금의 여름철 건강을 위해 엄선된 오매육(烏梅肉)과 사인(砂仁)·백단향(白檀香)·초과(草果) 등의 약재들을 곱게 가루로 만들어 꿀에 버무려 끓였다가 냉수나 얼음물에 타서 임금에게 바치는 풍습이 있었다.

이때 임금은 내의원에서 만들어 바친 이 제호탕을 혼자만 먹는 것이 아니라 부채와 함께 기로소(耆老所 ; 조선시대 때에 70세가 넘는 정2품 이상의 문관들을 예우하기 위하여 설치한 기구)에 하사하는 풍습도 있었다. 노인들의 기력 증진과 체력 보강은 물론 몸이 허약한 노인들에게 특히 좋으며, 여름철 건강 유지에도 좋은 약재들로 만든 이 제호탕을 들고 다가올 여름철에도 건강하게 잘 지내라는 원로대신들에 대한 배려와 우대에서 비롯된 것이었다.

제호탕은 예로부터 극히 맛이 좋은 음료의 대명사처럼 여겨 왔다. 때문에 옛날의 고위관리나 부유층의 집에서는 단오가 되기 전 제호탕을 넉넉히 만들어 백자 항아리에 담아 놓고는 더울 때 귀한 손님이 오면 시원한 냉수나 얼음물에 타서 내놓았는데, 이걸 먹게 되면 가슴속이 시원하고 그 향기가 오래도록 가시지 않는다고 했다.

궁궐이나 양반층에서는 단오 때뿐만이 아니라 복날(伏日)에도 제호탕을 먹는 풍습이 있었다.

사실 제호탕은 그 맛이 좋고 시원하며 심신(心身)을 상쾌하게 해주는 등 여러 효능이 있어 여름철 건강음료로서 아주 적합하다. 그래서 해마다 단오 무렵이 되면 내의원에서 제호탕을 만들어 선조에게 바쳤던 허준은 훗날 그의 《동의보감》에서 이렇게 썼다.

『제호탕은 서열(暑熱 ; 심한 더위)을 풀고 번갈(煩渴 ; 열이 나며 목이 마르는 증상)을 그치게 한다.』

불가(佛家)에서는 「제호(醍湖)」라는 말의 의미에 『깨달음의 경지에 오르다』라는 뜻이 담겨 있는 것으로 보고 있으며, 「제호미(醍湖味)」라 하여 오미(五味)의 다섯째로 최상의 지극한 정법(正法) 또는 불성(佛性)에 비유하기도 한다.

선조는 이미 오래전부터 비위(脾胃)와 원기가 약했을 뿐만 아니라, 속이 늘 더부룩하고 몸 안에서 열이 나고 가슴이 막히며 답답한 증상이 있었는데, 제호탕은 비위를 도와 음식의 소화를 돕고 식욕을 촉진하며, 더위와 술독을 풀어주고, 구토와 갈증을 멈추게 하며, 몸 안의 열기를 식혀주면서 장을 튼튼하게 해주는 효능도 있었다.

더욱이 선조는 여름철이 되면 몸이 나른하면서 기력이 없고, 만사가 다 귀찮으며 속이 울렁거리고, 밥맛도 없는데 물만 자꾸 들이키는 이른바 「서증(暑證)」도 있었는데, 이러한 서증에도 제호탕이 효과적이다.

"제호탕이 없다면, 시원한 꿀물에 송홧가루를 탄 송화밀수(松花蜜水)라도 있으면 좋으련만."

선조는 허공을 바라보며 혼잣말처럼 중얼거렸다.

잘 끓여서 식힌 물, 또는 샘이나 우물에서 방금 길어 온 시원한 물에 꿀을 탄 꿀물에 송홧가루를 넣고 잣을 띄운 송화밀수는 원래 궁중음식의 하나였는데, 선조는 여름철에 무더울 때 궁중에서 자주 먹던 이 음식이 또 생각난 것이다.

소나무의 꽃가루는 흔히 송황(松黃)이나 송화(松花) 혹은 송홧가루로 불리는데, 송화는 예로부터 밀과(密果 ; 쌀가루나 밀가루를 반죽하여 적당한 모양으로 빚어서, 바싹 말린 뒤에 기름에 튀겨 꿀이나 조청을 바르고 튀밥이나 깨고물을 입힌 조과)나 밀수(蜜水)의 재료로 많이 쓰여 왔으며, 옛사람들은 송화가 기를 돋우어 주고 폐를 보호하며 고혈압과 두통, 신경통, 심장질환, 중풍 등에 좋은 것으로 여겨 왔다.

소나무의 꽃가루인 송화는 보통 오뉴월에 피기 시작하여 일주일쯤 지나면 활짝 펴서 바람에 날린다. 그래서 옛사람들은 송화가 반쯤 필 무렵에 송화를 꽃대째 꺾어 넓은 그릇에 이를 펴서 3~4일간 말린 다음 이것을 보자기 위에서 툭툭 털어서 그 가루를 모았다.

그런 후에 이 가루를 물에 씻어 불순물과 쓴맛을 없앤 다음 다시 물에 넣었다가 꺼내서 말리고, 체에 치고 하는 등 여러 번의 번거로운 과정들을 거쳐 송홧가루를 만들어 냈다. 그리고 이를 다시 통풍이 잘되는 곳에 매달아두고 다식(茶食)이나 송화밀수 등의 재료로 썼다.

선조가 제호탕이며 송화밀수 같은 궁중에서 즐겨 들던 음식을 떠올리며 먹고 싶어 하자, 허준은 임금을 모시는 신하로서 송구스러운 마음이 들었다. 궁중에 있을 때 같으면 얼마든지 만들어 바칠 수 있었을 텐데, 그러지 못하는 자신이 지금 너무도 불충(不忠)하다는 생각이 들며 마음이 괴로웠다.

그의 곁에 앉아 있던 이공기 또한 마찬가지였다.

허준은 선조의 허락을 얻어 잠시 밖으로 나가 내의원 서리 용운을 찾았다.

"찾으셨사옵니까?"

경덕궁 뜰에 서서 대기하고 있던 용운이 달려와 허준 앞에 섰다.

"전하께서 제호탕과 송화밀수를 찾으시는데, 지금 그런 걸 어디서 구하겠는가?……그래서 하는 말인데, 어디 가서 간장 조금하고 시원한 물을 좀 구해올 수 없겠나?"

"알겠습니다. 그런 건 구하기 어렵지 않을 것 같습니다."

그러더니 용운은 쏜살같이 밖으로 달려 나갔다. 곧이어 그는 바가지 두 개를 들고 다시 나타났다. 큰 바가지 안에는 맑고 시원해 보이는 물이 찰랑거리며 가득 담겨 있었고, 그보다 좀 작은 바가지 안에는 약간 황금빛이 감돌면서도 거무스레한 간장, 즉 재래식 간장이 조금 담겨 있었다.

"간장을 좀 얻어 왔습니다. 그리고 물은 샘에서 떠왔습니다. 헌데, 이것들은 어디에 쓰시려고……?"

용운이 궁금해 하는 표정을 지으며 바가지 두 개를 내놓았다.

그러나 허준은 아무런 대답도 하지 않은 채 용운으로부터 물이 가득 담긴 큰 바가지를 받아 물을 좀 따라냈다. 그리고는 그 안에 작은 바가지에 있던 간장을 조금 부었다. 그런 다음 용운이 물과 간장을 가지러 밖으로 나간 사이에 미리 꺾어 두었던 나뭇가지로 이를 잘 저었다.

허준이 만든 이것은 「장(醬) 물」이란 것이었는데, 말 그대로 물에 간장을 조금 탄 것이었다.

「장물」은 옛날에 더운 여름철이 되어 땀을 많이 흘리고 갈증이 날 때 샘이나 우물에서 금방 길어 온 찬 물에 간장을 약간 탄 것으로서 이것을 먹게 되면 더위와 갈증이 좀 해소되면서 땀을 많이 흘려 부족해진 소금기와 수분을 보충하는 데 다소 도움이 되었다.

허준은 선조가 먹고 싶어 하는 제호탕이나 송화밀수를 바칠 수 없는 처량한 현실 속에서 문득 전에 먹던 이 「장 물」을 생각해 내고는 궁여지책(窮餘之策)으로 이를 선조에게 진상하려고 했던 것이다.

허준은 이 「장 물」을 선조에게 조심스럽게 바치며 아뢰었다.

"전하, 제호탕과 송화밀수를 올리지 못하는 이 불충을 용서하옵소서. 이것은 백성들이 먹는 장 물이란 것인데, 드시면 다소나마 갈증이 해소되며 원기회복에도 조금은 도움이 될 것이옵니다."

처방은 있으나, 처방에 쓸 약재가 없다

어의 이공기로부터 침을 맞고 나서 하루가 지나자 선조의 옥체는 전날보다 한층 나아졌다. 우선 침을 통한 통기(通氣) 효과가 좋았던지 무릎이 시리고 아픈 증세가 크게 호전되었으며, 가슴이 막히고 답답한 증세도 좀 나아졌다.

그러나 허준이 다시 진맥을 해 본 결과, 비위(脾胃)와 원기는 여전히 약했으며, 치솟아 오른 심화(心火)도 여전했다. 열도 간간이 있었다.

선조의 혀에 많이 돋아나 있던 혓바늘은 다소 가라앉았으나, 입이 마르고 혀에는 백태(白苔)가 끼어 있었다. 용안은 전날과 비교하면 더욱 수척해졌다.

한방에서는 보통 혓바닥의 가운데와 뒷부분에 희거나 희끄무레한 색의 엷은 설태(舌苔)가 고루 끼는 것은 위기(胃氣)의 상태가 나빠져서 생기는 것으로 보고 있으며, 이와 가장 관련이 깊은 장기로 비위(脾胃)를 꼽는다. 그러면서 소화불량이나 위장 상태가 좋지 않을수록 설태가 더욱 두껍게 끼는 것으로 본다.

또한 정상보다 넓은 부위에 설태가 두텁게 끼거나 누른빛이나 잿빛, 혹은 밤색이나 검은빛 등의 설태가 끼는 것은 병적인 것으로 여기며 외감사기(外感邪氣)나 담(痰), 식적(食積) 등에 의해서 생긴 것으로 판단한다.

이를테면 설태의 색깔이 황색을 띠고 있을 때는 발열이나 감염 등의 질환을 의심해 보고, 하얀 경우에는 습담(濕痰) 쪽을 의심한다. 그 색깔이 갈색이나 흑색을 나타낼 때는 암(癌)과 같은 악성질환으로 보는 경우가 많다.

선조는 전에도 오른손의 폐맥(肺脈)과 비맥(脾脈)이 허약하고, 한낮에는 번열이 나고 열이 내린 뒤에도 갈증이 가시지 않고, 호흡이 거칠면서 입이 마르고 혀에 백태가 끼면서 용안이 수척해진 적이 자주 있었다.

그때 선조를 진찰한 허준은 폐맥이 허약하고 호흡이 거친 것은 호흡기가 좋지 않은 상태이며, 백태가 있는 것으로 미루어 비위가 좋지 않고 속 기운과 진액(津液)이 부족하며, 허열(虛熱)도 있음을 알고는 선조에게 이렇게 아뢰었다.

"비위(脾胃)가 허약하고 속 기운이 부족하여 허화(虛火)가 위로 오르고 위(胃)에 열이 머물러 있습니다. 또한 노열(勞熱)이 위로 심폐(心肺)를 덥히고 있어 백태도 생겼습니다. 그러니 속히 허약해진 비위와 속 기운을 보강하고, 진액을 보충하며 허열을 식혀야 하옵니다."

그러면서 허준은 다른 어의들과 상의하여 생맥산(生脈散)과 사칠탕(四七湯) 처방약을 선조에게 올렸는데, 선조는 이를 서너 차례 복용하고 난 후 해독이 되면서 혀에 끼어 있던 백태가 모두 없어졌다. 그리고 맥도 이전에 비하여 다소 평온해졌다.

생맥산은 진액이 부족해서 허열이 생기는 증세에 자주 사용되는 처방약이고, 사칠탕은 과도한 스트레스가 담기(痰氣)와 울결(鬱結)해서 생기는 답답한 증세를 풀어주는 처방약이다.

그런데 이러한 처방 약들을 복용한 후에 선조의 백태가 없어졌다는 것은 곧 선조의 백태 원인이 진액 부족으로 인한 허열과 과도한 스트레스임을 의미한다.

생맥산이란 맥문동(麥門冬)과 인삼(人蔘), 오미자(五味子)를 주재료로 하여 황기(黃芪), 감초(甘草), 꿀 등이 들어간 처방 약으로서 기와 진액이 모두 허(虛)한 증상이 있을 때 이를 보충해 주는 데 효과적이다.

또한 원기가 부족하고 식욕이 없으며, 숨이 차고 맥이 약한 증상, 여름철 더위에 땀을 많이 흘려 기운이 없을 때, 마른기침하면서 식은땀을 흘리고 입안이 마르고 숨차며 맥이 약할

때도 좋은 처방 약이다. 일사병이나 열사병, 만성기관지염, 폐
기종 등에도 쓰인다.

맥문동과 인삼, 오미자를 물에 넣고 달여서 여름철에 물 대
신 수시로 마셔도 좋다.

효종 4년(1653년) 5월 16일의 《승정원일기》에도 생맥산에
관한 글이 실려 있는데, 그 내용은 다음과 같다.

『생맥산은 하절다음(夏節茶飮), 불구첩수지약(不拘貼數之
藥)이다.』

『생맥산은 여름에 차처럼 마시면 좋은데, 그 첩 수에 구애
받지 않는다.』는 뜻으로서 많이 먹어도 상관없다는 것이다.

《동의보감》에서는 『무더운 여름철에는 기를 보해야 한
다(夏暑宜補氣).』고 하면서 그 처방으로 생맥산을 꼽고 있으
며, 생맥산의 효능에 대해, 『사람의 기(氣)를 돕고, 심장의
열을 내리게 하며, 폐를 깨끗하게 해준다.』라고 써놓았다.

《선조실록》(선조 8년 2월 25일)의 기록을 보면, 선조가
이미 오래 전부터 생맥산을 복용했음을 알 수 있다.

『약방의 의관이 입진하고서 아뢰기를, "……만약 지금
잠시라도 조섭을 소홀히 하신다면 뒤 근심이 더욱 깊어질 것
입니다. 삼선고(三仙糕)와 꿀물을 함께 드시고, 번열이 오르

거나 피곤하실 때는 생맥산에 사탕을 가미하여 차처럼 마시
도록 하옵소서.”하였다(藥房醫官入診言……暫忽調攝 則後
虞漸深 兼以三仙糕 蜜水調進 煩熱困倦之時加生脈散砂糖如茶
呷進).』

궁중이나 양반층에서는 예로부터 여름철이 되면 생맥산을
즐겨 먹었는데, 생맥산의 주재료로 들어가는 맥문동은 우리
나라 중부 이남의 산야에 있는 습하고 그늘진 곳에서 자생하
거나, 농가에서 재배도 하는 여러해살이 초본으로서 그 뿌리
의 괴근(塊根)이 주로 약용으로 쓰인다.

맥문동은 예로부터 보음(補陰), 청폐(淸肺), 거담 및 자양제
등의 약재로 널리 이용되어 왔으며, 특히 강장 효능이 좋고
폐기 보강에 좋은 것으로 알려져 있다. 원기를 북돋아 주고
체력을 증진시키는 효능도 있어 몸이 허약한 사람이나 노인,
환자 등에게 한층 좋은 것으로 여겨 왔다.

번뇌를 없애고, 위를 보하며, 독을 없애는 효능도 있다. 마
른기침을 하거나, 폐결핵으로 피를 토할 때, 몸이 허하여 열
이 날 때, 몸에 열이 나고 진액이 마를 때, 갈증이 자주 날 때,
당뇨, 변비, 심장허약, 더위를 많이 탈 때, 양기(陽氣)가 쇠했
을 때 약으로 쓰기도 한다.

《동의보감》에는, 『맥문동을 오래 복용하면 몸이 가벼워

지고 천수(天壽)를 누릴 수 있다』는 기록도 나온다. 옛날에
는 국이나 찌개 같은 음식을 만들 때 맥문동을 함께 넣어 가
족 건강을 지키고자 했다.

　맥문동은 그 성질이 차갑고 더위를 식혀주는 역할도 하므
로 여름철 음료로서 더욱 적합하다. 그러나 맥문동은 성질이
차가워 비위가 약하고 냉하여 설사하기 쉬운 사람이나, 속이
차거나 장이 나빠 설사를 잘하는 사람에게는 부적합하다.

　단, 생맥산에는 인삼과 꿀과 같은 열성 식품이 함께 들어가
므로 소음인(少陰人) 같은 속이 냉한 체질인 사람도 생맥산을
너무 차게 하지 않는다면 먹어도 무방하다.

　선조가 전에 생맥산과 사칠탕, 그리고 삼선고 등의 처방약
을 복용하였고, 복용 후에 그 효과가 좋았다는 것을 잘 아는
허준은 지금 선조에게 또다시 전과 같은 증상이 있다는 것을
알게 되자, 이들 처방 약을 다시 쓰면 좋겠다는 생각을 했다.
그러나 이 역시 마음뿐 현실은 없는 것뿐이었다.

개성을 떠나 해서(海西)로 향하다

　이런들 어떠하리 저런들 어떠하리.
　만수산 드렁칡이 얽혀진들 어떠하리.
　우리도 이같이 얽혀져 백 년까지 누리리라.

此亦何如　彼亦何如　　차역하여　피역하여
城隍堂後垣　頹落亦何如　성황당후원 퇴락역하여
我輩若此爲 不死亦何如　아배약차위 불사역하여

고려 말 이성계(李成桂, 1335~1408)의 아들 이방원(李芳遠, 1367~1422)이 포은(圃隱) 정몽주(鄭夢周, 1337~1392)를 초대한 자리에서 이렇게 「하여가(何如歌)」를 읊으며 그의 마음을 떠보았다.

그러자 고려 최후의 충신 정몽주는 「단심가(丹心歌)」로 응수한다.

이 몸이 죽고 죽어 일백 번 고쳐 죽어
백골(白骨)이 진토(塵土)되어 넋이라도 있고 없고
임 향한 일편단심(一片丹心)은 가실 줄이 있으랴.

此身死了死了　一百番更死了　차신사료사료　일백번갱사료
白骨爲塵土　魂魄有也無　　백골위진토　　혼백유야무
向主一片丹心 寧有改理也歟　향주일편단심　영유개리야여

그 어떠한 협박이나 회유가 있더라도 지금까지 섬겨온 왕조와 한 임금에 대한 충절(忠節)은 결코 변치 않겠다는 뜻이었다. 그 결과, 그는 결국 이방원이 보낸 자객들에 의해 개성

선죽교(善竹橋)에서 그들이 무자비하게 내리치는 철퇴에 맞아 피살되었다.

이런 충절의 피가 선죽교 돌다리에 그대로 배어 있는 개성에 머물면서 허준은 정몽주의 충절을 생각했다. 그러면서 그런 충절과 자신의 유학적 이념대로 고려 왕조와 운명을 같이한 정몽주처럼 자신도 지금과 같은 국가의 위기상황 속에서 과연 충절을 잘 지킬 수 있을지도 생각해 보았다.

그런데 그날, 선조는 어영대장(御營大將) 윤두수(尹斗壽, 1533~1601)에게 이렇게 묻는다.

"적병의 숫자가 얼마나 되는가? 절반은 우리나라 사람이라는데, 사실인가?"

당시 왜군 치하에 있던 조선 백성들이 대거 왜군에 가담했으며, 그 숫자가 자그마치 왜군의 절반이나 된다는 말을 누군가에게서 듣고 더욱 겁에 질려 있었던 선조는 개성을 버리고 더 북쪽으로 도주할 생각에서 이런 말을 했던 것이다.

사실 왜군에 의해 점령당한 한양 도성 안에서는 그 무렵, 왜군이 조선인들을 상대로 선무(宣撫) 공작을 벌이고 있었다. 그들 왜군에 협조하는 조선인은 죽이지도 않을 뿐만 아니라, 피난가지 못하고 숨어 있는 조선의 대신들이나 관리, 조선군의 장수나 군관 및 군졸들, 그리고 자신들에게 맞서 싸우는 의병(義兵)들을 잡아 오거나, 그들이 숨어 있는 은신처를 알려주면 큰 포상까지 해준다는 것이었다.

그러면서 왜군은 백성들을 버리고 먼저 도망친 비겁한 군주 선조와 조정을 맹비난하며 조선 백성들로 하여금 이에 대한 반감을 갖도록 유도했다.

왜군의 이 같은 선무공작에 자신들을 버리고 먼저 달아나 버린 선조 임금과 조정에 대해 반감을 품고 있던 많은 무지렁이 백성들과 벼슬에 오르지 못한 선비들이 이에 적극 동조하여 스스로 왜군의 앞잡이가 되었다.

그리고 이들은 조선의 대신들이나 관리, 조선군의 장수와 군관 및 군졸들, 그리고 의병들이 숨어 있는 은신처를 찾아내어 왜군에게 알려주었고, 이들의 밀고(密告)로 인해 숨어 있던 많은 사람들이 왜군에게 붙잡혀 무참히 살해당했는데, 이렇게 죽은 사람들의 백골이 종루(鐘樓) 앞과 숭례문(崇禮門) 밖에 산더미를 이루었을 정도였다.

선조는 자신과 나라를 배반하고 왜군에 가담한 조선의 백성들이 상당히 많을 것으로 생각하고, 왜군보다도 이들의 손에 의해 자신이 먼저 붙잡히거나 죽을지도 모른다는 두려움에 휩싸였다. 그래서 그는 신료들을 다그쳐 속히 개성을 떠나려고 했다.

그러나 신료들은 선조에게 또다시 백성들을 버리고 개성을 떠나서는 안 된다며 반대했다. 하지만 개성을 떠나기로 이미 마음을 굳게 먹은 선조는 계속 개성을 떠나 평양으로 갈 것을 고집했고, 결국 신료들은 그의 뜻대로 움직일 수밖에 다른 도리가 없었다.

개성에 머무른 지 이틀만인 5월 4일, 선조의 어가는 개성을 떠나 해서(海西, 황해도)로 향했다. 이들은 황해도 평산(平山)의 금암(金巖)을 거쳐 그날 저녁 무렵 평산의 보산(寶山)에 있는 어느 산골짜기에 머무르게 되었다.

이때 한 촌 여인이 찾아와 울면서 조밥을 차려 선조에게 올렸다. 굶주렸던 차에 촌 여인이 차려 준 조밥을 맛있게 먹고 난 선조는 이런 말을 한다.

"이 맛은 팔진미(八珍味)보다 낫구나. 조의 귀중함이 이와 같구나, 이와 같아."

제3장 북(北)으로 가는 길

단오(端午)

이튿날인 5월 5일, 선조의 몽진 행렬은 이른 새벽부터 서둘러 보산을 떠났다. 이들의 발길을 붙잡기라도 하려는 듯 비가 또 내렸다.

선조의 몽진 행렬은 어쩔 수 없이 내리는 비를 맞으며 안성(安城)이란 곳을 지나 점심때쯤 황해도 용천(龍泉)에 도착했다. 마침 그곳에는 조선시대 대중국 사행로(使行路)인 황해도 서흥도호부(瑞興都護府) 내에 설치된 객사(客舍)인 용천관(龍泉館)이 있었고, 선조는 이 용천관에서 간단한 점심 수라를 들 수 있었다.

그러나 여기도 이미 관원과 백성들이 보관되어 있던 약간의 곡식들마저 다 챙겨 도망친 터라 선조를 따르던 일행은 여전히 굶어야만 했다.

그런데 그날은 마침 우리 민족이 예로부터 1년 중 양기(陽氣)가 가장 왕성한 날이라며 큰 명절로 여겨 온 단오(端午 ; 수릿날)였다. 하지만 선조의 몽진 행렬이 북쪽을 향해 가고 있는 동안 어디서고 사람들이 모여 단오를 즐기는 모습은 보이지를 않았다.

우리나라에서는 아주 오래전부터 단오가 되면 여자들은 흔히 창포(菖蒲)를 넣어 삶은 물로 머리를 감고, 좋고 푸른 새 옷을 입었다. 그리고는 액운(厄運)을 막는다는 뜻에서 창포뿌리를 깎아 비녀를 만들어 빨갛게 물을 들인 뒤에 머리 위에 꽂았다. 그러면 다가오는 여름 내내 더위를 타지 않고 건강하게 잘 지낼 수 있다고 믿었기 때문이다.

이 날, 여자들은 높은 나무 위에 매달아 놓은 그네를 타며 신나게 놀았다. 남자들은 모래밭에 모여 씨름을 하면서 힘자랑을 하며 흥겹게 놀았고, 액운을 막아준다 하여 창포뿌리를 허리춤에 차고 다녔다.

이와 함께 이날에는 여러 액(厄)을 물리치고 몸을 보양(補陽)한다는 의미로 수리취떡(쑥떡)과 복숭아와 살구로 만든 떡인 도행병(桃杏餠), 앵두화채 등을 먹는 풍습도 있었다.

특히 단오가 되면 여자들은 산과 들에 나가 쑥잎을 뜯어다가 짓이긴 후 멥쌀가루와 잘 섞어 둥글넓적하게 만든 떡을 만들어 먹었는데, 이 떡을 가리켜 흔히 수리떡 혹은 쑥개떡이라고 했다.

단오는 다른 말로 수릿날이라고도 하며, 이날 쌀가루에다가 수리취 나물의 잎사귀를 넣어 떡을 만든 후 그 위에다가 둥근 수레바퀴 모양의 문양(紋樣)이 있는 떡살을 찍은 절편을 먹는 풍습도 있었다. 또 이렇게 만든 떡을 가리켜 수리취떡, 수리취 절편 또는 단오떡이라 했다.

「수리취」라는 말은 고어(古語)에서 수레바퀴를 뜻한다. 또한 고어에 「술위」라는 말이 있는데, 이 말은 수레를 가리키는 말이다.

더위가 막 시작될 무렵인 단오에 수레바퀴 모양의 수리취떡이나 쑥개떡 같은 것을 먹게 되면 대자연의 좋은 기(氣)가 보충되어 다가올 여름철에도 원기를 잃지 않고 수레바퀴가 술술 잘 굴러가듯 무난히 여름을 넘길 수 있다고 여겼다.

따라서 수리취떡이란 이름은 수리취 나물을 넣어 만든 떡이라고 해서 붙여진 이름이기도 하지만, 그 모양새가 마치 수레바퀴와 같다고 해서 붙여진 이름이기도 한 것이다.

속이 냉하여 임신이 잘 안 되는 여인이 단오에 수리취떡이나 쑥개떡을 먹으면 아이를 가질 수 있다는 속설도 전해오고 있다.

단오가 되면, 여자들은 쑥과 익모초(益母草)를 뜯어 상비약으로 준비해 두는 풍습도 있었다. 그래서 이날에는 집안에만 갇혀 지내던 규수들까지 모처럼 집 밖으로 나와 산야를 돌아다니며 쑥과 익모초도 뜯고, 싱그러운 자연 속에서 봄 냄새를 맡으며 해방감을 만끽했다.

이처럼 여자들이 쑥과 익모초를 뜯어 상비약으로 준비해

두었던 이유는, 이 무렵이 대자연의 양기(陽氣)가 가장 왕성
할 때이므로 이때 채취한 이런 약초들의 약성(藥性) 또한 가
장 좋은 것으로 여겼기 때문이다.

단옷날 중에서도 오시(午時 ; 오전 11시~오후 1시)가 가장
양기가 왕성한 시각으로 생각하여 쑥과 익모초, 찔레꽃 등을
가능한 한 이 시간에 따서 말려두었다. 단옷날에 채취한 쑥과
익모초는 그 양기가 아주 왕성하다 하여 「아들 낳는 풀」이
라고도 불렀다.

예로부터 황해도에는 너른 평야지대에서 생산되는 쌀과 각
종 곡식들이 풍족하여 집에 손님이 오면 밥뿐만이 아니라 떡
도 함께 만들어 술과 함께 내놓는 풍습이 있었다. 하지만 이
렇게 인심 좋고 풍요로운 곳이었지만, 선조와 그 일행에게 떡
이나 술, 밥을 가져오는 사람은 아무도 없었다.

난리 통에 그렇게 좋았던 인심마저 야박해진 것일까, 아니
면 백성들을 버리고 도망치는 선조와 조정 신료들이 미웠던
것일까?

떡과 술은커녕 끼니조차 제대로 때우지 못한 채 용천관 한
쪽에 말없이 앉아 있던 허준은 갑자기 속이 더욱 헛헛해지며
서글픈 생각이 들었다. 더욱이 오늘은 수리취떡이며 도행병
같은 맛있는 음식들을 만들어 먹으며 흥겹게 하루를 보내던
단오가 아닌가.

갈 길은 멀고, 날은 또 저무는데

용천관에 머물러 있는 동안 선조는 좌의정 최흥원(崔興源), 개성에서 어영대장이었다가 선조의 명에 따라 하루 만에 우의정으로 승진한 윤두수, 좌참찬 한응인(韓應寅), 예조판서 정창연(鄭昌衍), 우부승지 민여경(閔汝慶), 가주서(假注書) 박정현(朴鼎賢), 검열 김의원(金義元) 등과 회의를 했다.

이때 선조는 이런 어이없는 말을 한다.

"명나라 황제의 생신이 다가오고 있는데, 지금 우리는 저 왜놈들 때문에 황제께 드릴 축하 선물조차 마련하지 못하고 있어. ……그래서 과인은 우리의 이런 급박한 사정을 황제께 보고하고 양해를 구할 사신을 보내야 하는 것이 급선무라고 생각하는데, 누굴 보내면 좋겠는가?"

한 나라의 군주라는 사람이 지금 왜놈들이 쳐들어와 온 나라를 쑥대밭으로 만들고 백성들을 마구 죽이고 있는 판국에 어떻게 하면 그들을 속히 물리치고 적의 수중에 있는 나라와 백성들을 구할 수 있느냐 하는 문제를 놓고 걱정하며 이에 대한 논의를 하고 있는 것이 아니라, 중국 황제의 생일선물을 마련할 수가 없으니 이런 가련한 사정을 중국 황제에게 속히 알려 그가 기분 나쁘지 않도록 하자는 것이 아닌가.

사실 선조는 왜군에게 쫓기면서도 이들을 막을 방책이나 왜군 수중에 있는 남쪽의 백성들이 겪고 있을 어려움이나 피해 상황 따위에는 아무런 관심도 없었고, 이에 대해 신하들에게 묻지도 않았다.

이 무렵, 그가 관심을 두고 신하들에게 물었던 것은 오로지 평양까지 가는 가장 빠른 길이 무엇인지, 여기서 얼마나 더 걸리는지, 한양 백성들이 전부 자기를 배반했는지 하는 것과 어떻게 하면 명나라 황제의 비위를 건드리지 않고 잘 보일 수 있는지 하는 것뿐이었다.

그야말로 선조는 이때에도 나라와 백성들이야 어떻게 되든 말든 오직 중국 황제에게 잘 보여 자신의 목숨을 구하는 것만이 그의 삶의 최대 목표였던 것이다.

이렇게 용천에서 하루를 또 어렵게 보낸 선조의 몽진 행렬은 다음날인 5월 6일, 검수(劍水)를 지나 해 질 녘에 황해도 봉산(鳳山)에 이르렀다. 하지만 모두들 너무나 지치고 허기가 져서 더는 갈 수가 없었다. 가뜩이나 느리던 발걸음이 이제는 땅에 붙어 떨어지지 않을 정도였다. 선조와 일부 신료들이 타고 가던 말들도 지친 모습으로 힝힝거렸다.

결국 선조는 길가에 있는 어느 방앗간에, 그리고 신료들은 인근에 있는 촌가(村家)에 머물게 되었는데, 이때 대사헌(大司憲)으로 있던 유곡(柳谷) 이헌국(李憲國, 1525~1602)이 툇마루에 우두커니 앉아 있다가 갑자기 자리에서 벌떡 일어나더니, 잔뜩 화가 난 목소리로 곁에 있던 신료들을 향해 꾸짖는 것이었다.

"정승과 승지는 모두 개자식들이다! 어찌 군부(君父)로 하여금 밥을 굶고 가시게 하는가."

그러면서 그는 팔을 휘두르고 주먹다짐이라도 할 것 같은 자세를 취했다. 그의 이 같은 모습을 본 사람들은 비록 대꾸는 하지 않았지만, 속으로 모두 실소(失笑)를 금치 못했다.

대체 누가 누구를 나무란단 말인가. 자기는 임금을 모시는 사람이 아니란 말인가.

하루가 또 지난 5월 7일 이른 아침, 새들이 신이 나서 활기차게 지저귈 시간이었지만, 새들이 지저귀는 소리는 들리지 않았다. 새들도 모두 시절이 어수선한 것을 알아차리고 어디론가 피난을 떠난 것일까.

선조의 몽진 행렬은 이른 아침부터 서둘러 길을 떠났다. 그리고는 발길을 재촉해 한 고을, 한 고을을 지나며 황주(黃州)로 향했다. 길에서 만난 백성들이 말 위에 앉아 있는 선조를 보자 울부짖듯이 소리쳤다.

"저희를 버리고 가지 마옵소서!"

그러나 이들의 이런 말이 선조의 뜻을 꺾지는 못했다. 오히려 선조는 황주에 도착하자마자 찬물을 뿌리듯이 이런 엄명을 내린다.

"앞으로 과인의 가는 길을 막는 자가 있으면 모조리 베어 버려라!"

선조가 황주에 도착했다는 소식을 듣고 황해감사 조인득(趙仁得)이 선조 앞에 나타나 몸을 조아리며 아뢴다.

"소신의 생각으로는, 이미 한양을 떠나 여기까지 오셨으니, 장차 평양에 머물러 계시는 것이 당연하오나, 지금 행차의 속도가 너무 빠르고 인심이 뒤숭숭할 뿐 아니라, 백관(百官)과 군마(軍馬)들이 모두 굶주려 뒤처져 있습니다. 한양이 아래로는 왜놈들이 길을 자세히 알고 있지만, 서로(西路)는 어찌 그렇게 빨리 올 수 있겠사옵니까? 그래도 평양은 성곽이 험고하니 지킬 만합니다.

대가(大駕)가 평양에 도착하거든 궁속들과 하인들을 단속하여 추호도 범하는 것이 없게 함으로써 백성들로 하여금 그 은택을 입도록 하신다면 다행이겠사옵니다."

그러나 이런 말 역시 선조의 귀에 들어오지 않았다. 한낱 지방 관리인 주제에 감히 군주에게 이래라저래라 하는 것 같아 선조는 오히려 기분이 나빴다. 더 이상 황주에 머무르고 싶은 마음이 없어 다음날 아침, 선조는 해가 뜨자마자 신료들을 다그쳐 황주를 떠났다.

길가의 풀잎 위에 맺힌 이슬들이 아침 햇살을 받아 영롱하게 빛났다.

이날 점심 무렵, 한 촌부(村夫)가 선조의 몽진 행렬이 자기 집 앞을 힘겹게 지나는 것을 보고는 달려 나와 자신이 가지고 있던 쌀을 탈탈 털어 선조에게 바쳤다. 겨가 반 이상이나 섞여 있는 쌀이었다.

선조는 그나마 이 쌀로 지은 밥으로 점심 수라를 들 수 있었지만, 신료들 이하 선조를 따르던 사람들은 또 굶어야만 했다.

배고픔을 견디다 못한 하급 관리와 군졸 몇 명이 또 어디론가 슬그머니 사라져 버렸다. 그러나 이들의 행방을 묻거나 이들이 사라진 것에 대해 신경을 쓰는 사람은 이제 아무도 없었다.

허준은 선조가 점심 수라를 드는 동안 잠시 길가에 있는 숲속으로 들어갔다. 숲 특유의 밝고 신선한, 그러면서도 향긋하고 기분 좋은 냄새가 풍겨 왔다. 어디선가 희미하게 새소리와 계곡물 흐르는 소리가 들려왔다. 숲 사이로 불어오는 바람은 시원했다. 허준은 마음이 한결 편해지며 우울했던 기분이 조금 좋아졌다.

우리나라의 여느 숲과 마찬가지로 소나무가 많이 있었다. 허준은 소나무 하나를 바라보다가 소나무 가지에 달린 솔잎을 손으로 한 움큼 훑어 입안에 조금씩 넣고 꼭꼭 씹었다. 잘

근잘근 씹을수록 솔향기가 입안에 가득 차며 배고픔이 조금
가셨다.

허준은 선조를 따라 한양을 떠나 여기까지 오는 동안 배가
고프고 허기질 때면 이렇게 근처에 있는 소나무의 솔잎을 훑
어 씹곤 했는데, 이러면 배고픔을 좀 줄일 수 있었다. 또한 그
는 솔잎이 기력회복과 심신(心身) 강화 등에도 좋다는 것을
잘 알고 있었으므로 지치지 않고 선조를 따르기 위해 어디서
든 구하기 쉬운 솔잎을 자주 먹었다.

솔잎은 예로부터 「신선들이 먹는 음식」으로 알려져 왔
다. 흔히 안개를 먹고 산다는 선인(仙人)들은 저마다 스스로
의 선약(仙藥)을 만들어 먹었다고 하는데, 그 주재료는 대개
솔잎이었다는 이야기도 전해온다.

사실 도(道)를 닦는 사람들이나 승려들 가운데는 솔잎을
상식(常食)하는 사람들이 많았다. 이들은 솔잎을 잘 말린 다
음 곱게 빻아서 쌀가루나 콩가루와 함께 꿀로 버무려서 새알
심만 하게 빚은 것을 식사대용으로 먹었다. 이렇게 만든 것을
하루에 몇 알씩만 먹어도 시장기를 느끼지 않았기 때문이라
고 한다.

허준은 훗날 그의 《동의보감》에 솔잎의 효능에 대해 적
어 놓았는데, 그 내용을 살펴보면 다음과 같다.

『솔잎은 풍습창(風濕瘡 ; 풍사風邪와 습사濕邪로 인해 뼈마디가 저리고 아픈 병증)을 다스리고, 오장육부를 편하게 해준다. 곡식 대용으로도 쓰인다. 솔잎을 오랫동안 생식하면 늙지 않고, 원기가 왕성해지며, 머리털이 나고 머리털이 검어진다. 또 추위와 배고픔을 모른다.』

평양성(平壤城)

햇살 좋은 5월 8일 오후, 선조의 어가는 마침내 평양성에 당도했다.

물길이 좋은 대동강 변에 자리한 평양은 4천여 년의 역사를 지닌 고도(古都)로서 단군왕검이 도읍한 이래 기자조선과 위만조선, 낙랑, 고구려 등의 도읍지였으며, 예로부터 중국으로 가는 길목이었다. 또한 평양은 관서지방의 중심으로서 주변에 백 리에 달하는 넓은 들이 있고, 대동강물의 폭 또한 넓어 많은 장삿배가 드나들기에도 적합한 곳이었다. 서해와도 인접하여 수운(水運)과 해운(海運)이 모두 좋은 지리적 조건도 갖추고 있었다.

평양성의 성문들은 하나같이 광대하고 누각은 높았으며, 동쪽은 대동문과 장경문(長慶門) 두 문이, 남쪽에는 함구문(含毬門)과 정양문(正陽門)의 두 문이, 서쪽에는 보통문이, 북쪽에는 칠성문(七星門)이 있었다.

평양은 고구려 때에는 평양성·낙랑·장안·안동도호부라 불렸다. 고려에서는 북진정책의 근거지로 삼고자 평양에 대도호부를 설치하였다가 서쪽의 수도라 하여 서경(西京)으로 승격시켰는데, 태조 이성계는 서경이라 불리던 이 평양을 무척 중요시했다.

선조의 어가가 평양성에 당도하자, 평안도관찰사(平安道觀察使) 송언신(宋言愼)이 군사 3천여 기를 이끌고 선조 앞에 나와 영접했다. 이들 군사들이 든 창과 칼이 오월의 햇살을 받아 번쩍거리며 그 기세가 매우 당당했다. 대부분 평안도 국경지방 출신인 이들 군사들은 모두 오랑캐들과 싸워 본 경험이 있는 정예병(精銳兵)들이었다.

위풍당당한 이들의 모습을 본 선조는 그제야 비로소 안심이 된다는 듯 고개를 끄덕이며 흡족한 표정을 지었다. 그를 따라온 신료들의 얼굴에도 생기가 돌았다.

그런데 선조는 평양에 들어와 좋은 곳에 머무르게 되자, 마음의 여유가 생겼던지 몽진 길에서는 하지 않던 음식투정부터 하는 것이었다.

"이제부터 어선(御膳 ; 임금에게 올리는 음식)은 생물(生物)로 할 것이며, 그 수량도 풍족하게 하라. 동궁 이하도 다

이 예(禮)에 따르도록 하라."

마침 선조가 머무는 평양성 바로 곁에는 유서 깊은 대동강
이 흐르고 있었고, 이 대동강에서는 각종 어류들이 많이 잡혔
다. 특히 평양 일대에서는 예로부터 대동강에서 많이 잡히는
숭어로 만든 숭어국을 즐겨 먹었는데, 이 숭어국은 대동강에
서 잡은 싱싱한 숭어의 비늘을 벗기고 토막 내어 가마솥에 넣
은 다음 물을 붓고 여러 가지 양념을 곁들여 끓인 맑은 탕국
을 말한다.

그 국물 맛이 깔끔하고 영양가도 매우 높은 음식이어서 평
양에서는 예로부터 귀한 손님이 집에 오면 숭어국을 대접하
는 것을 당연한 예의로 여겼으며, 대동강 숭어국은 평양냉면
과 함께 평양을 대표하는 음식으로 손꼽혔다.

숭어는 원래 「수어(水魚)」라고 하였는데, 그 맛이 빼어나
다고 해서 「수어(秀魚)」라고도 불렀으며, 국이나 탕뿐만이
아니라 전골, 회, 찜, 구이, 만둣속 재료로 쓰이는 등 다양한
방법으로 요리해 먹었다. 《동의보감》에서는 숭어를 수어
(水魚)라고 부른다.

숭어는 우리나라 전국 각지에서 나는 어류이지만, 예로부
터 대동강 숭어와 영산강 숭어, 그리고 한강 숭어를 으뜸으로
쳤다. 그 맛과 크기로는 영산강 하류에서 잡은 숭어를 최고로
쳤는데, 영산강 일대에서는 대동강 일대와는 달리 국이나 탕

류보다는 숭어회를 즐겨 먹었다.

그러나 한강에서 잡히는 숭어를 최고로 치는 사람들도 있었으며, 『대동강에서 잡은 숭어는 특히 언 것이 좋다.』는 말도 있다.

숭어는 예로부터 탕으로 끓일 때 그 대가리는 넣지 않았다. 그 이유는 숭어 대가리를 넣고 끓이면 흙내가 많이 나기 때문이다. 흔히 「어두일미(魚頭一味)」라고 하지만, 숭어 대가리만큼은 이에 해당되지 않는 셈이다.

숭어알을 잘 말려 어란(魚卵)으로 만들어 먹기도 했다. 어란은 조기알이나 민어알로도 만들었으나, 숭어알로 만든 것을 일품으로 쳤다. 어란은 염장(鹽藏) 후 여러 번 건조하는 과정을 거치며 손이 많이 갔기 때문에 옛날에는 임금이나 대가(大家)에서나 먹던 귀한 음식이었다. 숭어의 내장으로 젓갈을 만들어 먹기도 했는데, 그 맛 또한 진미(珍味)였다.

선조가 평양에 도착하자마자 생물부터 찾으며 좋은 음식을 대령하라고 다그치자, 수라간(水剌間 ; 수라를 짓는 주방, 어주御廚라고도 함) 나인들은 대동강에서 잡은 숭어를 급히 구해 이것으로 만든 숭어국과 평양에 거주하던 관료들이 자기 집에서 가져온 숭어알 어란 등으로 상을 정성껏 차려 선조에게 바쳤다.

선조는 한양의 궁중에 있을 때에도 숭어국과 숭어알로 만든 어란을 즐겨 들었다. 때문에 그는 숭어국과 숭어알 어란이 오른 아침 수라상을 보자 옛 친구를 만난 듯 반색을 했다.

한양을 떠난 이후 처음으로 먹어보는 생선국과 어란이 아닌가.

게다가 밥도 환하게 빛나는 하얀 쌀밥이었고, 숭어국과 숭어알, 어란 말고도 숙채(나물)와 생채, 김치, 장과(장아찌), 조림, 편육 등 몇 가지 찬품(饌品, 반찬)이 더 있었다.

비록 궁중에서 조석(朝夕)으로 받던 12첩 반상(飯床) 차림에는 비교할 수 없었지만, 난리 통에 이만한 음식을 먹기는 쉬운 일이 아니었다.

선조는 모처럼 자신이 좋아하는 입에 맞는 음식을 배부르게 먹고 나자 기분이 좋았다. 그는 진맥 차 마침 입시한 허준에게 흡족한 표정으로 이런 말을 한다.

"모처럼 수어국(숭어국)과 어란을 맛있게 들었어. 경강(京江 ; 지금의 뚝섬에서부터 양화도에 이르는 한강 일대)에서 나는 수어로 만든 것도 좋지만, 이곳 수어국도 참 시원하고 좋은 것 같아."

선조가 한양의 궁중에 있을 때 한강에서 갓 잡아 온 숭어로 만든 국과 탕, 그리고 햇볕에 잘 말려 그 빛깔이 마치 호박 같고 황금빛이 감돌던 숭어알 어란을 먹던 때를 떠올리며 이같이 말하자, 허준은 얼른 말을 받는다.

"요즘 대동강에서 나는 수어는 그 맛이 달다 들었습니다. 더욱이 수어는 비위(脾胃)를 열어주는 아주 좋은 음식이라 전하께는 더욱 적합하오며, 오장을 다스리고 옥체를 이롭게 하옵니다."

허준의 이 말처럼 숭어는 특히 비위에 좋은 음식이라 평소 비위의 기능이 약한 선조에게는 더욱 좋은 음식이 아닐 수 없었다.

허준도 이때 대동강에서 잡은 숭어국과 숭어알로 만든 어란을 조금 맛보며 그동안의 허기를 달랬다. 허준은 오래전 의학계에 처음 입문하여 산야에서 나는 약초들을 직접 살펴보며 그 약성(藥性)과 특성 등을 연구하고, 또한 이 약초들을 직접 채취하여 약재로 쓰기 위해 전국을 떠돌아다니던 때와 평안도 일대에 역병(疫病 ; 악성 유행병)이 돌 때 선조의 어명을 받아 병자들을 치료하기 위해 평양에 온 적이 여러 차례 있었는데, 그때 그는 대동강 숭어국을 맛본 적이 있었다. 그러나 허준은 그때 먹었던 숭어국 맛보다도 지금 먹는 숭어국 맛이 훨씬 더 좋다는 생각이 들었다.

허준은 훗날 《동의보감》을 통해 숭어의 약성(藥性)에 대해 이렇게 기술했다.

『수어(水魚, 숭어)는 맛이 감(甘)하고 평(平)하고 무독(無

毒)하다. 위(胃)를 열고 오장(五臟)을 통리(通利)하며 오래 먹으면 사람을 비건(肥健)하게 한다. 이 물고기는 진흙을 먹으므로 백약(百藥)에 기(忌)하지 않고 오히려 모든 약에 잘 어울린다.』

이수광(李睟光, 1563~1628)은 그의 《지봉유설(芝峰類說)》에서, 『숭어는 진흙을 먹어 토기(土氣)가 있으므로 비위를 보한다.』고 했으며, 서유구(徐有榘, 1764~1845)도 《난호어목지(蘭湖漁牧志)》에서, 『숭어는 원래 진흙을 잘 먹는 습성이 있어 숭어를 먹으면 비장(脾臟)에 좋다.』고 썼다.

옛날에는 아이를 출산한 산모(産母)의 산후조리에도 숭어가 약으로도 자주 쓰였다.

칼을 빌려 간신(奸臣)을 베리라!

평양에 오자마자 자기가 먹을 좋은 음식들만 찾고 백성들에 대한 걱정은 조금도 하지 않을 뿐만 아니라 왜적을 물리치는 일에는 소극적이기만 한 선조의 한심한 모습을 본 신료들은 기가 막혔다.

보다 못한 행대사간(行大司諫) 이헌국(李憲國), 행대사헌 김찬(金瓚), 집의 권협(權悏), 장령 정희번(鄭姬藩)과 이유중(李有中), 지평 박동현(朴東賢)과 이경기(李慶禥), 헌납 이정

신(李廷臣), 정언 황붕(黃鵬)과 윤방(尹昉) 등은 모여서 의논
한 끝에 선조에게 따끔한 충언을 했다.

"신(臣)들이 삼가 생각건대, 국운이 극도로 비색하여 왜구
가 쳐들어옴에 각 고을이 모두 소문만 듣고도 무너지는 판국
입니다. 백만 생령(生靈)들의 희망은 오직 전하의 행동 여하
에 달려 있사온데, 수당지계(垂堂之戒 ; 장래가 촉망되는 자
식은 위험을 가까이해서는 안 된다는 경계)를 생각지 않고 경
솔히 파천의 계획을 세우셨습니다. 행궁(行宮)의 참담함과 형
색의 처량함은 저 천보(天寶) 연간에 있었던 안녹산(安祿山)
의 난리 때보다도 더 심합니다…….

아, 도성을 죽음으로써 당당히 지켰어야 함에도 마치 헌신
짝처럼 도성을 버린 묘당(廟堂)의 대신들은 오직 안일을 일삼
아 형적(形迹)을 피할 뿐 다시 충의(忠義)를 발휘하여 떨쳐 일
어날 생각은 아예 갖지 않고 있습니다.

이 모두가 기필코 나라를 지키겠다는 전하의 확고한 뜻이
없는 데서 비롯된 것입니다. 그리고 이것이 바로 신들이 가슴
을 치며 통탄해 마지않는 까닭이옵니다. 성명(聖明)께서는 유
의하소서."

평양에 도착한 바로 이튿날인 5월 9일이었다.
신료들이 무리 지어 몰려와 하는 이런 말에 선조의 속에서

는 또 분노가 치밀어 올랐다. 어이도 없었다.

이 자들이 이젠 나를 우습게 여기는 것 아닌가.

선조는 속마음을 감추지 못한 채 눈살을 찌푸리며 불쾌한 표정을 지었다. 그러나 그는 아무런 답변도 하지 않은 채 그 자리를 떠버렸다.

그 이튿날, 선조는 무슨 생각을 했던지 신료들에게 갑자기 무과(武科) 과거시험을 치르도록 명령한다. 부족한 병력과 군관들을 확보하기 위해서라는 것이었다.

이에 신료들은 이 난리 통에 무슨 과거냐며 반대한다. 그러자 선조는 뽑았던 칼을 다시 칼집에 꽂듯이 슬그머니 자신의 명을 거두어 버린다.

줏대마저 없는 걸까?

5월 12일, 선조는 이항복(李恒福)을 형조판서로, 신잡(申礵)을 이조참판으로, 유희림(柳希霖) · 홍진(洪進) · 민준(閔濬)을 승지로 삼았다. 그리고 이튿날인 5월 13일에는 이항복에게 대사헌 직을 맡긴다.

이런 일들이 처음 있는 것은 아니었다. 아무리 난리 통이라고는 하지만 선조는 자기 기분에 따라 신하들의 직책을 수시로 바꾸고, 벼슬을 자기 멋대로 떼고 붙이고 했던 것이다.

그런데 이날 이산해와 당파가 다른 일부 신료들이 이미 삭직(削職)당한 이산해를 완전히 축출하기 위해 삭직만으로는

부족하니 율(律)에 의거해서 중죄를 내려야 한다고 선조에게
주장한다.

왜군에 쫓겨 허겁지겁 도망치고 있는 와중에도 이처럼 일
부 신료들은 여전히 자신들의 적대세력은 어떻게 해서든지
몰아내고 자기들만이 권력을 쥐겠다며 당파싸움을 계속하고
있었던 것이다.

실로 누란(累卵)의 위기 속에서, 당파 간에 서로 협력해도
모자랄 판국에 오직 자신들만이 권력을 쥐겠다며 정적(政敵)
들을 몰아내고 죽이기 위해 이처럼 당파 간에 서로 물어뜯고
싸우는 모습들을 가까이에서 지켜보아야만 하는 허준은 한숨
이 절로 나왔다.

하지만 그는 이런 일에 끼어들 만한 신분이 아니었다. 아무
리 임금을 가까이에서 모시는 어의라고는 하지만, 사대부(士
大夫)들과 양반계층들만이 권력을 쥐고 흔들던 당시의 철저
한 계급사회 속에서 그는 천대받던 서얼 출신의 한낱 의관에
불과했기 때문이다.

신하들과 끊임없는 갈등을 겪으면서도 선조는 평양성에서
그래도 오래 머물렀다. 다른 곳들에 비해 평양성의 방비도 좋
은 편이었고, 먹을 것도 그나마 많았기 때문일까.

그러던 5월 27일, 임진강 방어전에서 왜군에게 속아 넘어
가 무참하게 패하고 수많은 군사를 잃은 무능한 패군지장

(敗軍之將) 김명원과 한응인이 초라한 몰골로 평양성에 나타났다.

그런데 이들은 자신들의 부족함과 잘못을 인정하며 사죄하기는커녕 선조와 신료들에게 구차한 변명만 늘어놓았다. 그런데도 선조와 조정에서는 어찌 된 일인지 이들에게 패전에 대한 문책을 하지 않았다.

그러나 임진강 방어선의 붕괴는 곧 평양성이 이제 최전선이 되었다는 것을 의미하는 것이었으며, 이를 입증이라도 하듯 왜군의 북상 소식이 평양성에 계속 날아들었다.

그런 가운데 오월이 가고 유월이 시작되었다. 시절(時節)은 또 한 해의 가장 높은 고개를 오르고 있었던 것이다. 이제는 완연한 여름이었고, 연둣빛으로 가득했던 숲은 어느새 짙은 녹색으로 바뀌어 있었다.

유월이 시작된 이 첫날, 명나라 요동도사사(遼東都司使) 임세록(林世祿)이 왜군의 형세를 살피려고 평양성에 왔다. 그러자 선조는 대동관(大同館 ; 조선시대 때 중국 사신들을 접대하기 위하여 평양성 안에 만들어 두었던 객관)으로 임세록을 불러 좋은 음식들을 대접하며 체면도 버린 채 간청한다.

"적병(왜군)의 흉포함 때문에 조선의 흥망이 조석(朝夕)에 달렸으니, 대명(大明)에서 하루속히 원병을 보내주길 바라오."

하지만 임세록은 선조의 말에 시큰둥했다. 이에 선조와 신료들의 마음은 극도로 불안해졌다. 이때 유성룡이 나서 임세록에게 말한다.

"조선은 수백 년 동안 전쟁을 치르지 않아 많은 백성들이 적병을 보지 못했는데, 졸지에 천하의 막강한 적을 만나 당혹스러워하고 있소. 특히 적병들은 조총이란 군기(軍器)를 사용하여 우리 조선 사람들을 무수히 죽였고, 지금도 이 짓을 계속하고 있소이다. 정발, 신립, 심우정, 신할, 유극량 등 여러 장수들도 연이어 전사했습니다."

그러자 임세록은 고개를 갸우뚱거리며 오히려 유성룡에게 되묻는다.

"왜적이 부산포에 도착했다는 소식을 들은 지 며칠이 안 되어 조선의 국왕께서 도성을 버렸고, 또 며칠이 안 되어 개성을 버렸으며, 또 몇 날이 안 되어 평양이 위험하다고 하니, 어찌 이럴 수가 있소이까? 조선에도 사람이 있고 군사도 있거늘, 어떻게 이리도 빨리 왜적들이 활개를 칠 수가 있겠느냔 말이오?"

임세록의 이같이 말한 데는 그 나름의 이유가 있었다. 즉 그는 평양에 오기 전에 조선군이 너무도 쉽게 왜군에게 밀리는 것은, 조선이 왜(倭)와 짜고 명나라를 치기 위한 계략이라는 뜬소문을 들었기 때문이다.

실제로 명나라 조정에서 임세록을 조선에 보낸 것도, 일본 군의 쾌속적인 진격에 이상함을 느끼고 혹시 조선과 일본이 짜고 명나라를 침략하는 것이 아닐까 하는 의구심 때문이었다. 그래서 명나라 조정에서는 임세록에게 조선의 현지 사정을 정확히 파악하여 보고하라는 임무를 맡겨 파견하였던 것이다.

유성룡은 명나라 조정과 임세록의 이 같은 의심을 풀어주기 위해 조선과 왜가 내통한 적 없다는 점을 분명하게 말했으나, 임세록은 여전히 믿을 수 없다는 태도를 보였다.

이에 유성룡은 임세록을 데리고 연광정(練光亭)에 올라 성 밖의 형세를 보여주었다. 때마침 왜군 병사 서너 명이 대동강 저편의 숲속에서 평양성 쪽을 향해 살피고 있는 모습이 눈에 들어왔다.

그러자 유성룡은 이들을 손으로 가리키며 임세록에게 말한다.

"저놈들이 바로 왜군의 척후(斥候)요. 잘 보시오."

"헌데, 적병이 왜 저리 적소? 고작 서넛밖에 안 되잖소?"

유성룡에 비해 나이가 한참이나 어린 임세록은 거드름을 피우며 이같이 반문했다. 유성룡은 기분도 나쁘고 어이도 없었으나 이를 내색하지 않고 다시 답한다.

"왜놈들은 원래 간사하고 교활합니다. 그래서 대병(大兵)

이 뒤에 올 때엔 반드시 앞에 정탐을 보내지요. 그러니 적병
이 몇 명 안 된다고 마음을 놓았다간 적의 계교에 빠지는 것
입니다."

그러나 임세록은 여전히 믿지 못하겠다는 듯 픽 웃고는 돌
아갔다.

임세록의 이 같은 태도에 선조와 일부 신료들은 명나라가
원군을 보내지 않을지도 모른다고 생각했다. 이와 함께 선조
의 마음은 더욱 흔들렸다.

이런 나약한 선조의 마음에 부채질이라도 하려는 듯 며칠
뒤인 6월 6일에는 왜군이 황주까지 북상했다는 첩보가 들어
왔다. 불과 이틀이면 평양에 도달할 수 있는 거리였다. 이에
놀란 선조는 부랴부랴 왕비와 함께 우의정 유홍 등 일부 신료
들을 함흥으로 보낸다.

왜군이 점점 가까이 다가오고 있음이 느껴지자, 선조와 일
부 신료들은 사태가 심각하다는 판단 아래 평양을 버리고 다
른 데로 또 몽진을 떠나야 한다고 했다. 특히 송강 정철은 누
구보다도 목소리를 높여 평양을 속히 버리고 떠나야 한다고
주장했다.

이에 유성룡은 정철을 매섭게 쏘아보며 말한다.

"평양을 지켜야 하는 것이 마땅한 일이오. 인성부원군(寅
城府院君 ; 정철)께서는 도성인 한양도 버렸거늘, 어찌 평양

을 못 버리겠느냐고 주장하지만, 그때와 지금은 시세(時勢)가 같지 않소이다. 평양은 백성들의 마음이 대단히 굳고, 또 앞에 대동강이 가로막고 있어 지키기에 아주 적합한 곳이오. 게다가 여기서 며칠만 더 버티고 있으면 명나라의 구원병이 올 것이니, 밖에서 돕고 안에서 응한다면 적병을 능히 물리칠 수 있을 것이오. 그렇지 아니하고 만일 평양을 버리고 떠난다면 의주에 이르기까지는 다시는 웅거할 만한 요해지가 없으니 나라는 반드시 망하고 말 것이오."

이 말에 좌의정 윤두수가 즉각 찬동하고 나섰다. 그러자 정철은 미간을 찌푸리며 반박한다.

"평양이 비록 민심이 굳고 앞에 대동강이 있다 하나, 장수도 없이 어떻게 지킨단 말이오?"

쓸 만한 장수들은 그동안 왜군과 싸우다가 죽거나 도망치는 바람에 더 이상 쓸 만한 장수가 없는데, 어떻게 지금 추격해 오는 왜군과 맞서 싸울 수 있겠느냐는 것이었다.

이 말에 유성룡은 몹시 분개하여 정철을 향해 꾸짖는다.

"그렇다면 영변으로 가든, 의주로 가든 적이 끝까지 쫓아온다면 또다시 떠나야 할 터인데, 그러면 거기서는 성상(聖上)을 모시고 다시 어디로 간단 말이오? 그래도 난 평소에 대감이 강개(慷慨)한 뜻이 있어서 어려운 것을 보고도 겁을 내는 사람이 아닌 줄로 믿고 있었는데, 오늘 같은 이런 말은 참으로 의외요!"

윤두수도 정철의 비겁함에 분개하여 그를 향해 질타한다.

"내가 칼을 빌려 이 간신을 베고자 하노라(我欲借劍斬
佞臣)!"

그런데 이 말은 원래 중국 남송(南宋) 때의 정치가이자 시
인이었던 문산(文山) 문천상(文天祥, 1236~1282)의 시에 나오
는 한 구절로서, 문천상은 송나라(남송)가 원(元)나라에 패하
여 항복했을 때에도 항복하지 않고 끝까지 원나라 군사들과
싸우다가 포로가 된 충신이다.

그가 포로가 된 후에 원나라의 세조(쿠빌라이칸)는 그의
충절과 재능을 높이 사 몽고에 투항할 것을 권유했다. 그러나
그는 이를 끝내 거부하고 절의(節義)를 위해 스스로 죽음을
택했는데, 윤두수는 이 같은 충신 문천상이 쓴 시 구절을 빌
어 정철을 선조에게 아부하는 간신에 비유하며 그를 호되게
꾸짖었던 것이다.

윤두수의 이 같은 말에 정철은 크게 노했다. 물론 그 또한
이 말이 문천상의 시에 나오는 한 구절이라는 것을 모르지는
않았다. 하지만 지금 윤두수의 입에서 튀어나온 이 말은 곧
자신을 간신에 비유하며 칼을 빌려 자기를 죽이고 싶다는 뜻
이 아닌가.

정철은 독기어린 눈으로 윤두수를 한참 동안 노려보다가 소매를 뿌리치며 일어나 밖으로 나가 버렸다.

선조는 유성룡과 윤두수 등의 이 같은 끈질긴 반대에도 불구하고 6월 10일, 또다시 평양을 떠나기로 결정한다.

이때 일부 신료들이 이런 의견을 내놓았다.

"어차피 평양을 떠날 거라면, 지세가 험한 함경도로 가서 왜군에 저항해야 합니다."

하지만 또 다른 신료들은 이에 반대하며 이런 말을 한다.

"함경도 쪽으로 가면 장차 명나라의 힘을 빌리기가 쉽지 않습니다. 그러니 중국과 가까운 의주 쪽으로 가야 할 것입니다."

선조는 마음 같아서는 의주가 아니라 그냥 국경을 넘어 아예 중국 땅 요동으로 가고 싶었다.

하지만 그가 한양을 떠난 이후 이제까지 줄곧 가슴속에 품어 왔던 이러한 생각은 신료들의 맹렬한 반대에 부딪혀 실현되기 어려워 보였다.

그러자 선조는 의주로 또다시 몽진하는 길을 택한다. 의주는 비록 중국 땅은 아니지만, 코앞에 있는 압록강만 건너면 바로 중국 땅이기 때문에 여차하면 이 강을 넘어가 명나라에 내부(內附)할 속셈에서였다.

평양을 떠나 의주로

선조는 6월 10일, 평양성을 포기하고 북쪽으로 몽진하기로 결정했다. 그리고는 일행을 거느리고 평양성을 떠나려는데, 선조가 또다시 평양성을 버리고 떠난다는 소식이 평양성 안에 순식간에 퍼졌다.

이어 평양성 안에 있던 많은 백성이 몰려나와 선조의 어가 앞을 가로막았다. 백성들에게 가로막혀 움직일 수 없게 되자 선조는 잔머리를 썼다. 평양성을 떠나지 않겠다는 거짓 조서(詔書)를 내려 백성들을 안심시켰다.

그리고는 다음날 아침 일찍 선조는 일행과 함께 다시 평양성을 몰래 빠져나가려고 했다. 하지만 이를 눈치 챈 백성들이 또다시 몰려나와 선조의 어가를 가로막았다.

선조에게 속았다고 생각한 일부 백성들과 아전들은 흥분하여 칼을 마구 휘둘렀다. 이들은 화가 머리끝까지 치밀어 선조의 몽진 행렬에 끼어 있는 신료들을 향해 소리쳤다.

"너희들은 평소에 나라의 녹(祿)을 도둑질하더니, 이제는 나라를 망치고 백성들을 속이는구나!"

"이렇게 평양성마저 버릴 생각이었다면 무엇 때문에 우리를 속여 성 안으로 끌어들였느냐? 적의 수중에 먹이로 던져주려고 그리했던 것이냐?"

그러면서 이들은 종묘사직의 신주(神主)마저 빼앗아 길바닥에 내던져 버렸다. 그러자 선조는 길에서도 두려움이 느껴졌던지, 이제는 더 이상 물러설 수 없었다고 생각했던지 자신의 앞을 가로막은 백성들 세 명의 목을 베어 순식간에 백성들을 해산시켜 버렸다.

그런 다음 그는 영의정 최흥원, 우의정 유홍, 정철 등의 신료들을 이끌고 평양성 북쪽에 있는 칠성문을 급하게 빠져나가 철옹성(鐵甕城)으로 일컫는 영변으로 향했다.

날은 약간 더웠지만, 날씨는 밝고 화창했다. 하늘에 가볍게 떠 있는 구름은 불어오는 바람에 밀리며 이리저리 흐르고, 어디선가 바람에 쓸리는 나뭇잎 소리도 들려왔다.

선조는 평양성을 떠나면서 좌의정 윤두수, 도원수 김명원, 평안도 순찰사 이원익(李元翼) 등에게 군사 3천여 명과 함께 평양성을 지키라는 어명을 내렸다. 이와 함께 도체찰사(都體察使 ; 전시에 왕을 대신하여 군을 지휘 감독하는 임시직) 유성룡에게는 평양에서 명나라 구원병을 맞으라는 어명도 하달했다.

이런 어명에 따라 평안도 관찰사 송언신은 대동문 성루를, 평안 병사 이윤덕은 부벽루 위쪽 강변을, 자산 군수 윤유후는 장경문을 각각 지켰다.

평양성을 떠난 선조는 장차 요동으로 망명할 목적으로 의
주 방면으로 가다가 평안도 박천 땅에 이르자, 만일의 사태
에 대비해 조정을 둘로 나누기로 결정했다. 즉 분조(分朝 ;
임진왜란 때 임시로 세운 조정)를 하나 만들어 이를 왕세자
인 광해군에게 맡겼던 것인데, 이는 만일의 경우 한쪽이 잘
못되더라도 다른 한쪽이라도 살아남아서 왕권과 종묘사직
을 이을 수 있도록 하자는 것이었다.

그러나 이러한 방침은 전시(戰時)라는 비상상황 속에서
궁여지책으로 만들어 낸 그야말로 「특별한 경우」였다.

분조를 공표할 때 선조는 신료들을 모아놓고 이렇게 천명
한다.

"세자 혼(琿)은 숙성하며 어질고 효성스러움이 사방에
널리 알려졌다. 왕위를 물려줄 계획은 오래전에 이미 결정
하였거니와, 군국의 대권을 총괄토록 하며 임시로 국사를
다스리게 하노니, 무릇 관직을 내리고 상벌을 시행하는 일
을 편의에 따라 결단해서 하게 하노라."

선조 자신은 이제 가게 될 의주의 행재소(行在所)를 원조
정(元朝廷)으로 하여 이를 맡고, 왕세자 광해군에게는 소조
정(小朝廷)으로 하는 분조를 맡게 함으로써 왜군과의 전쟁
수행은 물론 이에 따르는 온갖 힘들고 위험한 일들은 광해
군에게 몽땅 떠넘기고, 그동안 자신은 왜군을 피해 보다 안

전하게 중국 땅 요동으로 건너가겠다는 속셈에서 이 같은 결단을 내린 것이다.

선조의 이 같은 천명에 따라 선조의 둘째아들이자 왕세자인 광해군은 영변에 도착한 이튿날인 6월 14일, 영변에서 선조의 일행과 갈라졌다. 선조는 평안도 북서쪽에 있는 의주로 향하고, 광해군은 어명에 따라 분조를 이끌고 평안도 북동쪽에 있는 강계(江界)를 향해 각기 다른 길을 떠났다.

선조는 광해군의 분조와 헤어져 떠나기에 앞서 종묘와 사직에 하직하며 통곡을 했다. 이날 이후 광해군은 소조정의 책임자로서 분조를 이끌게 되는데, 광해군의 분조에는 영의정 최흥원(崔興源)과 이항복, 좌찬성 정탁(鄭琢), 한준(韓準), 정창연(鄭昌衍), 김우옹, 심충겸(沈忠謙), 황신, 유몽인, 이정구(李廷龜) 등 학식과 외교에 뛰어난 신료들이 많았다.

광해군은 이들 신료들을 비롯하여 자신에게 배속된 여러 장수들과 함께 맨 먼저 각지에 흩어져 있던 군사들을 다시 모아 재편성하는 한편 새로운 근왕병들을 모으는 일에 힘썼다. 그러면서 여기저기서 들불처럼 일어나는 의병(義兵)들을 만나 격려하고 이들과 협력하여 왜군과 싸웠다.

이와 함께 도탄에 빠진 백성들을 찾아다니며 그들을 위무하기도 했으며, 종묘사직을 받들며 백성들을 다스리는 등 실로 많은 일을 했다.

광해군의 분조는 공식적으로 1592년 6월부터 그 이듬해 10월까지 약 16개월 동안 활동한다. 이들은 특히 평안도와 황해도, 함경도, 강원도 지역을 옮겨 다니며 흩어진 민심을 수습하는 한편 의병들을 모집하고, 관군과 의병들의 전투를 독려하며 군량과 말먹이를 수집하고 운반하는 등 활발한 활동을 벌였다.

그러나 광해군이 분조를 이끌고 다닌 지역은 험준한 산악 지대가 많았을 뿐만 아니라, 높은 산이나 고개를 넘어야 할 때도 많았다. 따라서 거동하기가 무척 힘들었고, 왜군과의 거리가 그리 멀지 않은 지역도 많아 심리적 압박감 또한 만만치 않았다.

하지만 이처럼 여러모로 힘들고 어려운 여건 속에서도 광해군이 이끄는 분조는 명나라가 참전하여 평양성이 수복될 때까지 활동을 계속했으며, 평양성 탈환에도 광해군과 광해군이 이끄는 분조는 큰 역할을 한다.

불과 열여덟 살 나이의 광해군은 이처럼 국란의 위기 속에서 자기 임무를 충실히 수행해 냈던 것이며, 광해군의 이러한 활동은 사실상 광해군이 한동안 선조를 대신해 전시(戰時) 상황을 주도했음을 의미한다. 실제로도 그는 한동안 나라와 백성의 실질적인 구심점 역할을 했다.

때문에 광해군의 이 같은 활동을 보고받은 명나라의 장수들은 그에 대한 칭찬을 아끼지 않았다. 특히 임진왜란 때 명나라 원군(援軍)의 장수로 온 이여송(李如松)은 광해군을 높이 평가하며 이런 말까지 한다.

"조선의 부흥은 세자(광해군)에게 달려 있다."

광해군은 1593년 분조가 해체된 뒤에도 무군사(撫軍司)로 활동하며 국란 극복의 선봉에 선다. 도성 한양을 수복한 후에는 도성 방위에도 힘쓴다.

선조는 광해군에게 분조를 맡기는 한편 왕자 임해군(臨海君 ; 광해군의 형)은 함경도로, 또 다른 후궁 소생인 왕자 순화군(順和君)은 강원도로 보내 민심을 달래고 의병들을 모집하라는 어명도 내렸다.

그러나 임해군과 순화군은 성격이 포악하고 백성들의 마음을 읽지 못한 채 오히려 그들을 착취하기를 일삼았다. 때문에 백성들의 호응은커녕 그들의 분노와 반감만 샀다. 그러다가 임해군과 순화군은 역민(逆民 ; 조국을 반역한 백성)들에게 붙잡혀 왜장 가토 기요마사의 포로가 되고 만다.

「유두일(流頭日)」과 「유두면(流頭麵)」

북행(北行) 길을 재촉하던 선조의 몽진 행렬은 평안도 정주에 도착하기 하루 전날인 6월 15일, 길에서 「유두일(流頭

日)」을 맞았다. 산천(山川)은 아름다웠고, 날씨는 더없이 좋았다.

음력 6월 보름날인 이날은 예로부터 「유두일」 혹은 「유두날」이라 하여 가족이나 가까운 사람들과 함께 경치 좋은 시냇가나 폭포로 가서 동쪽으로 흐르는 물에 머리를 감고 목욕을 하는 풍습이 있었다. 그런 다음 시원한 나무그늘 아래 둘러앉아 준비해 간 음식과 술을 들며 하루를 즐겼는데, 이것을 「유두연(流頭宴)」이라 했다.

이렇게 함으로써 온갖 나쁘고 불길한 것들이나 병마(病魔) 따위를 흐르는 물에 다 씻어 흘려보낼 수 있다고 여겼다. 이와 함께 더위도 물리치고 질병을 예방하고자 하는 목적도 있었다.

특히 「유두일」에 국수를 먹으면 명(命)이 길어지고 더위도 물리칠 수 있다고 믿었다. 그래서 이날에는 누구나 그 무렵에 나는 햇밀로 국수를 만들어 먹었는데, 이날 먹는 국수를 「유두면(流頭麵)」이라고 했다.

또한 이날에는 밀쌈(밀전병에 나물과 고기, 깨소금, 꿀 등으로 소를 넣은 음식)이나 편수(片水 ; 얇게 밀어서 편 밀가루 반죽에 채소로 만든 소를 넣고 네 귀를 붙인 다음, 끓는 물에 익혀 장국에 넣어 먹는 여름철 음식), 수단(水團 ; 찹쌀가루나 밀가루를 빚어 삶은 다음, 이것을 시원한 꿀에 넣고 잣을 띄

운 음식으로, 유두날에는 밀가루로 만든 것을 먹음) 등과 같
은 유두 음식을 만들어 먹기도 했다.

이 무렵에 새로 나기 시작하는 수박이나 참외 같은 햇과일
도 함께 먹었는데, 이들 과일 역시 시원하고 수분이 많아 여
름철의 더위를 물리치는 데는 제격이었다.

이날, 선조의 몽진 행렬은 가던 길을 멈추고 인근에 있는
냇가에서 쉬었다. 그러면서 전해오는 풍습대로 흐르는 물에
머리를 감고 발도 담갔다. 그런 다음 시원한 나무그늘 아래
둘러앉아 평양성을 떠날 때 가지고 나온 쌀로 밥도 짓고 밀로
국수도 만들어 먹었다.

모처럼 찬품들도 넉넉했다. 술도 마셨다. 아무리 피난길이
라고는 하지만, 그래도 유두일인데 전해오는 풍습을 외면할
수는 없었던 것이다.

지난번 도성 한양을 갑작스럽게 떠날 때와는 달리 평양성
을 떠날 때는 창고에 가득 쌓여 있던 쌀을 비롯한 여러 가지
곡식들과 함께 갖가지 찬품 재료들, 술과 차(茶), 그리고 약간
의 약재들도 챙겨 올 수 있었다.

선조도 점심 수라로 유두면을 들었다. 신료들이 올리는
술도 두어 잔 받아마셨다. 그러나 선조는 원래 국수로 만든
음식은 별로 좋아하지 않았다. 좋아하지 않았다기보다는 평
소 비위의 기능이 약하고 소화가 잘되지 않는 편이라 국수

를 먹고 나면 소화도 잘 안 되고 속이 더부룩해 기피한 것인
지도 몰랐다.

하지만 이날은 유두일이라 예로부터 유두면을 먹는 풍습
도 있고, 이날에는 유두면을 먹어야 명이 길어지고 더위도
물리칠 수 있다는 얘기도 있어 선조도 어쩔 수 없이 유두면
을 먹었다.

그런데 그날 저녁, 어느 촌가(村家)에서 잠자리에 들었던
선조가 허준을 급히 찾았다.

"소화가 잘 안 되고 속이 좀 안 좋아. 아까 낮에 먹은 유
두면 때문인 것 같아."

허준은 먼저 선조의 손목 맥박을 짚어가며 진맥(診脈)을
해보았다.

진맥은 원래 이른 새벽에 하는 것이 가장 좋은 방법이다.
왜냐하면 이때는 음기(陰氣 ; 몸 안에 있는 陰의 기운)는 아직
움직이지 않고, 양기(陽氣)는 흩어지지 않았으며, 아직 음식
을 먹지 않은 상태이기 때문에 경맥(經脈 ; 기혈이 순환하는
기본 통로로서 경락 계통에서 곧추 가는 원줄기를 말함)이 아
직 가득 차지 않았고, 낙맥(絡脈 ; 경맥에서 갈라져 나와 온몸
각 부위를 그물처럼 얽은 기와 혈이 순환하는 통로)이 고르게
퍼져 있어서 기혈이 아직 뒤섞이지 않았기 때문에 맥의 이상
을 보다 잘 진찰할 수 있기 때문이다.

그러나 지금은 저녁때라서 진맥하기에는 그다지 적합한 시간은 아니었다. 하지만 어쩌겠는가.

허준은 손가락에 좀 더 힘을 주어 눌러서 선조의 위기(胃氣)를 살피는 한편 손가락에 힘을 세게 주며 깊이 눌러 오장(五臟)의 맥도 살폈다. 또 이렇게 진맥으로 선조의 맥의 움직임을 살피면서 눈(眼)에 나타나는 신(神 ; 정신, 혼, 기운)을 보고, 용안에 나타나는 색도 살폈다.

오른손의 폐맥(肺脈)과 비맥(脾脈)은 여전히 화평하지 못했고, 비위(脾胃)가 허약하였으며, 체기(滯氣)가 약간 느껴졌다.

선조를 진찰하고 난 허준은 선조에게 조용히 아뢴다.

"맥도(脈度 ; 맥상脈象의 대소大小, 부침浮沈, 활삽滑澁 등을 가려 보는 것)를 살펴보니, 폐맥(肺脈)의 허삭(虛數)과 비위맥(脾胃脈)의 허약이 느껴집니다. 신맥(腎脈) 또한 미약하옵니다. 속기운이 충실하지 못하여 허화(虛火)가 위로 오르고 위(胃)에 열이 머물러 있으며, 약간의 체기가 느껴집니다."

"그럼 어찌해야 하는가?"

선조가 걱정스러운 표정으로 이렇게 묻자, 허준이 다시 입을 연다.

"근본적으로는 마음을 고요하게 하며 신(神)을 보존하시고, 될 수 있으면 사사로운 생각을 하지 않으시며, 아울러 호

흡을 고르게 하여 기를 안정시키는 것이 좋을 줄로 생각되
옵니다. 지금 전하를 불편하게 하는 체기는 그리 심하지 않
으므로 간단한 처방만으로도 곧 좋아질 것이오니, 너무 심
려치 마소서."

그러고 난 허준은 밖으로 나가 내의원 서리 용운을 불러
말한다.

"나복(蘿蔔, 무) 하나만 구해오게. 전하께서 나복을 좋아
하시니까, 평양성을 나올 때 수라간 나인들이 가져온 게 있
을 거야."

용운은 수라간 나인을 급히 찾아 큼지막한 무 하나를 가
져왔다. 그러자 허준은 이를 곱게 갈아서 면포(綿布) 속에
넣고 꼭 짜서 즙을 낸 다음, 여기에다 끓인 물을 약간 붓고
는 소금을 조금 탔다. 그리고는 이를 사발에 담아 선조에게
바치며 아뢴다.

"전하, 이걸 드시면 좀 괜찮아지실 것이옵니다. 나복을 갈
아 더운 물에 탄 것이옵니다."

"이건 전에도 종종 먹던 것 아닌가?"

그러더니 선조는 허준이 바친 사발을 받아 천천히 마셨다.

얼마 후, 선조는 조금 좋아진 안색으로 허준에게 다시 말
한다.

"과인에게는 역시 나복이 잘 맞는 것 같아. 나복으로 만든

것을 먹고 나니까 체기도 한결 가시면서 속이 편해."

선조가 무로 만든 찬품들을 즐겨 먹었던 이유

선조는 한양의 궁중에 있을 때도 무로 만든 음식들을 즐겨 먹었다. 수라 때마다 나오는 많은 찬품들 가운데서도 그는 특히 무김치(나복김치)와 깍두기·동치미·무생채·무장아찌·무말랭이·무국 등과 같은 무로 만든 찬품들이나 국을 좋아했다.

물론 이것은 이러한 것들이 그의 입에 맞았기 때문이기도 하지만, 이러한 음식들을 먹고 나면 다른 음식들을 먹을 때보다 소화도 잘되고 속이 한결 편했기 때문이었다.

더욱이 허준은 선조가 평소 비위가 허약하고 소화가 잘 안되어 식욕도 좋지 않다는 것을 잘 알고 있었으므로 선조에게 무로 만든 음식들을 자주 들도록 권했었다. 뿐만 아니라 허준은 수라간 나인들에 이런 당부도 잊지 않았다.

"전하의 수라상에 밀국수나 메밀국수 같은 음식들을 올릴 때에는 반드시 나복으로 만든 찬품들을 곁들여야 하네. 그래야 전하께서 식후에 편하실 수 있어."

선조는 궁중에 있을 때 입맛이 없을 때면 다른 찬품에는 거의 손을 대지 않고 무로 만든 찬품만 수저로 조금씩 들었는

데, 하루는 곁에 있던 약방(내의원) 내의에게 이런 말을 한 적
이 있다.

"만약 약 가운데 나복과 맞지 않는 재료가 들어간다면 음
식을 완전히 못 먹게 될 것 같아."

선조는 왜 이 같을 말을 했던 것일까?

한방에서는 예로부터 약을 먹을 때 피해야 할 음식이나 식
품이 있는 것으로 여겼다. 그뿐만 아니라 어떤 음식이나 식품
은 함께 먹어서는 안 되는 것들도 있다고 보았다. 즉 함께 먹
어서는 안 될 배합금기의 식품이나 약재들이 있다고 여겨 온
것이다.

여기에는 상당히 많은 것들이 있으나, 그 대표적이 것이 바
로 무 또는 무씨(蘿蔔子·나복자 ; 체한 데나 담을 다스리는 데
씀)와 지황(地黃 ; 생지황, 건지황, 숙지황)과의 관계다. 이들
사이는 서로 궁합이 잘 맞지 않을 뿐만 아니라 서로 상극관계
이기 때문에 만일 무 또는 무씨와 지황이 들어간 탕약을 함께
먹게 되면 그 약효가 떨어지는 것은 물론 부작용이 생길 수도
있다는 것이다.

이런 옛말도 전해 온다.

『생지황을 심은 밭에 무를 심으면 생지황이 모두 죽고, 무
를 심었던 밭에 생지황을 심어도 생지황이 자라지 않는다.』

심지어 무가 기(氣)를 흩어 지황이 든 탕약과 함께 쓰면 백
발이 된다는 속설도 있다.

허준도 그의 《동의보감》에서 무와 지황과의 관계에 대해
이렇게 언급하고 있다.

『나복(무)은 음식을 소화하고 국수의 독을 없앤다. 또한
대맥(大麥, 보리)과 소맥(小麥, 밀)의 독을 푼다. 날것으로 씹
어 먹으면 좋다. 흔히 피를 만드는 조혈(造血) 약으로 쓰는 지
황과 무를 함께 먹으면 지황의 약효가 떨어지고, 오히려 머리
가 세는 부작용이 생길 수 있다.』

선조가 약방 내의에게, "만약 약 가운데 나복과 맞지 않
는 재료가 들어간다면 음식을 완전히 못 먹게 될 것 같아."
라고 말한 것도, 아파서 약을 먹어야 하는데, 이때 만일 그
약 안에 지황과 같은 무에 상극이 되는 약재가 들어있다면
무로 만든 음식을 먹지 못하게 될 것이므로 그렇게 되면 가
뜩이나 잃은 입맛을 더욱 잃어 음식을 전혀 먹지 못하게 될
것 같다는 뜻이다.

그만큼 무는 선조가 아주 좋아하던 음식이었을 뿐만 아니
라, 입맛이 없을 때 그의 입맛을 살려주는 고마운 음식이기
도 했다.

무는 예로부터 우리 밥상에 자주 오르는 식품으로서 「청

근(菁根)」이라고도 하며, 소화가 잘되는 식품으로 유명하다. 무가 이처럼 소화가 잘되는 식품으로 널리 알려져 온 것은, 「무는 자연이 빚어낸 소화제」라고 불릴 만큼 무 속에는 여러 가지 소화효소가 많이 들어있기 때문이다. 특히 무에는 리그닌이라는 식물섬유가 많이 들어있는데, 이것이 소화가 더욱 잘되도록 촉진하는 역할을 한다.

게다가 무에는 전분 분해효소인 아밀라아제가 많이 들어있다. 우리나라에서 예로부터 떡이나 밥을 먹을 때 무국이나 무김치, 무생채 같은 것들을 흔히 곁들여 먹는 것도 이러한 것들을 함께 먹으면 그 맛도 한결 좋아질 뿐만 아니라 소화가 잘되기 때문이다.

냉면에도 흔히 무김치가 들어간다. 무로 만든 동치미 국물에 메밀국수를 말아 먹는 수도 많다. 메밀묵이나 메밀부침 같은 메밀로 만든 음식을 먹을 때에도 동치미나 무김치, 무생채 같은 무로 만든 음식들을 흔히 곁들여 먹는다.

메밀로 만든 음식에 무가 이처럼 흔히 따라다니는 것은, 단지 맛을 위한 것만은 아니다. 물론 메밀로 만든 음식에 무로 만든 음식이 곁들여지면 맛도 한결 좋아지지만, 이들을 함께 먹으면 메밀이 속을 훑어 내리는 것을 무가 막아 준다고 여겼기 때문이다.

게다가 그 성질이 차가워 냉성 식품에 속하는 메밀 요리에, 온성 식품이자 매운맛이 나는 무를 함께 먹으면 메밀의 냉성이 다소나마 중화된다.

보리밥을 많이 먹던 옛날에는 흔히 보리밥에 무김치나 깍두기·동치미·무생채·무장아찌·무말랭이·무국   등을 곁들여 먹는 수가 많았는데, 이것도 냉성인 보리를 온성인 무로 중화시킨 식생활의 지혜였다.

해풍이 심하고 돌이 많으며 논이 적어 쌀이 많이 나지 않는 제주도에서는 귀한 쌀 대신 메밀로 만든 음식을 많이 먹었다. 제주도에서는 메밀로 만든 음식을 많이 먹으면 몸이 붓는다고 하여, 메밀로 만든 음식을 먹을 때는 으레 무로 만든 음식을 곁들여 먹는 풍습도 있다. 그래서 제주도에서는 예로부터 메밀밭 고랑에는 흔히 무를 심는다.

생선이나 어패류 등을 먹을 때 무생채를 함께 넣고 버무려 먹거나 무로 만든 음식을 곁들여 먹는 수도 많다. 고깃국을 끓일 때나 갈치조림, 고등어조림 같은 생선조림을 할 때도 으레 무를 함께 넣는다.

이처럼 생선류나 어패류 등에 무를 곁들여 먹거나 고깃국을 끓일 때나 생선조림을 할 때 무를 빠뜨리지 않고 넣는 것은, 이렇게 해서 먹으면 떡에 무를 곁들여 먹을 때와 마찬가지로 그 맛이 더욱 좋아지는 것은 물론 무가 생선의 비린내나 고기의 잡내 등을 없애주고 음식 속에 혹시 있을지도 모를 독성을 제거해 주기 때문이다.

사실 무는 뛰어난 항균력을 지니고 있어, 생선이나 어패류의 세균이나 독성을 제거하고 비린내를 없애주며, 고기의 잡내 또한 제거한다. 게다가 어떤 음식이든 무가 들어가면 그 국물 맛이 깊고 시원해진다.

무는 또한 이뇨작용을 촉진하고 장내의 나쁜 물질들을 몸 밖으로 배출시키는 역할도 한다. 무의 매운 맛에는 항균력이 뛰어난 성분이 들어있는데, 이것이 대장균을 비롯하여 호모상구균이나 곰팡이 등의 생육을 억제하고 식중독의 예방 및 퇴치에도 좋은 효능을 발휘한다.

여역(癘疫)에도 약으로 쓰였던 나복(蘿蔔)

허준이 태어나기 15년 전인 1524년(중종 19년), 평안도 용천 지방에 악성 돌림병인 여역(癘疫 ; 전염성 열병, 온역瘟疫이라고도 함)이 크게 돌아 사망자만 670명에 달했다. 이로 인해 용천 군수가 문책을 당했고, 조정이 발칵 뒤집혔다.

허준은 그의 《동의보감》에서 이 병에 대해 이렇게 언급하고 있다.

『1년 동안에 어른이나 어린이 할 것 없이 비슷한 증상을 앓게 되는데, 이것이 곧 유행 온역(瘟疫, 여역)이다. 민간에서는 돌림병이라 한다.』

또한 허준은 훗날(1613년, 광해군 5년), 창궐하는 온역의 치료를 위해 《신찬벽온방(新撰辟瘟方)》이란 의서도 편찬한다. 《중종실록》 51권(중종 19년 7월 7일)의 기록을 보면, 이 여역의 초기 발병에 대한 보고를 소홀히 한 관리를 추고(推考)하라는 다음과 같은 내용의 글이 나온다.

『평안도 용천에 여역이 치성하자 진휼케 하고, 군수 김의형(金義亨)을 추고하라 명하다.

평안도관찰사(平安道觀察使)의 서장(書狀)을 정원에 내렸다.

"용천(龍川) 경내에 여역(癘疫)이 매우 치열하여 죽은 사람이 670명이나 된다. 예전부터 역기(疫氣)가 전염하여 사람이 많이 죽으니, 어찌 이처럼 참혹한 일이 있는가?

곧 감사(監司)에게 하서(下書)하여, 여러 가지로 구원하여 다시 죽는 사람이 없게 하고, 사람이 죽은 집에는 산 사람이 있더라도 굶주릴 걱정이 없지 않으니 진제(賑濟)하고 구휼(救恤)하도록 아울러 이르라.

용천 군수 김의형(金義亨)은 그 백성이 많이 죽었으면 곧바로 감사에게 치보(馳報)해야 할 것인데, 감사가 탐문한 뒤에야 비로소 그 죽은 수를 신보(申報)하였으니, 부지런히 돌

보는 뜻이 아주 없다. 추고(推考)시킬 것도 감사에게 아울러
이르도록 하라.” 』

　그러나 중종의 이 같은 엄명에도 불구하고 그 해(1524년,
중종 20년) 가을에는 황해도 지방에 또다시 여역이 퍼져 이듬
해 봄까지 숱한 백성들이 목숨을 잃었고, 황해도 지방은 한순
간에 쑥대밭이 되었다.

　그런데 여역이 돌던 이때 백성들 사이에서 여역의 예방과
치료에 쓰였던 「약」이 바로 나복김치(나박김치, 무김치) 국
물이었다. 해독작용이 뛰어난 무로 만든 나박김치의 국물을
훌훌 마시면 몸 안에 들어온 전염병의 세균들이 죽거나 빨리
몸 밖으로 배출되어 여역이 낫거나 병세가 호전될 것이라는
생각에서 나온 방법이었다.

　물론 이러한 방법은 지금과 같은 좋은 약이 없던 시절에 쓰
였던 민간요법이었다. 그러나 무가 이뇨작용을 촉진하면서
체내에 들어온 세균이나 나쁜 물질들을 몸 밖으로 배출시키
는 데 효과적일 뿐만 아니라, 무 속에 어떤 항균력이 있다는
것을 당시 사람들도 이미 알고 있었기 때문에 이런 방법이 널
리 쓰였던 것으로 보인다.

　평안도 용천지방과 황해도 일대에 여역이 크게 번져 많은
백성이 죽고 난 이듬해인 1525년(중종 20년), 중종은 지난해

에 나돌았던 여역이 다시 퍼지는 것을 미연에 방지하기 위
해 이에 대한 방역조치를 하도록 어명을 내리는 한편 의관
인 행부호군(行副護軍) 김순몽(金順蒙), 예보사주부(禮寶寺
主簿) 유영정(劉永貞), 전내의원정(前內醫院正) 박세거(朴世
擧) 등에게 예로부터 전해오는 여러 의서(醫書)들에 실린 여
역에 대한 예방법과 치료법들을 뽑아 모아서 간결하게 책으
로 만들도록 지시한다.

이 책이 바로 《간이벽온방(簡易辟瘟方)》이란 의서인데,
한문을 배우지 못한 무지렁이 백성들도 능히 읽을 수 있도록
순 우리말인 언문(諺文)으로도 펴낸 것이 특징이다.

이 의서는 한문의 원문에 언해(諺解)를 붙여 1525년 간행하
였으나, 초간본은 현재 전하지 않고, 1578년(선조 11년)의 을해
자(乙亥字, 1455년 세조 1년 강희안姜希顏의 글씨를 자본字本으
로 하여 만든 동활자), 1613년(광해군 5년)의 훈련도감자(訓鍊
都監字 ; 선조 말기에 훈련도감에서 만든 목활자의 총칭)로
된 중간본(重刊本)이 전한다.

여기서 흥미로운 것은, 이 《간이벽온방》에도 여역 예방
을 위해 순무로 담근 나복김치(나박김치)의 국물을 어른 아
이 할 것 없이 모두 한 사발씩 마시라는 내용이 쓰여 있다는
것이다.

이 또한 무가 이뇨작용을 촉진하면서 체내에 들어온 세균

이나 나쁜 물질들을 몸 밖으로 배출시키는 역할을 하는 한편 무 속에 어떤 뛰어난 항균력이 있을 것이며, 시원한 나복김치 국물이 여역으로 인해 허해진 기운을 보충해 주는 데도 효과적이라고 판단했기 때문으로 여겨진다.

「국수 독에는 무즙」이라는 옛말도 있는데, 이 말은 국수를 잘못 먹고 탈이 났을 때에는 무즙이 최고라는 뜻으로서, 무가 그만큼 독성을 제거하는 데 아주 효과적이기 때문에 나온 말이다.

무는 또한 예로부터 기침이나 만성기관지염, 천식, 술독, 어혈, 니코틴 독 제거 등에도 아주 좋은 식품으로 여겨져 왔다. 거담과 이뇨·소염·건위·해열·소독·지혈작용 등도 한다. 또한 갈증과 설사에도 좋다.

그러나 위궤양이나 위하수 등으로 고생하는 사람이나, 식도경련이나 식도협착증 같은 병에 잘 걸리고 무의 매운맛이 몸에 적합하지 않은 사람은 무를 한꺼번에 많이 먹지 않도록 해야 한다.

무는 이처럼 여러 가지 좋은 역할을 하며 다양하게 쓰이지만, 사실 무 자체는 특별한 맛이 없다. 시원하면서도 좀 매운맛이 난다고나 할까. 그러나 무는 다른 음식 재료들과 섞이면 그 다른 재료의 맛을 돋우어 주며, 음식 전체의 맛을 좋게 해 주는 역할을 한다.

음식으로 인한 병은 음식으로 고친다

허준은 누구보다도 뛰어난 선조 임금의 어의로서, 그가 보유하고 있는 여러 가지 지병들과 이에 따른 병세, 이제까지의 병력(病歷)과 체력 및 건강상태, 체질, 그리고 이러한 모든 것들과 약재류 및 식품들 간의 적합성과 상관관계 등을 충분히 고려하여 이에 가장 적합하고도 효과적인 약 처방을 하는 데 아주 능숙한 명의였다. 하지만 그는 약을 쓰기 전에 먼저 음식이나 식품 처방으로 병을 고치고 그 증세를 완화시키는 것이 중요하다고 보았다.

특히 그는 어떤 음식이나 식품을 잘못 먹고 생긴 병이나 증세에는 약을 쓰기에 앞서 이에 적절한 음식이나 식품으로 먼저 고치는 것이 가장 빠르고 안전하며, 약물로 인한 부작용도 막을 수 있다고 여겼다.

이번에 선조가 국수를 잘못 먹고 체기가 생기면서 속이 좋지 않았을 때도 허준이 구태여 처방 약부터 쓰지 않고 평소 선조가 좋아하던 식품이면서도 그의 지병과 평소의 건강 상태, 체력과 체질 등에 아주 적합한 무를 통해 치료한 것도 바로 이러한 이유에서였다.

처방 약은 병세가 심하거나 큰 병일 때, 혹은 지병이 오랫동안 지속될 때, 그리고 음식이나 식품을 통한 치료로는 어려울 때 등에 비로소 써야 한다는 것이 그의 소신이었다.

그런데 허준이 이처럼 음식이나 식품을 통한 질병의 예방 및 치료에 관심을 갖게 된 것은, 젊은 시절에 의원이 되고자 공부할 때 알게 된 중국 당(唐)나라 초기 때의 명의 손사막(孫思邈, 581~682) 때문이었다.

허준보다도 무려 950여 년이나 앞서 태어나 102세까지 장수했던 손사막은 분명히 다양한 처방 약과 뛰어난 침구술로 수많은 병자를 치료했던 당대의 명의였음에도 불구하고 약을 통한 치료보다는 병자의 질병과 병세, 병력, 체력과 건강 상태 등을 고려하여 이에 따른 음식이나 식품 혹은 올바른 식이요법으로 병을 치료하고, 그 증세를 가라앉히는 것이 훨씬 더 중요하다고 믿고 이를 병자 치료에 적극적으로 활용했던 인물이다.

손사막이 이렇게 했던 이유는, 우선 그 자신이 의원으로서 약을 잘못 썼을 경우의 부작용과 약재에 숨겨져 있는 독성 등에 대해 너무나 잘 알고 있었기 때문이다. 아울러 그는 약의 지나친 복용이나 남용이 건강에 나쁘다는 사실도 잘 알고 있었다.

더욱이 그는 자신이 어렸을 때 몸이 약하고 병이 잦아 그의 부모가 자신의 탕약 마련을 위해 가산을 다 썼던 가슴 아픈 기억도 가지고 있었다.

이런 이유로 그는 약에 비해 부작용이 비교적 적고 성질이 순탄하며, 값도 싸고 구하기도 쉬운 갖가지 식품들이나, 음식물 속에 들어있는 좋은 약성(藥性)을 통해 평소 건강을 지키고 각종 질병을 예방 및 퇴치하는 것이 가장 바람직하다고 판단했던 것이다.

그래서 손사막은 일찍이 이런 말을 했다.

"병자에게 음식을 통한 식이요법을 잘하도록 하는 의원이 약을 잘 쓰는 의원보다도 훌륭한 의원이다. 어떤 병에 약을 쓰는 것은 마치 전쟁에서 군사를 쓰는 용병술(用兵術)과도 같은 것인데, 만일 약을 잘못 쓰게 되면 병이 낫지도 않을 뿐만 아니라, 오히려 화를 초래할 수도 있다. 그러므로 모든 의원들은 이 점을 깊이 명심해야 한다."

그러면서 그는 이런 말도 덧붙였다.

"음식물로 먼저 치료에 임한 후에 낫지 않으면 비로소 약을 사용하라."

그는 또 『안생지본, 필자우식(安生之本 必資于食)』이라고도 했는데, 이 말은 곧 『사람이 (병 없이) 평안하게 생활하

는 것의 근본은 음식에 있으며, 음식을 모르는 사람은 생존할
수 없다』는 뜻이다.

사실 어떤 음식을 먹느냐에 따라서 인체의 오장육부(五臟
六腑)가 편안해지기도 하고, 또 그렇지 못하기도 한다.

또한 먹는 음식에 따라서 몸 안에 나쁜 기운이 쌓이거나 병
이 생기기도 하고, 또 그와는 반대로 몸 안의 나쁜 기운이나
독성 물질이 배출되며 건강해지고, 각종 질병을 예방 및 퇴치
하기도 한다.

동양에서는 예로부터 「의식동원(醫食同源)」이란 말이
전해 오는데, 이 말은 즉 『의약과 음식의 근원은 같다』는
뜻으로서 의약과 음식은 인간의 건강과 각종 질병의 예방 및
퇴치에 궁극적으로 같은 역할을 한다는 것이다.

《논어(論語)》나 《맹자(孟子)》 같은 고전에서도 음식이
나 식생활 혹은 음식문화의 가치와 중요성에 대해 자주 언급
하고 있다.

이를테면 《맹자》에서는 『식색(食色 ; 식욕과 색욕)은 성
(性, 본성)이다.……음식을 구하는 것과 여자를 좋아하는 것
은 인간의 본성이다.』라고 했다.

《예기(禮記)》에서는, 『무릇 예(禮)의 시초는 음식에서
시작된다.』고 했는데, 식생활이야말로 모든 인간사의 근본
인 동시에 모든 예의의 기본이 된다는 뜻에서 나온 말이다.

더욱이 우리의 선조들은 예로부터 「식보(食補 ; 좋은 음식을 먹고 원기를 보하는 것)」를 건강장수의 비결로 여겨 왔다. 「밥상이 보약」이란 말도 있고, 『자기가 먹는 음식이 자기를 만든다』는 말도 있다. 그만큼 우리가 먹는 음식이 중요하다는 것이다.

중국 한(漢)나라 말기의 전설적인 명의(名醫)로 일컬어지는 화타(華陀, ?~208)도 일찍이 이런 말을 한 적이 있다.

"진정한 명의는 음식을 통해서 병을 치료하는 의원이다."

손사막이 이처럼 약을 쓰기에 앞서 병자의 질병과 병세, 병력, 체력과 건강상태 등을 고려하여 이에 따른 음식이나 식품 혹은 올바른 식이요법으로 병을 치료하고자 했던 모습은 허준에게 큰 감명을 주었고, 그로 하여금 손사막을 흠모하게 했다. 그리고 허준은 이후 손사막을 닮은 진정한 의인의 길을 걷고자 노력했다.

더욱이 손사막은 의술만 뛰어났던 것이 아니라 모든 인간의 생명을 천금(千金)보다도 소중히 여겼던 참된 의인(醫人)이었다. 이 점은 우선 그가 쓴 의서에 「천금(千金)」이라는 말을 붙인 것만 보더라도 알 수 있다.

손사막은 자신의 오랜 임상경험과 해박한 의학지식, 뛰어난 의술 등을 바탕으로 일생 동안 부지런히 많은 의서(醫書)

들을 집필했는데, 그 대표적인 것이 바로 《비급천금요방(備急千金要方)》30권과 《천금익방(千金翼方)》30권이다. 그리고 이들 《비급천금요방》과 《천금익방》을 합해서 보통 《천금방(千金方)》이라 부른다.

그런데 손사막이 이처럼 자신의 책 이름에 「천금」이라는 말을 붙인 데는 그만한 이유가 있었다. 『인간의 생명을 천금보다 소중하게 여긴다』는 뜻에서 손사막은 자신의 의서에 「천금」이라는 말을 넣었던 것이다.

손사막은 자신이 쓴 의서들에서 의술뿐만이 아니라 의가(醫家)의 윤리까지도 논설하고 있는데, 그는 특히 자신의 의서에서 「대의정성(大醫精誠)」이라는 말을 하고 있다. 그런데 여기서 말하는 「정(精)」이란 훌륭한 의술을 뜻하는 말이고, 「성(誠)」이란 의원으로서의 높은 윤리를 뜻하는 말이다. 다시 말해 의원이란 이러한 「정」과 「성」을 겸비하고 있지 않으면 안 된다는 것이다.

손사막은 병자들을 대하는 데 있어서도 결코 빈부귀천(貧富貴賤)을 따지지 않고 누구나 차별 없이 똑같이 대했다. 그야말로 남자와 여자, 부자와 가난한 자, 권력이 있는 자나 없는 자, 늙은이나 어린이, 심지어는 노비나 변방의 오랑캐 등에게까지도 한 치의 차별을 두지 않고 모두 다 똑같은 병자로서 대했다.

왕진을 나갈 때에도 그는 행로(行路)나 시간, 기후 조건 등을 따지지 않고 언제, 어느 때건 서슴없이 환자를 찾아 나섰다. 환자의 고통을 자신의 고통처럼 여겼기 때문이다.

먼 곳에서 찾아온 병자는 자기 집에서 유숙시키면서 친히 약을 달여 먹이는 등 가족과 똑같이 대했다. 그러면서도 그는 재물이나 명리(名利)를 구하지 않았다.

당나라 태종(太宗)이 그를 높이 등용하려 했지만 그가 이를 사양했던 것이나, 당 고종(高宗)이 그를 궁중 어의(御醫)로 간절히 불렀으나, 이 역시 고사한 채 오로지 민중들의 병을 치료하는 일에만 진력했던 것도 가난하고 힘없고 소외된 백성들의 병을 고쳐주는 것이 자신이 할 일이라고 굳게 믿었던 까닭이다.

이런 그를 가리켜 중국인들은 예로부터 손사막을 「약왕(藥王)」이라 부르며 칭송해 왔다. 중국 각지에 그를 기념하는 사당(祠堂)이 많은 것도 가난하고 힘없고 소외된 백성들의 생명을 천금보다도 더욱 소중히 여기며 치료해 준 그를 대대로 기리기 위해서였다.

그만큼 손사막은 사람을 차별하지 않고 어떤 생명이든 소중하게 여긴 명의였고, 그래서 허준은 그를 흠모하여 그를 닮은 의원이 되고자 했던 것이다.

중국 주(周)나라 초기에 주공(周公 ; 주 왕조를 세운 문왕文

王의 아들이며 주周나라의 정치가. 예악禮樂과 법도法度를 제정해 제도문물을 창시했다)이 지은 것으로 알려져 있는 《주례(周禮)》의 「천관(天官)」편에는 각종 병을 치료하는 의원의 전문분야를 식의(食醫 ; 음식과 식이요법을 중점으로 하여 병을 치료하는 의사), 질의(疾醫 ; 내과 의사), 양의(瘍醫 ; 외과 의사), 수의(獸醫 ; 동물을 치료하는 의사) 등으로 구분하여 기록하고 있다.

그런데 그 당시 이들 전문의들 가운데서도 식의가 질의나 양의, 수의 등보다도 가장 우대를 받았다. 그 이유는 식의가 하는 일, 즉 음식으로 각종 질병을 예방 및 치료하는 것을 가장 바람직하게 여겼기 때문이다.

그래서 중국에서는 예로부터 「식의(食醫)제도」를 두고 왕과 왕족, 그리고 귀족 등의 음식 및 영양관리를 하도록 하는 한편, 이들에게 어떤 병이 생기거나, 건강이 나빠지면 우선 식의를 통해 이를 치료하고 식생활을 개선시키도록 했다. 그러나 우리나라에서는 중국과 같은 의원으로서의 「식의 제도」가 구체적으로 시행되지 않았다.

물론 고려와 조선조 초기에 궁중음식의 조리를 맡아본 사선서(司膳署)에 정9품 관직인 「식의(食醫)」라는 직책이 있기는 했었다. 하지만 여기서 말하는 「식의」란 왕실에서 사용할 음식물의 검수 및 위생, 임금이나 황실에 어떤 질병이 있을 때 올려야 할 음식에 관한 일 등을 맡아서 하는 관리에 지나지 않았다. 따라서 중국에서 말하는 의원으로서의 「식의」와는 분명히 달랐다.

이 같은 현실이었지만, 허준은 일찍부터 중국에서 말하는 「식의」의 중요성과 필요성을 깨닫고 처방 및 침구술과 병행하여 음식이나 식품 혹은 식이요법을 통해 각종 질병이나 병세에 맞는 음식과 식품 처방을 하고 있었던 것이다.

제4장 불타는 왕조(王朝)

명나라에 청원사(請援使)를 보내다

6월 13일, 영변에 도착한 선조는 그곳에 급히 마련된 행재소(行在所 ; 임금이 상주하던 궁궐을 떠나 멀리 거둥할 때 임시로 머무르는 별궁. 행궁行宮 또는 이궁離宮이라고도 한다)에 머물렀는데, 이때 그는 처음으로 명나라로의 망명 의사를 공식적으로 밝혔다.

그런데 이보다 앞서 유성룡은 선조가 요동으로 망명하려는 낌새를 알아차리고 그에게 경고하듯이 이렇게 말한 적이 있었다.

"성상(聖上)께서 만일 이 땅에서 한 발짝만 벗어나면 조선은 이미 우리나라가 아닌 것이 되고 맙니다."

그러면서 유성룡은 명나라에 청원사(請援使)를 보내 원병(援兵)을 요청하자고 주청했었다. 선조는 영변에 도착한 다음 날인 6월 14일, 광해군의 분조와 헤어져 자기 일행을 거느리고 북서쪽으로 향했다. 그리고 6월 16일 정주에 도착했다.

이곳 정주에서 선조는 마침내 대사헌 이덕형을 명나라에 구원병을 요청하는 청원사로 보내기로 결정한다. 그러면서 선조는 이덕형에게 자신이 명나라로 망명하겠다는 뜻도 함께 전하라는 명을 내린다.

선조 임금으로부터 이 같은 명을 받은 이덕형은 바로 그날 정주에서 명나라 요동으로 급파되었다. 이때 조정에서는 홍순언(洪純彦, 1530~1598)을 역관(譯官)으로 배정하여 이덕형과 함께 떠나도록 했다.

명나라로 떠나기 전, 이덕형은 나이는 비록 자기보다 다섯 살 위였지만 어려서부터 막역한 친구로 지내 왔던 이항복을 조용히 만나 한탄한다.

"명병(明兵)을 얼른 데려와야 하는데, 빠른 말이 없어 속히 갈 수 없는 것이 안타깝네."

그러자 이항복은 자기가 타던 준마(駿馬)를 선뜻 내주며 말한다.

"만일 명나라에서 원병이 오지 않는다면 우리나라는 어쩔 수 없이 망하고 말 것이네. 또 그렇게 되면 자네는 나를 다시는 볼 수 없게 될 것이야."

이항복은 절친 이덕형을 다시는 못 보게 될 것을 걱정했다. 그가 명나라에 청원사로 가서 원병을 데려오지 못한 채 계속 그곳에 머물러 있게 되면, 그 사이 조선은 왜군의 손에 넘어가 자신도 죽을지 모르며, 또 그렇게 되면 절친 이덕형을 다시는 못 볼지도 모른다는 생각에 그는 마음이 아파 이 같은 말을 했던 것이다.

이런 말을 하는 이항복의 뇌리에 불현듯 이덕형과 어려서부터 친구로 지내면서 함께 장난하고 재미있게 놀았던 시절의 추억들이 주마등(走馬燈)처럼 스쳐 갔다.

사실 이항복과 이덕형 사이에는 어릴 때부터 많은 일화들이 있었는데, 이들이 소년시절에 서당에서 함께 공부할 때에는 이런 재미있는 일도 있었다.

어느 이른 봄날, 이들을 가르치던 서당의 스승이 따사로운 봄볕에 노곤했던지 잠시 졸았다. 이것을 본 이항복과 이덕형이 갑자기 불이 났다고 소리쳤다.

화들짝 놀라 잠이 깬 서당 스승은 이항복과 이덕형을 비롯한 문도(門徒)들이 깔깔거리며 웃는 모습을 보고는 무안해졌다. 그래서 그는 얼른 이렇게 둘러댔다.

"난 잠을 잔 것이 아니라, 잠시 공자님을 만나고 온 것이야."

그러자 이항복과 이덕형은 서로를 바라보며 씽긋 웃더니, 잠시 후 스승의 가르침을 듣다가 두 사람 모두 꾸벅꾸벅 조는 것이었다. 이것을 본 스승이 소리쳐 이들을 깨웠다 그리고는 꾸짖으려고 하는데, 이덕형이 얼른 입을 연다.

"스승님, 저희도 잠시 공자님을 뵙고 왔을 뿐입니다."

스승은 좀 전에 자신이 한 말도 있고 해서 꾸짖지도 못한 채 이렇게 말을 돌린다.

"너희들도 나처럼 공자님을 뵙고 왔다고……? 그래, 공자님께서는 뭐라고 말씀하시던가?"

그러자 기다리고 있었다는 듯 이항복은 이렇게 말한다.

"그런데 스승님, 공자님께서는 좀 전에 스승님을 본 적이 없다고 하시던데요."

스승의 터무니없는 거짓말에 이항복과 이덕형도 똑같은 방법으로 응수한 멋진 해학이자 임기응변이었다.

이항복은 어린 시절에 있었던 이 일을 떠올리며 오열했다. 그러자 이덕형도 눈물을 뿌리며 말한다.

"만일 명병이 출동하지 않으면 나는 노룡(盧龍 ; 중국 북경 근처 만리장성 북변의 지명)의 언덕에 해골이 될 것이요, 다시는 압록수(鴨綠水)를 건너오지 않으리다."

자신이 명나라에 가서 원병을 이끌고 돌아올 수 없게 되면, 차라리 그곳에서 죽을지언정 조선에는 돌아오지 않겠다는 결연한 의지였다.

당시 이덕형은 불과 서른두 살밖에 안 된 젊은 나이였음에도 불구하고 뛰어난 능력과 높은 덕망을 지니고 있었으며, 외교 수완 또한 아주 뛰어난 관리였다. 임진왜란이 일어난 이후에 그는 이때까지 두 번이나 홀로 왜군 진영으로 들어가 그들과 접촉한 적이 있었는데, 그 첫 번째는 임진왜란을 일으키고 파죽지세(破竹之勢)로 북상 중이던 왜장(倭將) 고니시 유키나가(小西行長)가 충주에서 조선 조정에 강화(講和) 회담을 요청했을 때였다.

이때 이덕형은 자청해서 단기(單騎)로 급히 달려 구성(駒城 ; 지금의 용인)에 이르렀다. 그러나 이때는 이미 왜군의 기세가 걷잡을 수 없이 널리 퍼져 있어 적진으로 들어갈 수가 없었다.

두 번째는 왜군이 대동강까지 몰려와 조선 조정에 화의(和議)를 요구하며 압박했을 때인데, 이때에도 다른 신료들이 겁에 질려 망설이고 있을 때 이덕형은 자신이 왜군을 만나러 가겠다고 자청하고 나섰다. 그리고는 선조의 명을 받아 홀로 배를 타고 대동강을 건너 왜군 진영으로 들어가 왜군의 회담 대표로 나온 겐소(玄蘇)와 만났다.

겐소는 원래 사찰에 있던 승려였으나 일본을 통일하고 임진왜란을 일으킨 도요토미 히데요시(豊臣秀吉)의 부름을 받아 그 수하로 있다가 임진왜란이 일어나자 국사(國使)와 역관(譯官) 자격으로 종군하고 있던 인물이었다.

이 자리에서 이덕형은 조금도 두려워하는 기색이 없이 겐소를 향해 꾸짖듯이 말했다.

"그대들은 어찌하여 까닭도 없이 군사를 일으켜 오랫동안의 우호(友好)를 깨뜨린 것이오?"

이에 겐소는 그런 말이 나올 줄 알았다는 듯 피식 웃으며 즉각 대꾸한다.

"우리는 단지 명나라로 들어가려고 할 뿐이오. 헌데, 조선에서 왜 군도(軍途)를 빌려주지 않는 것이오?"

겐소의 이 같은 거짓 명분에 이덕형은 준엄한 얼굴로 잘라 말한다.

"그대들이 우리의 부모국(父母國)과도 같은 나라를 침범하려고 하는데, 어찌 우리가 길을 내줄 수 있단 말이오? 설령 우리나라가 망하는 한이 있더라도 그런 짓은 할 수 없소. 그런 요구라면, 그 어떠한 화의(和議)도 받아들이지 않을 것이오."

그러더니 이덕형은 더 이상 있을 필요가 없다는 듯 소매 끝을 떨치며 자리를 박차고 일어섰다. 그가 자리를 뜨고 나자 겐소는 혼잣말처럼 이렇게 중얼거린다.

"이토록 험악한 적진 속에 들어와 말하는 품이 보통 사람은 아니야. 마치 연회의 주석(酒席)에서 하는 태도와 다름이 없으니, 참으로 미치기 어려운 인물이도다."

혼자서 적진으로 들어갔다가 돌아온 이덕형은 선조를 뵙고 아뢰었다.

"전하, 적들이 명국(明國)을 치려는데, 길을 내달라고 하고 있사옵니다. 하오나 이것은 우리 조선과 명국을 다 함께 치겠다는 얄팍한 술수(術數)일 뿐입니다. 이를 알면서도 우리가 어찌 저들의 터무니없는 요구에 응해 길을 내줄 수 있겠습니까? 그러니 이제 명국에 속히 청원사를 보내시어, 왜적들이 더 이상 진격하지 못하도록 막아야 하옵니다."

이처럼 대담했고, 왜군의 속내를 누구보다도 잘 알았던 이덕형은 선조로부터 청원사로 임명되자 역관 홍순언과 함께 급히 말을 달려 명나라 땅 요동으로 건너갔다.

요동에 도착하자마자 이덕형은 한 자리에 우뚝 서서 피눈물을 흘리며 요동에 있던 명나라의 순안사(巡按使) 학걸(郝杰)에게 연달아 여섯 차례나 글을 올렸다. 위기에 처한 조선을 생각하여 명나라가 속히 원병을 보내 구원해 달라는 간절한 내용의 글이었다.

순안사 학걸은 청원사로 온 이덕형이 이렇게 탄원하다가 지쳐서 쓰러지면서도 충심(衷心)을 드러내는 데 감탄했다. 그러면서 그는 멀리 떨어진 육경에 있는 명나라 황제에게 조선의 상황을 자세히 보고한 후, 이에 따라 조정에서 원군을 보내 줄 때까지 기다린다면, 그 사이에 조선이 왜군들에게 완전히 점령당할지도 모른다는 생각이 들었다. 그만큼 조선의 상황이 급박하다고 판단한 것이다.

지금 엄청난 수의 왜군들이 조선의 도성 한양을 순식간에 점령한 데 이어 평양성 인근까지 파죽지세로 쳐들어오고 있다고 하지 않는가.

학걸은 조선의 급박한 상황을 명나라 조정에 보고하기 전에 우선 자신의 직권으로 요동에 주둔하고 있던 군대를 조선에 급파하기로 마음먹었다.

이에 학걸은 요동에 주둔하고 있던 명나라 군대의 총병(摠兵) 조승훈(祖承訓)에게 명령한다.

"속히 군사들을 이끌고 조선으로 출병하시오. 조선이 지금 풍전등화(風前燈火)의 위기 속에 있으니, 어서 빨리 가서 구해 주시오!"

평양성이 함락되다

한편 왜군 제1번대와 3번대는 음력 5월 27일에 임진강을 건넌 이후 6월 8일, 대동강 남안에 도착했다.

이들 왜군은 강변 10여 곳에 진을 치고 평양성을 공격할 준비를 했으나, 강이 깊고 넓어 도하(渡河)는 하지 못한 채 평양성에 있는 조선군과 대치만 하고 있었다. 다만 평양성을 향해 위협을 하듯 이따금 조총을 쏘았으나 사거리(射距離)에는 미치지 못했다.

이에 맞서고 있던 평양성 안의 문무 신료들과 조선군은 평
양성의 북쪽 장대 을밀대(乙密臺) 부근의 숲속에 군복들을 여
기저기 걸어놓고 군사가 많은 것처럼 보이도록 했다. 이와 함
께 왜군의 대동강 도하를 저지하기 위해서 도섭(徒涉 ; 걸어
서 물을 건너는 것)이 가능한 왕성탄(王城灘) 쪽에 조방장 박
석명(朴錫命)과 수탄장(守灘將) 오응정(吳應鼎) 휘하 4백여
명의 군사들을 배치했다.

그러는 한편 조선군은 배에 활을 잘 쏘는 군사들을 태우고
현자총통(玄字銃筒 ; 유통식 화포)과 신기전(神機箭 ; 조선시
대에 사용된 로켓추진 화살) 및 신기전 화차(火車) 등도 함께
실어 대동강 한가운데까지 나아가 왜군의 진지를 향해 포와
화살을 쏘았다.

그러자 요란한 포성을 울리며 현자총통에서 발사된 포탄이
날아가 적진에 꽂혔고, 신기전이 불꽃을 뿜으며 강을 건너 왜
군 진지에 떨어졌다.

왜군은 처음 보는 이들 무기에 혼비백산해서 흩어져 달아
났다. 그러나 곧 다시 돌아와 땅에 떨어져 있는 것들을 주워
보고는 신기하게 여겼다. 하지만 조선군은 이들 화약무기들
을 다량으로 집중사격하지 못하고 단발로 이따금씩 쏘았기
때문에 그 위력은 별로 없었다.

이처럼 왜군과 대치를 계속하고 있는 동안 유성룡은 무능

한 도원수 김명원만 믿고 있다가는 평양성도 적에게 내줄 것이라는 생각이 들었다. 이에 유성룡은 종사관 홍종록(洪宗錄)과 신경진(辛慶晉) 등을 데리고 달빛이 은은한 밤에 평양성을 살며시 빠져나가 선조의 몽진 행렬을 찾아갔다.

박천에서 선조를 만난 유성룡은 이렇게 아뢴다.

"대동강 물이 자꾸 줄어들어 적병이 길만 알면 얕은 여울목으로 건너올 염려가 있사옵니다."

"그럼 그 얕은 여울목을 방비할 수 있는 방책이 무엇인가?"

선조가 묻자 유성룡이 대답한다.

"얕은 물 밑에 마름쇠(철을 구부려 만든 전쟁용 무기의 일종, 일명 철질려라고도 하며, 진지 앞이나 적이 오는 앞에 뿌려서 적병과 적병의 말이 가까이 오지 못하게 하는 장애물)를 깔아 놓으면 적병이 건너오는 것을 막을 수 있을 것이옵니다."

"그럼 그렇게 하도록 하라."

그러더니 선조는 지방관을 불러 박천 군기고(軍器庫)에 보관되어 있던 마름쇠 수만 개를 평양성으로 속히 보내도록 지시했다.

그러나 이 마름쇠가 미처 평양성에 도착하기도 전에 왜군은 대동강의 왕성탄을 건너 평양성을 점령해 버리고 만다.

유성룡이 선조를 만나고 있는 동안 평양성에 있던 도원수 김명원은 도강(渡江)이 여의치 않아 진지 안에만 머물러 있는 왜군을 보고는 한 가지 꾀를 낸다. 적이 방심하고 있는 틈을 타 기습작전을 하겠다는 생각이었다.

김명원은 별장 고언백(高彦伯)과 벽단첨사 유경령(柳璟令)을 불러 명령을 내린다.

"왜적들이 모두 잠자고 있을 이른 새벽에 휘하의 군사들을 이끌고 강을 건너 적진을 기습하라!"

도원수 김명원으로부터 이 같은 명령을 받은 고언백과 유경령은 6월 14일 새벽, 4백여 명의 군사들과 함께 배를 타고 대동강을 은밀히 건너간다. 그러나 상륙 후 누구보다도 앞장서서 적을 공격해야 할 별장 고언백은 겁을 잔뜩 먹고 배에서 내리지도 않은 채 부하 군사들에게 적을 속히 공격하라는 명령만 내린다.

자신들을 이끄는 장수의 모습이 이런 것을 본 군사들은 머뭇거리기만 할 뿐 용감하게 적진을 향해 뛰어들지 못한다. 하긴 장수라는 자가 이 모양이니, 누구를 탓하겠는가.

이때 군사들 가운데 한 사람이 칼을 빼어 들며 앞으로 나서더니, 적진을 향해 날쌔게 돌격하는 것이었다. 벽동의 장사 임욱경이었다. 그러자 군사들이 모두 힘을 얻어 그의 뒤를 따랐다.

임욱경은 왜군들이 곤히 잠을 자고 있던 초막 하나를 공격하여 단숨에 적병 10여 명의 목을 베었다. 이를 본 다른 군사들도 왜군의 초막들을 습격해 잠자고 있던 적들을 닥치는 대로 죽였다.

겁 많은 조선군이 감히 기습해 오리라고는 생각도 못 한 채 늘어져 잠을 자고 있던 왜군들은 놀라서 깨어나 우왕좌왕했다. 이 틈을 노려 조선군은 많은 왜군들을 죽이고, 군마(軍馬) 300여 마리를 노획하는 전과를 올렸다.

그러나 이들은 전과를 더 올리기 위해 날이 밝았는데도 불구하고 도망치는 왜군들을 추격하다가 후방에 있던 왜군 주력부대로부터 역습을 당한다.

순식간에 전세가 역전되면서 조선군은 다급하게 후퇴했다. 그러나 임욱경은 끝까지 후퇴하지 않고 분전하다가 결국 왜군이 쏜 총탄에 맞아 장렬하게 전사하고 만다.

그런데 이때까지도 배에서 내리지도 않은 채 입으로만 지휘하며 이 모든 광경들을 지켜보고 있던 고언백은 전세가 역전되자 서둘러 배를 돌려 달아나 버린다. 왜군들에게 쫓겨 온 부하들이 살려 달라며 애원했으나, 그는 못 본 채 외면해 버리고는 강을 건너 도망쳤다.

배를 타고 도망칠 수 없게 된 일부 조선군이 강 상류 쪽으로 급히 거슬러 올라가 물이 얕은 왕성탄을 건너 도망치기 시작했다.

그러나 이것이 큰 실수였다.

이들이 배도 타지 않은 채 물을 첨벙거리며 걸어서 강을 건너는 것을 본 왜군은 이쪽이 물이 얕은 여울목이라는 것을 대번에 알아차린 것이다.

그날 저녁, 왜군은 야음(夜陰)을 틈타 전군을 출동시켜 총공격을 시작한다. 이들은 그날 새벽에 배를 타고 대동강을 건너왔다가 도망치던 조선군이 걸어서 갔던 그 왕성탄을 유유히 건너 조선군을 공격해 왔던 것이다.

왕성탄을 지키고 있던 조방장 박석명과 수탄장 오응정은 왜군이 조총부대의 엄호사격을 받으며 공격해 오자 대항 한 번 하지도 못한 채 부하들을 이끌고 평양성 안으로 급히 도망쳐 버린다.

이 무렵, 왜군이 왕성탄을 건너 평양성을 향해 진격해 오는 것을 멀리서 본 도원수 김명원은 싸울 생각은 않고 좌의정 윤두수에게 이렇게 말한다.

"지금은 막강한 저들과 싸우기보다는 우선 백성들을 피난시키는 것이 급선무입니다. 이대로 있다가는 우리는 물론 성안에 있는 모든 백성과 군사들이 저들의 칼날에 도륙당하고 말 것이오. 군기(軍器)들은 속히 물속에 처넣고 피해야 하오."

그러더니 그는 급히 말에 올라탄 후 일부 군사들을 이끌고 영변으로 달아나 버렸다.

좌의정 윤두수는 어찌할 바를 모르다가 급히 백성들을 피난시키는 한편 성안에 남아 있던 군사들에게 갖고 있던 무기들을 모두 성안에 있는 풍월루(風月樓) 연못 속에 던져 버리도록 지시한다. 그런 다음 그 또한 말을 타고 평양성을 빠져나갔다.

그야말로 평양성에 있던 문무 신료들과 장수, 군사들은 왜군과 제대로 한번 싸워 보지도 않고 평양성을 적에게 고스란히 내준 채 저 혼자만 살겠다고 각자 도망치기에만 급급했던 것이다.

왜군은 평양성 안에 아무도 없다는 것을 뒤늦게 발견하고는 어이없어 하며 6월 15일, 텅 빈 평양성에 무혈입성(無血入城)한다. 이때 왜군 제1번대의 주장(主將) 고니시 유키나가는 평양성 안에 조선군이 미처 없애지 못한 채 버려둔 양곡 10만 석을 발견하고 무릎을 치며 기뻐한다.

용천부사(龍川府使)였던 허준의 아버지 허론(許碖)

선조의 몽진 행렬은 곽주(괴산)와 선천을 거쳐 6월 18일, 용천에 도착했다. 그런데 선조의 몽진 행렬이 용천에 거의 다다

랐을 무렵, 누군가가 뒤에서 말을 타고 급히 쫓아왔다.

말에서 뛰어내린 사람은 좌의정 윤두수였다. 그는 선조 앞으로 다가가 절을 하고는 아뢴다.

"전하, 평양성이 왜놈들의 손에 넘어갔습니다."

"뭐라고? 평양성이……."

선조는 너무 놀라 타고 있던 말에서 떨어질 뻔했다. 윤두수가 얼른 몸을 일으켜 말고삐를 붙잡은 채 다시 아뢴다.

"송구하옵니다."

선조는 넋을 잃은 듯 한동안 말이 없다가 입을 연다.

"평양성마저 무너졌다면 이제 어디로 가야 한단 말인가? ……내 진작 이리 될 줄 알았다. 그래서 과인이 전부터 내부(內附 ; 요동에 가서 붙는 것, 즉 요동으로 망명하는 것)하겠다고 한 것이 아니더냐? 이젠 어서 속히 조선을 떠나는 도리밖에 없구나."

선조는 평양성이 왜군에게 함락될 줄 알았다는 듯 이같이 말하며 또다시 요동으로 가겠다는 뜻을 비쳤다.

그러자 윤두수는 잡았던 선조의 말고삐를 더욱 꽉 움켜쥐며 만류한다.

"전하, 조선과 백성을 버리고 떠나는 것은, 필부(匹夫)의 경솔한 행동입니다."

자신도 평양성을 버리고 도망쳐 온 주제에 윤두수는 이처

럼 극언까지 하면서 선조의 망명을 말렸다. 그런 그가 못마땅
했던지 선조는 그를 쏘아보며 한 마디 툭 던진다.

"그리 잘난 좌상(左相)은 왜 평양성을 버리고 온 게야?"

평양성이 왜군의 수중에 떨어졌다는 소식을 들은 선조와
그 일행은 더욱 두렵고 불안한 마음이 들어 힘없이 축 처진
채 용천에 들어섰다. 허준도 맥이 확 풀려 그저 바닥에 주저
앉고 싶었다.

용천(龍川)은 고려시대 때 처음에는 안흥군(安興郡)이라
불렸으며, 993년(성종 12년) 거란의 제1차 침입 때 고려의 문
신 서희(徐熙, 942~998)의 탁월한 외교력으로 수복한 강동
6주(江東六州) 가운데 한 곳이었다. 고려는 강동 6주를 수복
한 뒤 이곳에 견고한 성을 축조하고는 서북 방면의 최전선
으로 삼았다.

1014년(현종 5년)에는 이 안흥군을 용주(龍州)로 이름을 바
꾸고 방어사를 두어 거란의 침략에 대비했다. 그러나 용주는
서북 방면의 요충이었기 때문에 거란을 비롯한 몽고와 홍건
족 등이 침략할 때마다 성이 함락되면서 성을 지키던 많은 군
사가 죽거나 포로로 잡혀갔고, 갖가지 수모를 겪는 등 숱한
비운을 겪었던 곳이다.

조선조에 들어와 1404년(태종 4년)에 용주는 용문군(龍門

郡)으로 바뀌었다가 1413년(태종 13년) 10월, 다시 용천군(龍川郡)으로 개칭되었다.

그런데 허준의 아버지 허론(許硭)은 무관(武官)으로서 허준이 태어나기 전에 이곳 용천에서 북방의 외적들이 침입하는 것에 대비하며 백성들을 돌보던 용천 부사였다. 때문에 용천에 도착하여 머물게 되자 허준은 불현듯 용천 부사였다는 아버지 생각이 났다.

허준은 비록 아버지가 용천 부사로 있을 때 이곳에서 태어난 것도 아니었고, 아버지가 용천 부사로 있을 때 아버지와 함께 이곳에서 어린 시절을 보낸 것도 아니었으며, 자신을 살갑게 대해 주던 아버지도 아니었지만, 그래도 아버지가 과거에 용천 부사로 있었다는 그 용천에 오니 문득 아버지 생각이 났던 것이다.

허준은 본시 양천(陽川, 공암孔巖) 허씨(許氏)의 시조인 허선문(許宣文)의 20세 손이며, 허선문은 가락국(駕洛國) 시조 수로왕(首露王)의 왕비 허황옥(許黃玉)의 30세 손이다.

허선문은 일찍이 한강 하구 지역으로서 토지가 비옥하고 품질 좋은 쌀이 많이 나던 공암(孔巖)에 살면서 넓은 땅에 농사를 지어 부(富)를 축적했는데, 고려 태조(太祖) 왕건(王建, 877~943)이 후백제의 견훤(甄萱, 867~936)을 정벌할 때 군량이 부족하여 사기가 떨어진 것을 보고는 군량을 보급해

준 공으로 왕건에 의해 공신으로 추대되며 공암의 촌주(村主)로 임명되었다.

그러면서 허선문은 공암 허씨의 시조가 되었는데, 훗날 이 공암이 양천으로 바뀜에 따라 공암 허씨도 양천 허씨로 바뀌어 불리게 되었다.

양천은 고구려 때에는 제차파의현(齊次巴衣縣)이었으나 신라 경덕왕 때 공암현으로 고쳤다가 고려 충선왕 2년(1310년)에 다시 양천현으로 개칭되었다.

그리고는 오랜 세월이 지난 1895년(고종 32년)에 양천군으로 승격되었으며, 일제시대 때인 1914년에 경기도 김포군(金浦郡)에 편입되었다.

가문의 이런 내력과 역사적 배경으로 인해 허준의 집안은 대대로 양천 현에서 살아왔으며, 허준의 집안은 특히 무관을 많이 배출한 뼈대 있는 가문이었다.

허준의 할아버지 허곤(許琨)도 영흥부사(永興府使)와 경상우수사(慶尙右水使)를 지낸 무관이었고, 아버지 허론 역시 무관으로 용천 부사를 비롯하여 부안 군수 등 여러 외직을 두루 거쳤다.

하지만 허준의 어머니는 전라도 영광을 본관으로 하는 영광(靈光) 김씨 김욱징의 서녀(庶女)로서 아버지 허론의 정실(正室)이 아닌 소실(小室, 첩)이었다. 허준의 어머니는 아버

지 허론이 전라도 부안에서 군수로 재임하던 시절에 그의
소실이 되었던 것으로 추측하고 있다. 때문에 그런 어머니
의 몸에서 태어난 허준은 서자로서 숙명적으로 중인의 신분
이 될 수밖에 없었다.

허준의 아버지 허론의 정실은 경상도 안동의 일직면을 본
관으로 하는 일직(一直) 손씨(孫氏)였다. 또 이들 사이에서 태
어난 허준의 이복(異腹)형인 허옥(許沃)은 임금의 신변 보호
와 궁궐의 수비를 책임지는 내금위(內禁衛) 소속의 무관이었
는데, 이들 내금위 소속의 무관들은 조선시대 여러 군대 가운
데에서 가장 좋은 대우를 받았다.

허준에게는 동복(同腹)아우인 허징(許澄)도 있었다. 그런
데 허징은 허준과 마찬가지로 서자이면서도 문과에 급제하여
승문원(承文院) 교검(校檢)과 교리(校理) 등의 내직을 지냈으
며, 선조 때에 영의정이었던 노수신(盧守愼)의 사위가 되었
다. (이처럼 허준의 동복아우 허징이 서자이면서도 문과에 급
제할 수 있었던 것은 당시에는 서자도 문과를 볼 수 있었기
때문이라고 하며, 다만 서자 출신은 올라갈 수 있는 품계가
제한되어 있었을 뿐이라고 한다. 그러나 이와는 달리 당시 서
자는 문과, 즉 대과를 볼 수 없었기 때문에 허징이 서자가 아
니며, 허징과 동복인 허준 역시 서자가 아니라는 주장도 있으
나, 허준이 서자였던 것만은 분명하다.)

이밖에 허균(許筠)과 허봉(許葑), 허성(許筬), 허난설헌(許蘭雪軒) 등이 허준의 10촌이었다. 허준의 아버지 허론은 평안도 용천과 전라도 부안 등 전국의 이곳저곳으로 임지(任地)를 옮겨 다니던 무관이었으나, 허준의 양천 허씨 집안은 원래 누대(累代)에 걸쳐 경기도 양천현 파릉리(지금의 서울시 강서구 등촌 2동 능안마을)에서 살아왔으며, 허준 또한 이곳에서 태어났다.

어느 TV 드라마와 소설에서는 허준이 아버지가 용천 부사로 있던 평안도 용천에서 태어나 경상도 산청에서 자란 것으로 나온다. 또 허준의 어머니가 전라도 사람인 데다가 허준의 아버지가 전라도 부안 군수로 있을 때 소실이 된 것으로 미루어 허준이 부안이나 어머니의 고향인 장성에서 태어났을 것으로 보는 견해도 있다.

그리고 허준의 집안이 대대로 살아온 양천현이 지금의 경기도 김포를 포함하고 있었다고 하여 허준의 고향을 김포로 보는 사람들도 있다.

하지만 예로부터 전해오는 각종 문헌에 허준을 가리켜 「양천인(陽川人)」이라고 하고 있으며, 허준이 선조 임금으로부터 양평군(陽平君)이란 품계를 받은 기록도 있을 뿐만 아니라, 허준의 본관 또한 양천(陽川)인 것을 보면, 그가 양천현 파릉리 출신이라는 것은 분명해 보인다.

허준은 비록 당시에 차별받던 서자였지만, 어렸을 때부터 총민하고 일찍부터 글을 익혔으며, 학문을 좋아했다. 또한 경전(經典)과 역사에 두루 밝았으며 학문을 좋아했다. 특히 그는 유가(儒家)와 도가(道家), 불가(佛家)를 아우르는 동양의 종합적 사상에 심취했다.

조선의 서북쪽 끝 의주(義州)

평안도 용천에서 며칠 동안 머물렀던 선조는 다시 어가를 움직여 6월 22일, 조선의 서북쪽 끝에 있는 땅 의주로 갔다. 강 하나만 건너면 바로 명나라의 요동 땅이었다.

그런데 선조 일행이 들어선 의주의 행재소(行在所)에는 사람이 하나도 없었고, 적막하기만 했다. 마치 텅 빈 성(城)과도 같았다.

이때 이곳 의주까지 선조를 따라온 문무 신료는 고작 17명에 불과했다. 그 밖에 환관(宦官) 수십 명과 어의 허준 및 이공기, 내의원 서리 용운, 궁중에서 여러 가지 잡일을 맡아보던 액정국(掖庭局)의 하급관리인 액정원(掖庭員) 4, 5명, 궁중에서 말(馬)을 관리하던 사복원(司僕員) 3명만이 끝까지 임금을 지키며 따라와 있었다.

그러나 이 같은 내용으로 기록된 《선조수정실록》과는 달리 이때 이 자리에 있었던 문신 박동량(朴東亮)이 임진왜란 전후의 사실을 기록한 《기재사초(寄齋史草)》에는 다음과 같은 24명의 문무 신료들이 선조와 함께 의주에 도착한 것으로 적혀 있다.

『한양에서부터 의주까지 온 사람을 종시호종(終始扈從)이라 하여 전교하니, 풍원부원군(豊原府院君) 유성룡(柳成龍)·우의정 윤두수(尹斗壽)·해평부원군(海平府院君) 윤근수(尹根壽)·전병조판서 김응남(金應南)·병조판서 이항복(李恒福)·판윤 박숭원(朴崇元)·공조참판 이충원(李忠元)·이조판서 이산보(李山甫)·도승지 유근(柳根)·부제학 이국·서천군(西川君) 정곤수(鄭崑壽)·좌승지 홍진(洪進)·사예(司藝) 심우승(沈友勝)·장령 정희번(鄭熙藩)·병조좌랑 박동량(朴東亮)·정언 이광정(李光庭)·평안병사(平安兵使) 신잡(申磼)·집의 구성(具宬)·도정(都正) 안황(安滉)·응교 이유징(李幼澄), 무신(武臣)으로는 호조좌랑 한연(韓淵)·군수 기경복(奇景福)·도사 여정방(呂定邦)·판관 최응숙(崔應淑) 등 모두 24인이었다.』

이처럼 기록에 따라 약간의 차이가 나는 것은, 난리 통이라 제대로 살피지 못했기 때문으로 보인다. 더욱이 이를 자세히 기록해야 할 사관들이 다 도망치고 없었으니, 더욱 그릴 수밖에 없었을 것이다.

어쨌든 이 숫자만 보더라도 선조가 한양을 떠나 의주까지 몽진하는 동안 도중에 도망친 사람들이 많았다는 것을 알 수 있다. 물론 광해군에게 분조를 내줄 때 그를 따라간 사람들도 꽤 되었다.

의주까지 오는 동안 자신을 따르던 사람들이 부쩍 줄어든 것을 본 선조는 주위에 있는 환관들과 하급 관리들, 그리고 허준과 이공기 등을 잠시 둘러보더니 옅은 한숨을 내쉬며 말한다.

"사대부(士大夫)가 오히려 너희들만 못하구나!"

의주까지 선조를 따라온 사람들 가운데는 특히 환관이 많았는데, 흔히 환관과 내시를 같은 직책으로 보거나 혼동하는 수가 많다. 그러나 엄밀한 의미에서 환관과 내시는 분명히 다른 별개의 존재다.

환관이란 원래 고려와 조선시대 때 궁중에서 왕이나 왕비, 후궁의 시중을 들거나, 궁중의 여러 가지 잡일을 처리하고 왕이나 왕비, 후궁의 침실을 경비하는 등의 일을 하던 거세된 남자를 말한다.

고려시대 때의 환관은 대부분 천민 출신으로서 이들은 관직을 가질 수도 없고 녹봉도 없었으며, 다만 의식상의 편의만 제공되었을 뿐이다.

이에 비해 내시(內侍)는 임금을 가까이서 보좌하는 내시부 (內侍府) 소속의 관료로서 궐내의 잡무를 맡아보는 업무를 담당했다.

고려시대에는 왕의 측근세력을 내시라고 했는데, 그 대표적인 인물로는 성리학(性理學)을 들여온 안향(安珦)을 비롯해서 고려 중기의 유학자이자 역사가이며 정치가로서 우리나라에서 현존하는 가장 오래된 역사서인 《삼국사기(三國史記)》를 편찬한 김부식(金富軾, 1075~1151)의 아들 김돈중(金敦中), 고려시대의 명신(名臣)이자 명장(名將)이었던 윤관(尹瓘, ?~1111)의 아들 윤언민(尹彦旼), 해동공자(海東孔子) 최충(崔沖)의 손자인 최사추(崔思諏) 등이 모두 내시였다.

그런데 원(元)나라 황실의 환관들의 정치력이 큰 것에 영향을 받아 고려 말에 이르러 고려의 환관들도 득세를 하기 시작했다. 그러면서 이들 환관이 내시 직에도 많이 진출하면서부터 내시와 환관의 구분이 모호해졌을 뿐만 아니라, 내시들의 고유 역할도 점차 사라지게 되었다.

고려 후기와 조선시대에는 환관이 내시로 통칭되기도 했으나, 조선시대 때에는 그 초기부터 내시의 득세를 억제하려는 정책에 따라 고려 말에 비해 내시들의 세력이 상당히 약화되었다. 그러다가 조선 세조 때에는 내시라는 관직은 사라지고 환관이라는 관직만 남게 되었는데, 이후 내시와 환관을 더욱 혼동하게 되었다.

조선시대의 환관은 왕과 왕비, 후궁 등을 가까이에서 모시며 궐내에 상주해야 하는 특수성 때문에 거세자만이 임명될 자격이 있었다. 본래는 선천적인 거세자들이 주된 충원 집단이었으나, 스스로 거세해도 환관이 될 수 있었던 것이다.

선조가 의주에 도착하기 전, 총병(聰兵) 조승훈이 이끄는 명군 3천여 명이 압록강을 건너 남하하고 있었다.

자신의 조국 조선을 생각하는 이택형의 진심 어린 충정과 눈물 어린 호소에 감격한 순안사(巡按使) 학걸이 명나라 황제와 조정의 승낙을 얻기 전에 그의 직권으로 휘하 군사 5천 명 가운데 3천 명을 선발대로 조승훈에게 내주며 속히 조선으로 가서 평양성에 있는 왜군을 섬멸하라는 명령을 내렸기 때문이다.

이때 이항복은 선조의 명을 받아 원군으로 온 조승훈을 맞이하러 나갔다. 그런데 이항복은 조승훈을 만나보고 난 후 몹시 실망한다. 그가 너무나 거만하면서도 무모하고, 공을 세우려는 데만 급급해 보인다는 생각이 들었던 것이다.

이에 이항복은 그의 부족함을 안타까워하며 돌아와서 신료들에게 이렇게 말을 한다.

"원군의 총병 조승훈이란 자를 만나 보니, 사람됨이 너무 부족하여 실망스럽소. 어찌 명나라에서 이런 자를 보냈는지 모르겠소. 조급함과 무모함 때문에 아마도 싸움에서 패하게 될 것이오."

조승훈의 사람됨을 살펴보고는 그가 필시 적군과 싸움에서 패할 것이라고 예견했던 것인데, 머지않아 이항복의 이 같은 예언은 적중하고 만다.

조승훈은 자신에게 곧 닥칠 불행은 알지 못한 채 휘하 군사들을 이끌고 빠르게 진군하여 곽산(곽주)을 거쳐 가산에 이르렀다.

여기서 조승훈은 조선의 군사들을 보자 이렇게 묻는다.

"평양성에 있는 왜적들이 아직 도망치지 않았는가?"

자신이 요동의 용맹스러운 장수라고 스스로 여겨 왔던 그는 그동안 여러 차례 북방의 여진족과 싸워 공을 세운 적이 있는데, 그는 이번에도 자신이 능히 왜군을 무찌를 수 있다는 자신감과 함께 명군이 온다는 소식에 왜군이 지레 겁을 먹고 도망치지 않았겠나 하는 오만한 생각을 해서 이같이 물었던 것이다.

이에 조선 군사 하나가 조심스럽게 대답한다.

"아직 물러가지 않았습니다."

그러자 조승훈은 호탕하게 웃더니, 술잔을 들고 하늘을 쳐다보며 말한다.

"하하, 적들이 아직 그대로 있다 하니, 이것은 반드시 하늘이 나에게 큰 공을 세우도록 한 것이로구나."

조승훈은 미리부터 승리감에 도취되어 기병과 보병들을 이끌고 6월 19일 밤, 평양성을 향해 힘차게 달려갔다. 때마침 큰비가 와서 그런지 성 위에는 왜군들의 모습이 보이질 않았다. 평양성의 보통문도 열려 있었다.

그러자 명군의 선봉장 사유(史儒)는 빨리 공을 세우고 싶은 마음에 앞장서 군사들을 이끌고 평양성 안으로 빠르게 달려 들어갔다. 조승훈이 이끄는 본대도 그 뒤를 따라 성안으로 들어갔다.

그런데 성안은 길이 좁고 꼬불꼬불한 골목이 많아 말이 제대로 달릴 수가 없었다. 게다가 비가 많이 와서 땅은 질퍽거리며 미끄러웠다.

바로 이때 성안의 험준한 곳에 매복해 있던 왜군들이 명군을 향해 일제히 조총을 난사했고, 이에 많은 명나라 군사들과 말이 죽었다. 진흙탕 속에서 허우적거리다 달려온 왜군의 칼에 맞거나 창에 찔려 죽은 자들도 많았다.

유격장군으로서 선봉에 섰던 사유도 왜군이 쏜 총탄에 맞아 즉사했다. 곧이어 조승훈의 부장이던 천총(千總 ; 명나라 군사 계급 중의 하나) 대조변과 장국충, 마세륭 등도 전사했다.

주장(主將)인 조승훈은 급히 말을 돌려 도망치다가 그를 죽이려고 달려든 왜군의 철퇴에 왼쪽 어깨를 맞았고, 날카로운 창에 왼쪽 다리도 찔렸다. 그러나 그는 죽을힘을 다해 칼을 휘두르며 말을 달려 도망쳤다.

가까스로 평양성을 빠져나와 뒤돌아보니 불과 수십 기의 기병들만이 그의 뒤를 따르고 있었다. 도망치는 이들을 비웃기라도 하듯 비는 계속 내렸고, 빗길을 달리던 말이 넘어지며 낙마(落馬)하는 기병들도 있었다.

조승훈은 패잔병들을 이끌고 쉬지 않고 말을 달려 청천강과 대정강을 바람처럼 건넜다. 그리고는 가산에 있는 공강정(控江亭) 근처에 이르러 겨우 말을 멈추고 쉬었다. 그러나 이들은 여전히 겁에 잔뜩 질려 있었다.

여기저기 아무렇게나 드러누운 부상병들의 입에서는 신음소리가 터져 나왔다. 팔다리에 많은 피를 흘리며 죽어가는 사람들도 있었고, 왜군의 총에 맞거나 창검(槍劍)에 찔려 고통스러워하는 사람들도 많았다.

도망치다가 왜군들에게 맞아 팔다리의 뼈가 으스러지거나 탈골된 사람들과 상처가 심해 속히 수술하지 않으면 안 될 사람들도 적지 않았다.

수술과 마취에 쓰였던 초오산(草烏散)

선조와 조선의 신료들은 기세등등하게 평양성에 쳐들어갔던 명군이 왜군에게 대패(大敗)하여 공강정 근처에 머무르고 있다는 소식을 듣자 모두들 한숨을 내쉬며 걱정했다.

"그래도 우리를 구해 주려고 온 군사들인데······."

이러면서 선조는 유성룡에게 공강정 근처에 있는 명나라 원군을 찾아가 위로도 좀 해주고 도와주라고 명한다. 이에 유성룡은 명나라 군사들이 먹을 양식과 부상병 치료에 쓸 약재들을 약간 마련하여 종사관 신경진, 그리고 허준과 이공기 등 어의들과 함께 공강정으로 갔다.

이들은 비가 계속 내리고 있음에도 불구하고 비도 제대로 피하지 못한 채 여기저기 눕거나 기대앉아 고통스러운 표정으로 신음하는 부상병들 사이를 지나 조승훈이 있는 어느 민가(民家)의 방으로 안내되었다.

조승훈은 부상한 몸으로 힘없이 누워 있었다. 그러나 그는 왜군에게 여지없이 패한 패장(敗將)이었음에도 여전히 거만한 태도로 유성룡을 맞으며 변명부터 늘어놓는다.

"우리 군사가 싸움에서 적병을 많이 죽이기는 했으나, 불행히도 사유 장군이 죽었소. 또한 천시(天時, 날씨)가 좋지 않

아 큰비가 내려 진흙투성이가 되는 바람에 적병을 섬멸하지
못했으나, 군사를 더 보충하여 다시 올 것이오. 그러니 조선
의 군사들에게 동요하지 말도록 이르고, 부교(浮橋)도 철거하
지 말도록 하시오."

　유성룡은 조승훈의 이런 모습을 보자 어이가 없었다. 전에
이항복이 조승훈을 만나고 와서 했던 말이 떠오르며 역시 그
의 말이 옳았다는 생각도 들었다. 하지만 유성룡은 그런 내색
은 일체 하지 않은 채 조승훈에게 위로의 말부터 건넨다.

　"부상당하신 것 같은데, 몸은 좀 어떻소? 우리 전하께서
걱정하시며 어의들을 보내 주셨습니다. 훌륭한 의원들이니,
잘 치료해 줄 것입니다."

　"아, 그래요? 조선의 어의들은 의술이 뛰어나다는 말을 듣
긴 했습니다만……. 지금 왼쪽 어깨가 너무 아파서 죽겠소.
움직일 수도 없고……."

　그러면서 조승훈은 잔뜩 찡그린 얼굴로 허준과 이공기를
번갈아 쳐다보았다. 통증이 아주 심한 듯했다. 허준과 이공기
는 조승훈에게 공손히 인사를 한 다음 그의 병세를 찬찬히 살
펴보았다.

　조승훈의 왼쪽 어깨뼈는 심하게 탈골되어 있었고, 어깨뼈
일부는 부스러진 것 같았다. 아마도 급히 도망치다가 왜군이
휘두른 묵직한 쇠뭉치 같은 것에 맞은 듯했다. 천으로 감싼

왼쪽 다리에는 칼이나 창에 찔린 듯한 창상(創傷)이 있었고, 천에는 검붉은 피가 엉겨 붙어 있었다.

수술이 필요해 보였다.

조승훈의 환부를 살펴보고 난 허준은 옆에 있던 이공기를 향해 시선을 돌리며 말한다.

"뼈마디가 심하게 어긋나고 뼈가 부스러진 것 같소. 아무래도 초오산(草烏散)을 복용시키고 칼로 째야 할 것 같은데……."

허준이 이렇게 말한 것은, 왼쪽 어깨 부위의 부상이 심한 조승훈에게 마취제이자 진통제인 초오산을 먹이고 칼로 째어 수술을 해야 할 것 같았기 때문이다.

허준은 그동안의 임상경험을 통해 어떤 이유로 탈골이 생겼을 때 이를 교정하기 전에 먼저 초오산을 술에 타서 병자에게 먹이면 병자가 통증을 한결 덜 느끼면서 탈골된 뼈를 제자리에 속히 맞출 수 있다는 것을 잘 알고 있었다.

또한 뼈가 부러지거나 으스러졌을 때도 초오산을 써서 마취시킨 다음 환부를 칼로 째고 드러난 부스러진 뼈에 접골 약을 바르며 뼈를 잘 맞춘 후에 환부에 나무쪽을 대고 천으로 동여매면 통증을 한결 줄이며 치료할 수 있다는 것도 이미 잘 알고 있던 터였다.

초오산이란 초오(草烏)를 비롯한 여러 가지 약재들을 섞어 만든 것으로서 마취와 통증 완화작용이 뛰어나기 때문에 특히 골절이나 탈골, 창상 및 각종 사고 등으로 인해 수술이나 치료가 필요할 때 병자에게 미리 복용토록 하면 여러모로 좋은 약이다. 일종의 진통 및 마취제라고 할 수 있다.

《동의보감》을 보면 수술과 마취에 관한 내용이 나오는데, 여기에도 초오산에 관한 다음과 같은 내용의 글이 실려 있다.

『탈골이나 골절을 교정할 때 통증을 완화하기 위해 여러 가지 약초를 섞어 만든 초오산을 술에 타서 병자에게 먹이면 칼로 째고 교정을 해도 아프지 않다.』

초오산에 쓰이는 초오는 투구꽃의 뿌리를 말하며, 토부자(土附子), 오두(烏頭), 초오두(草烏頭), 독공(毒公), 독백초(獨白草) 등으로도 부른다.

그러나 초오는 원래 강한 독성을 지닌 약재로서 함부로 써서는 안 되는 것이다. 약리작용으로 진통과 진정, 항염, 국부마비 완화작용 등이 있으나, 함부로 쓰거나 다량 복용하는 것은 실로 위험한 약재인 것이다.

"하지만 지금 초오산이 어디 있겠습니까?"

이공기가 걱정스런 얼굴로 이같이 말하자, 허준이 다시 입을 연다.

"그러게 말이오, 이럴 때 있어야 하는데……. 하지만 없
는 것을 어찌하겠소?

내 생각에는 조 장군이 좀 고통스럽기는 하겠지만, 초오
산 없이 그냥 해야 할 것 같소. 그 옛날 관운장(關雲長)께서
는 뼛속을 파고드는 독화살을 맞고도 끄떡없이 수술을 받으
셨는데, 조 장군도 장군이라면 이쯤은 능히 참아 낼 수 있지
않겠소?"

허준은 불현듯 중국 삼국시대 때 촉(蜀)나라 장수 관운장
(?~219)이 생각나 이런 말을 했던 것이다.

관운장과 화타(華陀)

《삼국지연의(三國志演義)》등을 보면, 명장 관우(關羽)가
부하들을 이끌고 번성(樊城, 호북성)을 공격하다가 오른쪽 어
깨에 독화살을 맞고 낙마하여 화타로부터 수술을 받는 이야
기가 나온다.

이때 관우는 상처가 깊어 속히 치료하지 않으면 안 될 위급
한 상황이었는데, 이 때 마침 화타(華陀, ?~208?)가 나타난다.
평소 관우를 흠모했던 화타는 관우가 독화살에 맞아 상처가
깊다는 소식을 듣고는 그를 치료해 주기 위해 급히 달려왔던
것이다.

중국 전국시대 때의 전설적인 명의 편작(扁鵲, BC 407~BC 310)과 더불어 한(漢)나라 말기의 뛰어난 명의로 일컬어지는 화타는 약물처방뿐 아니라 내과·외과·부인과·소아과·침구과(鍼灸科) 등에 모두 밝았다.

그는 특히 외과와 침구, 그 가운데서도 외과수술에 한층 뛰어난 면모를 보였다. 그래서 그는 예로부터 중국에서 「외과학의 비조(鼻祖)」 즉 「외과학의 창시자」로 숭배를 받고 있으며, 「최초의 외과의사」로도 불린다.

또한 그는 병자들을 수술할 때 인도산 대마(大麻)와 함께 여러 가지 다른 약초들을 섞은 마비산(麻沸散)이라는 마취제를 스스로 만들어 사용했던 것으로 전해온다. 부득이 수술을 해야 할 때 병자의 통증을 완화시켜 주기 위해 마취 성분과 진통작용이 있는 약물들을 사용하여 마비산이라는 약을 만들어 썼다는 것이다.

중국의 옛 기록에 의하면, 화타는 일찍이 술에 타서 먹는 마비산을 처음 만들어 써서 전신마취를 하고 복강 종물(腫物)의 절제술 및 위장(胃腸) 수술 등을 하여 꽤 좋은 성과를 거두었다고 한다.

그뿐만 아니라 화타가 병자를 마취시키고 가슴우리(흉강을 둘러싸며 팔을 지탱하는 역할을 하는 뼈와 연골로 이루어진 골격계) 절개술(흉곽성형술)과 개복술, 창자 절제술(장 절제

술), 머리뼈 천공술(두개골 천공술), 방광결석 제거술 등을 했
다는 기록도 전해진다.

어느 날, 강동(江東)에서 한 사람이 작은 배를 타고 관운장
의 병영(兵營)으로 찾아왔다. 괴상한 모자를 쓰고 괴상한 옷
차림에 청낭(靑囊)을 어깨에 메고 있는 용모 또한 괴상하게
생긴 사람이었다. 장교 한 사람이 그를 맞이하여 관운장의 아
들 관평(關平)에게 데리고 갔다.

그는 스스럼없이 이름과 찾아온 이유를 밝혔다.

"저는 패국(沛國) 초군(譙郡 ; 현재 안휘성 호현) 사람이며
성은 화(華)요 이름은 타(佗)이며 자(字)는 원화(元化)입니다.
관 장군께서는 천하에서 제일 인자하고 의로운 사람이라고
들었습니다. 그런데 독화살에 맞아 고생하고 있다는 소문을
듣고 치료해 드리기 위해 찾아왔습니다."

관평은 매우 기뻐하며 병영 안에 있는 다른 군사 고문들에
게 화타를 소개했다. 군사 고문들은 화타에게 관운장을 치료
하도록 허락하였다.

관운장은 부장 마량(馬良)과 바둑을 두고 있었다. 바둑을
두느라 왼쪽 팔의 통증을 약간 잊을 수 있었다.

화타는 관운장의 처소로 안내되었다. 화타는 관운장에게
예의를 갖추어 인사를 한 다음 독화살에 맞은 자리를 보여 달

라고 했다. 관운장은 웃옷을 벗고 왼쪽 팔을 화타에게 내밀었다. 상처를 살펴보고 나서 화타가 말했다.

"오두(烏頭)의 독을 바른 화살에 맞았으므로 오두의 독이 이미 뼛속에 깊이 스며들었습니다. 빨리 치료하지 않으면 왼쪽 팔을 전혀 사용할 수 없게 될 것입니다."

관운장은 말했다.

"선생께서는 내 팔을 치료할 방도가 있겠소?"

"독이 뼛속까지 스며들어 있어 속히 수술하지 않으면 안 됩니다. 조용한 곳에 큰 기둥을 세우고 고리를 기둥에 튼튼하게 박은 후에, 장군의 팔을 고리에 끼워 밧줄로 묶겠습니다. 그리고는 뾰족한 칼로 살을 벗겨 냅니다. 그런 후에 뼛속에 스며든 독을 마지막까지 긁어내고 약을 바르고 상처를 꿰매면 수술이 끝이 납니다. 그리해야만 나을 수 있습니다. 그런데 장군께서 그 고통을 견뎌내실까 걱정입니다."

그러자 관우는 그만한 일은 아무것도 아니라는 듯 태연하게 말한다.

"그 정도쯤을 가지고 무슨 기둥과 고리가 필요하겠소? 난 가만히 있을 테니, 어서 치료나 해주시오."

관운장은 술을 가지고 오라고 부하들에게 명령했다. 화타는 수술 준비를 했다. 관운장은 술을 마시면서 마량과 바둑을 두었다. 왼쪽 팔을 수술을 하도록 화타에게 맡겼다.

마량(馬良)은 눈썹에 흰털이 나서 사람들은 백미마량(白眉馬良)이라 불렀다. 「읍참마속(泣斬馬謖)」 고사로 유명한 마속(馬謖)의 형이며, 삼국시대 촉한(蜀漢)의 관리다.

화타는 예리한 칼과 수술을 할 때 흐르는 피를 담을 그릇을 준비했다.

화타가 말했다.

"장군의 왼쪽 팔을 잡고 칼로 찢을 것입니다. 놀라지 마십시오."

관운장은 태연자약하게 대답하였다.

"선생이 그 칼로 내 어깨를 찢고 뼈를 긁어낸다는 말이오? 나는 선생을 믿고 어떻게 하든지 개의치 않겠소."

화타는 관운장의 담대함에 다시 한 번 놀랐다. 화타는 능숙하게 외과수술을 하기 시작하였다. 독화살에 맞은 왼쪽 팔의 살을 칼로 찢으니 검붉은 피가 철철 흘렀고, 살을 째자 드디어 뼈가 드러났다.

뼈는 독화살의 독으로 시퍼렇게 변해 있었다. 화타가 예리한 칼로 뼈를 벅벅 긁어내는 소리가 천막 안에 울려 퍼졌다.

화타가 뼈를 긁어내는 것을 보고 있던 장수들은 차마 눈을 뜨고 볼 수 없어 손바닥으로 얼굴을 가렸다. 그러나 관운장은 태연하게 마량과 담소를 나누면서 한 손으로 바둑을 두고 술을 마시고 안주를 먹었다. 말 그대로 뼈를 깎는 아픔을 견뎌

내며 태연히 바둑을 두고 있었다. 그 태연자약하기가 마치 연극의 한 장면과도 같았다.

잠깐 사이에 팔에서 피가 한 사발이나 흘러내렸다. 화타는 뼈에서 오두의 독을 모두 긁어내고 약을 바른 다음 상처를 실로 꿰맸다.

관운장은 크게 웃으며 장수들에게 말했다.

"이제 팔을 예전과 같이 굽혔다 폈다 마음대로 할 수 있군! 통증도 전혀 못 느끼겠는걸!"

화타가 말했다.

"수술은 끝났으나, 팔을 무리하게 써서는 안 됩니다. 화를 절대로 내지 마십시오. 앞으로 백 일이 지나면 팔이 정상으로 회복될 것입니다."

관우가 화타에게 말한다.

"천하의 명의를 만나 이제 팔은 전과 같이 맘대로 움직일 수 있게 되었다. 선생은 참으로 신의(神醫)이시오!"

그러자 화타가 미소 지으며 화답한다.

"제가 의원노릇을 한 지 수십 년인데, 군후(君侯) 같은 분은 처음 뵈옵니다. 참으로 명환자입니다! 장군은 진정한 무신(武神)이옵니다."

수술이 끝나자, 관우는 감사의 표시로 화타를 위한 연회를 베풀고, 그가 돌아가려 하자 황금 백량을 사례로 내놓았다.

그러나 화타는 이를 극구 사양하며 말했다.

"관공께서는 천하에서 가장 의로운 장수입니다. 저는 늘 관공을 존경해 왔습니다. 그래서 제가 와서 치료해 드린 것입니다. 황금은 받을 수 없습니다."

화타가 관운장의 팔을 수술하는 것을 예찬하는 시가 있다.

뼈를 긁어 독화살의 독을 능히 없애니
금침과 옥으로 만든 칼이 마치 신과 통하는 것 같구나.
화타의 묘수는 천하에 으뜸이라.
만일 편작이 다시 살아와도 놀랐으리라.

刮骨便能除箭毒 金針玉刃若通神 괄골편능제전독 금침옥인약통신
華佗妙手高天下 疑是當年秦越人 화타묘수고천하 의시당년진월인

화타는 이때 자신이 개발한 마취 및 진통제인 마비산을 쓰지 않고 관우의 어깨를 칼로 째고는 독으로 인해 검게 변색된 뼈를 긁어내 가며 수술을 했다. 그런데도 관우는 수술을 받는 동안 조금도 두려워하는 기색이 없었고, 얼굴빛 하나 변하지 않았다.

그 후 위(魏)나라의 조조(曹操)가 머리가 깨질 것처럼 아픈 통증에 시달리자, 그의 신하들은 시의(侍醫)들을 다 불러 치료하도록 했다. 그러나 아무도 조조의 두통을 치료하지 못했

다. 그러다가 화타가 조조 앞에 불려오게 되었는데, 조조를 진맥하고 난 화타는 이런 말을 한다.

"대왕의 병은 풍(風)에서 기인한 것으로, 그 병의 뿌리가 뇌 속에 있습니다. 따라서 탕약만으로는 치료할 수가 없으며, 먼저 마폐탕(麻肺湯)을 복용하여 마취를 시킨 다음 도끼로 두개골을 가르고 병의 근원인 풍연(風延)을 제거해야만 병의 뿌리가 빠져 근본적인 치료가 될 것이옵니다."

그러자 조조는 크게 노하여 소리친다.

"뭐라고? 도끼로 뇌를 열어야 한다고? 네 이놈! 네가 정녕 나를 죽이려는 것이냐?"

이 말에 화타는 차분하게 대답한다.

"결코 그런 것이 아니옵니다. 대왕께서도 이미 들으시어 아실 것이옵니다만, 소인은 전에 관우 장군이 독화살을 맞았을 때, 그의 오른쪽 어깨를 수술하여 치료한 적이 있사옵니다. 그때 관우 장군은 조금도 두려워하는 기색이 없었사온데, 대왕께서는 어찌 소인을 의심하옵니까?"

그 당시 화타가 외과수술에 아주 능한 명의라는 것은 다 알려진 사실이었다. 그런데도 조조는 그런 화타를 믿지 못하고 오히려 그를 의심하여 또다시 소리쳤다.

"뭐라고, 이놈! 뇌하고 어깨가 어찌 같단 말이냐? 어깨쯤은 수술해도 생명에 지장이 없지만, 뇌를 빠개다니…… . 그게 말이나 되느냐?"

조조는 화타를 매섭게 노려보더니 다시 말한다.

"네가 관우와 친했다더니, 네놈이 필시 죽은 관우의 원수를 갚기 위해 이런 흉계를 꾸며 나를 죽이려고 하는구나. 괘씸한 놈!"

그러더니 조조는 곁에 있던 신하들을 향해 소리쳤다.

"당장 저 발칙한 놈을 잡아다 옥에 가두고 죽을 때까지 문초하도록 하라!"

그러자 조조의 책사 가후(賈詡)가 낯빛이 변하더니 조조 앞에 나아가 아뢴다.

"전하, 세상에 저 화타를 대적할 만한 명의는 없사옵니다. 그러니 화타를 죽이는 것만은 피하셔야 할 것이옵니다."

그러나 조조는 이 말을 듣지 않고 화타를 옥으로 보낸다. 그리고 화타는 결국 옥에서 죽고 만다.

그런데 《후한서(後漢書)》에 실린 기록에는, 화타가 조조에 의해 죽게 된 경위에 대해 이와는 다른 내용을 싣고 있다.

이에 따르면, 오랫동안 두풍현(頭風眩)으로 고생하고 있던 조조에게 불려간 화타는 조조 곁에 머무르며 주로 침으로 그의 두통을 완화시켜 주곤 했다.

그러나 성격이 곧고 불의를 싫어하던 화타는 덕망이 부족하고 교활한 조조의 인품에 회의를 느꼈다. 그래서 어느 날, 약재를 구하러 간다는 구실로 고향으로 돌아가서 다시는 조조에게로 돌아가지 않았다.

이에 조조는 화타의 고향으로 여러 차례 사람을 보내 돌아오도록 했지만, 화타는 아내가 아프다는 핑계로 조조의 부름에 끝내 응하지 않았다. 그러자 화가 몹시 난 조조는 화타를 잡아다 옥에 가두었다가 죽여 버렸다는 것이다.

이처럼 화타가 조조에 의해 죽게 된 경위에는 다소 차이가 있지만, 조조가 화타를 죽인 것만은 분명하다.

화타는 죽기 전에 자신의 온갖 비방(秘方)들을 적어 놓은 《청낭서(靑囊書)》를 자신이 옥에 갇혀 있을 때 잘 보살펴 준 옥졸(간수)에게 이를 맡기고는, 장차 이것을 보고 공부하여 훌륭한 의원이 되라고 당부했는데, 이 옥졸의 아내가 남편이 화타처럼 죽는 것을 두려워하여 남편 몰래 《청낭서》를 불에 태워 버리는 바람에 이 의서가 영원히 사라져 버렸다는 이야기도 있다.

화타는 이처럼 뛰어난 의술과 해박한 의학 지식, 그리고 수많은 임상경험 등을 토대로 《청낭서》와 《침중구자경(枕中灸刺經)》 등 여러 의서를 지었다고 한다. 그러나 불행히도 그가 애써 쓴 소중한 의서들은 모두 소실되어 버리고 지금까지 전해오는 것은 없다.

조선의 의원들도 외과수술을 많이 했다

이처럼 화타는 마비산을 써서 보다 편하게 관우를 수술할 수 있었으나, 관우가 이를 원치 않아 마비산을 쓸 수 없었다. 그러나 허준은 초오산을 써서 조승훈을 수술하려 했지만, 초오산이 없어 쓸 수가 없었다.

허준은 할 수 없이 초오산을 쓰지 않고 이공기의 도움을 받아가며 조승훈의 어깨 환부를 불에 소독한 칼로 쨌다. 그리고는 역시 불로 소독한 가위로 뼈끝을 약간 잘랐다. 부러지면서 칼끝처럼 뾰족해진 뼈가 살을 상하지 않도록 하기 위해서였다.

그런 다음 허준은 조승훈의 어깨뼈 살 속에 박혀 있던 부스러진 뼛조각들을 하나씩 뽑아냈다. 곪지 않도록 하려는 조치였다. 그리고는 접골 약을 불에 녹여 뼈 위에 발랐다. 이어서 허준은 탈골되어 어긋난 뼈마디를 제자리에 맞추어 넣은 다음 이 뼈들이 튕겨나가지 않고 서로 잘 붙도록 생버드나무 판자 쪽을 한쪽 옆에 대어 주고는 천으로 동여매었다.

이런 수술을 받는 동안 조승훈은 옅은 신음소리는 냈지만, 애써 참는 눈치였다. 그 또한 관운장이 마취제나 진통제를 쓰지 않고 화타로부터 독화살 제거 수술을 태연히 받았다는 것을 알고 있었기 때문에 자신도 장군 체면에 아프다고 소리 지를 수는 없었던 것인지도 몰랐다.

수술이 끝나자 허준은 빙긋이 웃으며 그런 조승훈을 띄워 주었다.

"잘 참으셨습니다. 관운장 못지않습니다."

그러더니 허준은 용운을 불러 가지고 온 갈근(葛根, 칡뿌리)을 꺼내 곱게 갈아오게 시켰다. 마침 평양성을 떠날 때 그곳 약재 창고에 있던 갈근을 좀 가져온 것이 있었기 때문이다.

용운이 급히 밖으로 나가 갈근을 갈아서 가지고 오자, 허준은 이를 창상을 입은 조승훈의 왼쪽 다리에 펴서 붙이고는 천으로 잘 감쌌다. 그런 다음 허준은 조승훈을 간호하던 명나라 군사에게 갈근을 좀 내주며 이렇게 당부한다.

"지금 내가 했던 것처럼 갈근을 수시로 갈아서 장군의 환부에 붙여 주시오. 그리고 일부는 달여서 드시도록 하시오. 그러면 환부의 상처도 빨리 아물고 통증도 그치게 될 것이오."

허준이 이때 갈근을 갈아서 쓴 데는 그만한 이유가 있었다. 갈근은 원래 모든 독을 풀어주고, 근육의 긴장이나 통증을 완화시켜 주며, 혈행(血行)을 촉진시키는 작용 등이 있어 어깨나 팔다리 등이 결리거나 뻐근할 때는 물론 탈골이 되었을 때도 좋고, 총상이나 창상 등으로 인한 독을 제거하며 빨리 낫게 해주는 효능도 있기 때문이었다.

조승훈을 치료해 주고 난 허준은 이공기와 함께 부상으로 인해 신음하며 고통스러워하고 있는 명나라 부상병들도 정성껏 치료해 주었다. 침을 잘 쓰는 이공기는 주로 침을 사용하여 부상병들을 치료했다,

부상병들 중에는 왜군의 총과 칼, 창, 도끼, 철퇴, 화살 같은 것들에 찔리거나 맞아서 부상한 사람들이 대다수였다.

실제로 시대를 막론하고 예로부터 전쟁이나 싸움을 할 때는 칼이나 창, 도끼, 철퇴, 활과 화살, 낫, 곡괭이, 쇠망치 등과 같은 쇠붙이로 만든 무기나 농기구들을 많이 사용해 왔기 때문에 이들 쇠붙이에 의한 외상(外傷)은 언제나 많은 법이었다.

칼이나 창 등에 찔려 내장이 몸 밖으로 튀어나온 경우도 흔했다. 그래서인지 우리나라에 전해져 오는 의서들 가운데서도 가장 오래된 의서인 《향약구급방(鄕藥救急方)》에도 전쟁이나 싸움, 갖가지 사고 등으로 인해 몸 밖으로 튀어나온 내장을 다시 안으로 넣고 봉합하는 방법이 실려 있다.

3권 1책으로 된 이 《향약구급방》은 고려시대 때인 1236년(고종 23년) 경 강화도에서 《팔만대장경(八萬大藏經)》을 만들던 대장도감(大藏都監)에서 처음으로 간행되었던 것으로 추정되며, 그 뒤 1417년(태종 17년) 7월에 경상도 의흥현(義興

縣 ; 지금의 군위군 의흥면)에서 중간한 것이다.

그러나 현재 이 둘은 모두 다 전하지 않고, 1417년의 간본 1부가 일본 궁내청 서릉부(宮內廳書陵部)에 소장되어 있을 뿐이다.

허준의 《동의보감》「제상문(諸傷門)」에도 칼이나 창 등에 찔리거나 어떤 사고로 인해 다쳤을 때 이를 치료할 수 있는 여러 가지 방법들이 쓰여 있는데, 이 중에는 다음과 같은 내용도 있다.

『쇠붙이에 상했을 때 ; 칼과 같은 쇠붙이에 장(腸)이 끊어지면 상처의 깊이를 살펴보아야 생사(生死)를 알 수 있고, 끊어진 장의 한쪽 끝만 보아서는 이를 알 수 없다. 만약 대장(大腸)이 상해서 배가 아프고 숨이 차며 음식을 먹지 못하면 하루 반 만에 죽을 수 있고, 소장(小腸)이 상해서 그런 증상이 보이면 3일 만에 죽을 수 있다.

쇠붙이에 상했더라도 끊어진 장의 양 끝이 다 보일 때에는 꿰매어 치료할 수 있으며, 그 방법은 다음과 같다.

끊어진 장의 양 끝이 다 보이면 빨리 바늘과 실로 꿰맨 다음 닭 볏의 피를 발라서 기운이 새어나가지 않게 하고 속히 장을 뱃속으로 밀어 넣어주어야 한다.

만일 장이 배 밖으로 나오기만 하고 끊어지지 않았을 때는 보리죽 물로 장을 잘 씻은 다음 다시 집어넣는다. 그런 후에 묽은 죽의 뜨물을 조금씩 20일 동안 먹이고는, 그 다음부터는 미음을 먹이고, 100일이 지나면 밥을 먹인다.

쇠붙이에 상해 피를 많이 흘리게 되면 견디지 못할 정도로 갈증이 나지만, 찬물을 바로 먹여서는 안 된다. 피가 차지면 엉기고, 엉긴 피가 심장에 들어가면 죽기 때문이다. 또 힘든 일을 하거나 자극적인 음식을 먹어서도 안 된다.

쇠붙이에 상하거나 뼈가 부러지거나 높은 곳에서 떨어져 속까지 상하면 속에 어혈(瘀血)이 몰리므로 먼저 어혈을 몰아 내야 한다. 피를 너무 많이 흘렸으면 기혈(氣血)을 보(補)하는 치료를 위주로 해야 한다.

피가 나는 상처에는 절인 물고기의 부레를 넓게 펴서 붙이고 싸매면 피가 곧 멎는다. 황단(黃丹)이나 곱돌가루를 발라도 피가 멎는다.

또 화살촉이나 바늘이 살에 들어가서 나오지 않으면 상아를 가루 내어 물에 개서 바르거나 쥐의 뇌를 발라도 된다. 혹은 좋은 자석을 화살촉이나 바늘이 들어간 자리에 대고 있어도 나온다.』

흔히 조선의 옛 의원들은 탕제나 침, 뜸과 같은 것들로만 병자 치료를 했을 뿐 수술은 전혀 하지 않거나 수술을 할 줄 몰랐던 것으로 아는 사람들이 많다.

물론 옛날에는 지금의 서양의학에서 하는 것처럼 다양한 수술은 하지 않았다. 그러나 옛날에는 전쟁이나 싸움도 잦았고, 각종 사고 또한 많았기 때문에 이로 인한 외상이나 타박상 등도 많아 자연적으로 이를 치료하기 위한 외과적 수술을 많이 할 수밖에 없었다.

또한, 옛날에는 각종 종기(腫氣)로 고생하는 사람들도 상당히 많았는데, 따라서 이를 치료하기 위해 칼로 째고 꿰매는 수술도 많이 하게 되었다.

심약(審藥)이 가져온 응급약

허준과 이공기가 쉴 틈도 없이 부상병들을 살피며 치료하고 있을 때, 키가 크고 몸이 호리호리한 한 사내가 허준을 찾아왔다.

그는 허준을 보자, 이런 말을 한다.

"소인은 평양성에서 심약(審藥)으로 있던 사람입니다. 왜놈들이 평양성에 들이닥치기 전에 가까스로 도망쳤는데, 내의원의 어의들께서 이곳에 계신다는 얘기를 듣고 혹 소인이 도울 만한 일이 없을까 해서 찾아왔습니다."

그러더니 그는 자신이 소지하고 있던 약들이라며 지고 온 등짐을 풀러 대자석(代赭石 ; 약으로 사용하는 광석으로 수환 須丸 또는 혈사血師라고도 하며, 지혈작용을 하므로 창상 등으로 인해 피를 흘릴 때 응급약으로 쓴다)과 악회(堊灰 ; 석회石 灰라고도 하며 지혈과 지사止瀉, 살균 및 살충작용을 한다. 출혈과 통증을 멎게 할 때 쓴다), 자연동(自然銅 ; 예로부터 뼈가 부러졌을 때 약으로 많이 써 온 광물성 약재로, 어혈, 통증 제거, 뼈와 힘줄을 잇는 데 등에도 쓴다. 산골山骨 또는 산골産 骨이라고도 하며, 석수연石隨鉛이라고도 한다. 법제화하여 약으로 쓴다. 보통 센 불에 구워 새빨갛게 만든 후 식초로 7번 담금질하여 습한 흙 위에 놓고 1개월 후부터 사용한다), 연화 (蓮花 ; 활짝 핀 연꽃의 꽃봉오리를 따서 그늘에 말린 것으로서, 출혈을 멎게 하는 작용이 있어 지혈제로도 쓰며 토혈, 타박상, 습창濕瘡 등의 약으로도 쓴다) 등을 꺼내 놓는 것이었다.

조선시대에는 궁중에서 쓰는 의약(醫藥)의 공급 및 임금이 하사하는 의약에 관한 일을 맡아보던 관청인 전의감(典醫監)과, 의약과 일반 서민들에 대한 치료를 맡아보던 관청인 혜민서(惠民署)가 있었는데, 이곳에 소속된 관리들 중에 동반(東班) 종구품의 외관직(外官職)인 심약이란 것이 있었다.

심약은 원래 궁중에 진상할 약재들을 심사하고 감독하기 위하여 각 도에 파견하였던 잡직으로서, 이들은 전의감과 혜민서의 의원들 중에서 임명되었으며, 경기도·전라도·황해

도·강원도에 각 1인, 충청도·평안도에 각 2인, 경상도·함
경도에 각 3인을 두었다.

《경국대전(經國大典)》에 의하면, 각 도의 감영(監營)과
절도사가 있는 주진(主鎭 ; 조선시대 때 각 도의 병마절도사
와 수군절도사가 주재하는 곳으로서, 지방군을 관장하던 각
도의 최상부 군영軍營)에 심약을 배치하였으며, 전라도의 경
우 당시 전라도에 속했던 제주에도 따로 한 사람을 둔 것으로
기록되어 있다.

그런데 이들 심약은 평소에는 궁중에 진상할 약재들을 심
사하고 감독하는 일을 주로 했지만, 전쟁이 일어나면 각 군
(軍)에 소속되어 부상한 군사들을 치료하는 일을 했다. 그리
고 이들은 만일의 사태에 대비해 평소에도 대자석과 악회, 자
연동, 연화 등과 같은 것들을 비상약으로 가지고 있었다.

그런 심약들 가운데 한 사람이 스스로 찾아와 당장 요긴
하게 쓸 수 있는 응급약들을 내놓자 허준은 너무나 기뻤다.
더욱이 심약이라면 부상병들을 치료하고 돌볼 수 있는 의원
이 아닌가.

"정말 잘 와 주었소. 가뜩이나 병자를 돌볼 사람도 부족
하고 부상자들 치료에 쓸 약이 없어 걱정하던 차에 이리 와
주셨으니, 그야말로 천군만마(千軍萬馬)를 얻은 기분이오.
제발 좀 도와주시오."

허준은 진심으로 그를 반기며 도움을 청했다. 이공기와 용운 또한 기뻐하는 기색이 역력했다.

"아니옵니다. 말씀을 낮추소서. 높으신 내의원 나리들 아닙니까? 소인은 비록 변방에 있는 심약에 지나지 않사오나, 다소나마 도움이 되신다면 더없는 영광입니다."

이런 말을 하고 난 심약은 갑자기 뭔가 생각난 듯이 지고 온 등짐 보따리를 다시 뒤적거리더니, 그 속에서 뭔가를 또 꺼내 놓았다.

"깜박 잊었습니다. 이것도 있었는데……."

그가 다시 꺼내 놓은 것은 대황(大黃) 가루였다.

외상(外傷)이나 타박상 등에 쓰는 약재인데, 시퍼렇게 멍이 들었을 때 대황 가루를 생강즙에 개어 상처에 붙이면 곧 삭는다. 또 얻어맞거나 넘어져 상처가 났을 때 이 대황 가루를 참기름과 청주에 섞어서 끓인 다음 달여서 먹고, 뜨거운 곳에서 하룻밤 자고 나면 통증이 없어지고 부은 것이 가라앉으며 상처가 없어진다.

허준은 뜻밖에 나타난 심약이 가져온 응급약들을 가지고 이공기와 함께 명나라 부상병들을 치료했다. 심약과 용운도 이들을 적극적으로 도왔다.

이때 심약이 가져온 응급약들 가운데서도 특히 자연동은 뼈가 부러져 고통 받던 명나라 부상병들에게 큰 도움이 되었는데, 이 자연동에 대해 허준은 훗날 그의 《동의보감》에서 이렇게 적고 있다.

『자연동(自然銅, 산골山骨)은 성질은 평하며(서늘하다고도 함) 맛은 맵고 독이 없다. 마음을 편안하게 해주고, 경계증(驚悸症 ; 걸핏하면 잘 놀라고 가슴이 두근거리는 증상)을 낫게 하며, 다쳐서 뼈가 부러진 것을 낫게 한다.

또한 어혈을 헤치고 삭히며, 통증을 멎게 하며, 고름을 빨아내고, 힘줄과 뼈를 잇는다. 뼈를 붙이고 힘줄을 잇는 데 매우 좋다.

동광석(銅鑛石 ; 구리를 함유한 광석의 총칭으로, 동광銅鑛이라고도 부른다)을 제련하지 않은 것이라서 자연동이라 한다. 처음 캔 것은 모가 나거나 둥근 것이 일정치 않고 푸르스름한 빛을 띠며 구리와 같다. 태우면 푸른 불꽃이 일고 유황 냄새가 난다.

이를 약으로 쓸 때는 대개 불에 달구어 식초에 담그기를 아홉 번 반복하여 갈아서 수비(水飛 ; 약재를 지극히 미세한 분말로 만드는 한약 포제법炮製法)한 다음 쓴다.

자연동은 민간에서 뼈를 붙이는 약으로 많이 쓰는데, 불에 녹이면 독이 있으므로 많이 쓰지 않도록 주의하여야 한다.』

심약이 가져온 대자석과 악회(석회), 연화 등도 유용하게 쓰였는데, 이런 응급약들은 특히 칼이나 창 같은 쇠붙이에 상한 것을 치료하는 데 아주 좋은 약이었다. 왜군의 칼이나 창, 총 등에 맞아 생긴 상처에 대자석이나 악회 가루를 붙이고 천으로 싸매 주면 피가 멎고 통증이 완화되었다.

또한 악회를 달걀 흰자위에 개어 불에 구운 다음 가루를 내서 상처에 붙여도 좋으나, 달걀을 구할 수 없어 이 방법은 쓰지 못했다.

이밖에도 옛날에는 굼벵이나 거북의 날고기, 쥐똥, 연잎, 호두 등도 타박상 치료에 쓰였다.

옛날에는 전쟁터에서 적에게 쇠뭉치 같은 것으로 맞거나, 어떤 이유로 관가에 끌려가 곤장을 맞은 뒤에 흔히 생기는 심한 통증, 손목이나 팔목을 삐어서 붓고 아픈 염좌(捻挫), 미세골절, 또는 매를 많이 맞아 생긴 장독(杖毒)이나 상처, 화독(火毒) 등이 있을 때는 이를 치료하고 통증을 가라앉혀 주는 오황산(五黃散 ; 황단黃丹·황련黃連·황금黃芩·황백黃柏·대황大黃·유향乳香 등의 약재를 각각 같은 양으로 넣어 만든 외용약)을 썼다.

《동의보감》에도, 『오황산은 타박으로 인해 국소(局所)가 붓고 아픈 데 쓴다. 이 약을 가루 내어 물에 개서 하루에 세 번씩 국소에 붙이면 좋다.』고 쓰여 있다.

그러나 이 약은 외용약이므로 절대 복용해서는 안 되며, 상처 부위의 피부가 벗겨져 속살이 노출되었을 때는 쓰지 말아야 한다.

매를 맞은 다음 상처에 딱지가 앉았다가 떨어지고 짓무르면서 참을 수 없이 아파 일어나 다니지 못할 때는 오룡해독산(烏龍解毒散)이 쓰이기도 했다.

또한 높은 데서 떨어졌거나 얻어맞아서 뼈가 부러지고 참을 수 없이 아플 때는 보손당귀산(補損當歸散)이 쓰였는데, 이 약을 먹으면 통증이 가실 뿐만 아니라, 며칠 만에 힘줄과 뼈가 붙는 효과가 나타난다.

조승훈은 공강정에서 허준과 이공기 등의 치료를 받으며 이틀 동안 머무르다가 가까스로 살아남은 부하들을 이끌고 요동으로 돌아갔는데, 그는 요동으로 돌아가자 순안사 학걸에게 이런 거짓말을 한다.

"조선군들이 왜군에 투항하고, 식량을 제대로 조달해 주지 않았기 때문에 패한 것입니다."

제5장 반격

나라를 구한 역관(譯官) 홍순언(洪純彦)

임진왜란이 일어났을 때, 명나라 연경(燕京 ; 베이징北京의 옛 이름)에는 조선에서 사은사(謝恩使)로 파견되어 온 신점(申點, 1530~?)이 있었는데, 그는 조선 조정으로부터 왜군이 침략했다는 전갈을 받자, 이를 곧바로 명나라 황제 신종(神宗)과 명나라 조정에 알리고 도움을 청했다. 속히 원병을 조선에 보내 달라는 것이었다.

명나라 조정에서는 조선에 파병하는 문제를 놓고 의견이 분분했는데, 조선에 파병을 해서는 안 된다는 주장이 우세했다. 더욱이 그 당시 명나라는 몽골족의 침략을 막느라 정신이 없었다. 때문에 조선의 원병 요청을 선뜻 받아들이기는 어려운 처지였다.

여기에다 조선이 왜군을 끌어들여 중국을 침략하려 한다는 것이라는 주장까지 있어 명나라 조정에서는 더욱 파병을 망설였다.

이때 역관(譯官)으로 신점(申點)과 함께 연경에 와 있던 홍순언(洪純彦, 1530~1599)이 당시 명나라 병부상서(兵部尙書)

로서 군권(軍權)을 쥐고 있던 석성(石星, 1538~1599)과 그의
부인 유씨(柳氏)를 찾아가 도움을 청한다. 그러자 석성은 홍
순언에게 이런 말을 한다.

"걱정하지 마시오. 비록 지금 조정에서는 여러 가지 문제
때문에 조선에 원병을 보내기 어려운 처지이나, 내가 힘닿는
데까지 돕도록 하겠소. 내 어찌 그대의 은혜를 잊겠소."

이후 석성은 더욱 적극적으로 나서 명나라 황제와 조정 신
료들을 설득한다.

위기에 처한 조선에 하루속히 원병을 보내 주어야 한다는
것이었다.

"조선은 본시 예의(禮義)의 나라라 일컬어 중화(中華)와
비슷하고, 2백 년 동안을 한결같이 중국을 받들어 왔습니다.
이런 까닭으로 우리 조종(祖宗)께서 조선을 예우한 것이 다
른 번방(藩邦)과는 비교가 되지 않았습니다. 하물며 이번에
병란을 당한 곡절은 전에 이미 제주(題奏)에 명확히 차서(次
序)가 있어 결코 거짓을 끼고 우리를 넘보려는 계교가 있는
것은 아니옵니다. 만일 그들이 왜적과 부화(附和)라도 하게
된다면 변경(邊境)의 근심은 이루 말할 수 없을 것이옵니다.
그러하오니 속히 군사를 발동하여 이를 구원하소서. 만일 조
선이 점령당하면 왜군은 그 여세를 몰아 곧장 이곳 연경으로
쳐들어올 것입니다."

석성은 이 같은 주장을 계속하며 명나라 황제와 조정에서 조선을 속히 도와주기를 청한다.

그렇다면 석성은 왜 이처럼 명나라 조정 신료들의 만만치 않은 반대를 무릅쓰고 조선에 원병을 보내야 한다며 적극적으로 나섰던 것일까.

여기에는 그만한 이유가 있었는데, 그것은 그 당시 조선의 사은사 신점과 함께 통역으로 연경에 와 있던 역관 홍순언과 석성 및 그의 부인 유씨와의 특별한 인연 때문이었다.

석성과 그의 부인 유씨, 그리고 이들과 특별한 인연이 있었던 것으로 전해지는 역관 홍순언에 관한 이야기는 홍순언과 같은 시대 인물이었던 박동량(朴東亮, 1569~163)의 《기재사초(寄齋史草 ; 임진왜란 전후의 사실을 기록한 것으로, 현존하는 유일한 사초史草이다)》를 비롯하여 조선 후기 때의 문신으로서 사은사로 세 차례나 청나라에 다녀왔던 동평위(東平尉) 정재륜(鄭載崙, 1648~1723)이 지은 《동평견문록(東平見聞錄)》과 조선조 정조 때의 실학자 연암(燕巖) 박지원(朴趾源, 1737~ 1805)이 청나라를 여행하고 와서 쓴 기행문집(紀行文集)인 《열하일기(熱河日記)》, 그리고 조선조 후기 실학자였던 성호(星湖) 이익(李瀷, 1681~1763)의 《성호사설(星湖僿說)》 등에 부분적으로 전해지다가, 1928년 한학자이자 역사학자인 위당(爲堂) 정인보(鄭寅普, 1893~1950)가 홍순언의 행

적을 자세히 기술한 《당릉군유사징(唐陵君遺事徵)》을 통해 세상에 널리 알려지게 되었다.

이처럼 후세의 여러 기록에서까지 칭송한 홍순언은 과연 어떤 사람이며, 석성과 그의 부인 유씨와 홍순언은 어떤 특별한 인연이 있었던 것일까.

홍순언은 명나라 사신들이 조선에 올 때 이들을 영접하는 자리에 7차례나 참여하여 통역을 했고, 또 9차례나 명나라에 역관으로 파견되었던 인물이다.

그런데 한 번은 그가 조선의 사신들과 함께 연경에 갔을 때, 이들을 맞은 명나라의 예부(禮部) 관원들이 접대한다며 조선에서 온 사신들과 역관들을 데리고 어느 기방(妓房)으로 안내했다.

이때 홍순언도 어느 기녀(妓女)의 방에 들게 되었는데, 그가 들어간 방의 기녀는 용모는 아주 준수했으나, 뜻밖에도 소복 차림을 한 채 수심 깊은 얼굴을 하고 있었다.

홍순언은 이 기녀에게 필시 무슨 사연이 있을 것으로 생각하고 조심스럽게 물었다.

"보아하니, 무슨 사연이 있는 것 같은데, 그 사연을 내게 들려줄 수 없겠소?"

그러자 기녀는 잠시 망설이더니 자신이 이곳까지 오게 된 사연을 들려주었다.

그녀의 성은 유씨이며 아버지는 남경(南京)의 호부시랑(戶部侍郞)이었는데, 어느 날 갑자기 아버지가 억울하게 누명을 쓰고 옥에 갇혔다가 죽고 그녀의 어머니 또한 병으로 곧 죽고 말았다.

그런데 그녀는 부모의 장례를 치를 비용이 없어 이를 마련하기 위해 고리의 빚을 졌고, 빚을 갚지 못하게 되자, 결국 그녀는 기방으로 팔려오게 되었다는 것이다.

그러면서 그녀는 오늘이 기방에 팔려온 이후 처음으로 사내를 맞게 된 날이며, 그 첫 사내가 바로 홍순언이라는 말을 덧붙였다.

그녀의 사연을 다 듣고 난 홍순언은 이렇게 묻는다.

"빚이 얼마나 되오?"

"3천 냥입니다."

그러자 홍순언은 알겠다고 하고는 그 자리를 떠났다. 그리고 이튿날, 홍순언은 다시 그녀를 찾아가 돈 2천 냥과 함께 커다란 보따리 하나를 내주며 말한다.

"돈을 2천 냥밖에 구하지 못했소. 하지만 이 보따리 속에 조선에서 가져온 인삼(人蔘)이 들어있으니, 이것을 팔면 1천 냥은 족히 넘을 것이오. 이것으로 빚을 갚고 그만 집으로 돌아가시오."

당시 조선의 역관들은 조정의 허락 없이도 중국에서 인삼과 비단 무역을 할 수 있었는데, 홍순언은 마침 팔기 위해 조선에서 가져왔던 인삼을 그녀에게 선뜻 내주었던 것이다.

기녀는 홍순언에게 거듭 감사하며 그가 준 돈과 인삼 보따리를 받고 나서 이렇게 말한다.

"이 은혜를 어찌 갚아야 할지 모르겠습니다. 존함이라도 알려 주시면 훗날 은혜를 꼭 갚겠습니다."

"난 홍씨(洪氏) 성을 가진 조선의 역관일 뿐이오. 은혜라고 할 것도 없으니, 이곳에서 속히 나가 좋은 사람 만나 잘 살기 바라오."

그러더니 홍순언은 아무 일도 없었다는 듯 그 자리를 떠나 다시는 이곳을 찾지 않았다.

홍순언의 도움으로 빚을 다 청산하고 기방에서 나온 그녀는 집으로 가기 전에 아버지의 친구였던 예부상서(禮部尙書) 석성의 집을 찾아갔다. 석성은 오래전부터 그녀의 아버지와 친한 친구였으며, 아버지가 억울하게 누명을 쓰고 옥에 갇혀 있을 때 아버지를 위해 구명운동에 힘썼던 분이었다. 그래서 그녀는 인사라도 드리고 가는 것이 도리라고 여겨 그의 집을 찾아갔던 것이다.

그런데 석성의 집에 가보니, 본부인이 큰 병을 앓고 있었다. 그래서 그녀는 신세를 갚는다는 마음으로 석성의 집에

머물면서 지극 정성으로 병간호를 해주었다. 하지만 그녀의
이 같은 병간호에도 불구하고 석성의 부인은 세상을 떠나고
말았다.

그녀는 석성의 부인 장례가 끝나고 나서도 한동안 석성의
집에 머물며 집안일을 도와주던 어느 날, 그녀는 석성에게
말한다.

"그동안 오갈 곳 없는 소녀를 돌봐주셔서 참으로 감사드
립니다. 하오나 이제 소녀는 이곳을 떠나야 할 때가 된 것 같
습니다."

그러자 석성은 그녀를 만류하더니, 그녀에게 자신의 새 부
인이 되어 주기를 청하는 것 아닌가. 석성은 그동안 자기 부
인의 병간호를 극진히 해 주던 그녀의 모습에 감동하여 그녀
를 자신의 후처(後妻)로 삼으려 했던 것이다.

결국, 그녀는 석성의 후처가 되었는데, 그녀는 석성의 후처
가 된 이후에도 밤이 되면 전과 마찬가지로 비단에 「보은(報
恩)」이라는 글자를 새겨 넣는 것이었다.

이를 본 석성이 이상하게 여기며 그 이유를 물었다. 그러자
그녀는 자신이 과거 홍씨 성을 가진 조선의 어느 역관에게 신
세 진 일을 털어놓았다. 그런 다음 그녀는 자신이 그때 그에
게 진 신세를 반드시 갚겠다고 스스로 다짐했던 것을 잊지 않
기 위해 이렇게 비단에 「보은」이라는 글자를 새겨 넣는 것

이라고 덧붙였다.

그러면서 그녀는 그에게 신세를 꼭 갚아야 하는데, 그가 조선에서 온 홍씨 성의 역관이라는 것만 알 뿐 그 이름은 알지 못해 과연 신세를 갚을 수 있을지 모르겠다며 걱정했다. 그러자 석성은 조선에 의인(義人)이 있다며 그를 높이 칭찬한 후 이런 말을 한다.

"부인, 걱정하지 마시오. 내가 그를 꼭 찾아 주겠소. 그리고 당신에게 은혜를 베푼 사람이라면 나에게도 은인이거늘, 내가 어찌 모른 척하겠소?"

이후 석성은 조선에서 사신과 역관들이 오면 아랫사람들을 시켜 그 이름을 묻도록 했다. 그런데, 이상하게도 조선에서 온 역관들 중에는 홍씨 성을 가진 역관이 하나도 없었다. 그 이유는, 홍순언이 기방에 있던 그녀에게 빚을 청산하라고 준 돈이 홍순언의 돈이 아니라, 당시 사신과 역관들의 필요 경비로 갖고 있었던 공금이었기 때문이다.

즉 홍순언은 공금으로 그녀의 빚을 갚아준 것이었고, 이로 인해 그는 역관에서 파직되어 옥에 갇히는 바람에 역관으로서 다시 북경에 갈 수 없었던 것이다.

그러다가 홍순언은 다시 역관으로 복직되었고, 1584년(선조 17년)에 그는 종계변무사(宗系辨誣使) 황정욱(黃廷彧)을 수행해 역관 자격으로 다시 명나라의 연경에 가게 되었다.

당시 조선에서는 개국 초부터 선조 때까지 약 200년 동안 명나라의 기록에 잘못 기재되어 있던 조선 태조 이성계(李成桂)의 종계(宗系)를 개록(改錄)해 줄 것을 주청하며 여러 차례 사신들을 연경에 보냈으나, 명나라에서는 이를 시정하지 않고 있어 두 나라 사이에 심각한 외교문제로 부각되어 조선의 역대 임금들이 크게 고심하고 있던 터였다.

이 문제를 가리켜 종계변무(宗系辨誣)라 하였으며, 이 문제를 해결하기 위해 명나라에 파견되는 사신을 종계변무사라 했는데, 홍순언이 이 종계변무사 황정욱을 수행하여 연경에 갔던 것이다.

「종계변무」란 명나라에 잘못 기록된 조선 태조 이성계의 종계(宗系)를 개록해 줄 것을 주청한 사건이다.

태조 이성계가 이자춘이 아닌 고려의 권신(權臣) 이인임(李仁任)의 아들이라고 명의 《태조실록》과 《대명회전(大明會典)》에 잘못 기록되어 있는 것을 처음 안 것은 1394년(태조 3년)이었다.

고려 말 1390년(공양왕 2년) 윤이(尹彛), 이초(李初)가 명나라로 도망가서 공양왕이 고려왕실의 후손이 아니라고 즉위의 부당성을 주장하면서 이성계를 이인임의 후손이라고 언급하였는데, 그것이 명의 《태조실록》과 《대명회전》에 그대로 기록되었던 것이다.

이인임은 고려 우왕(禑王) 때의 권신으로 이성계의 정적
이었는데, 이성계가 그의 후사(後嗣)라는 것은 도저히 용납
될 수 없는 것이었다. 또한 이성계의 가계를 바로잡는 문제
는 조선 건국 직후 왕통의 적법성과 왕권확립에 대단히 중
요한 문제였다.

이 사건은 두 나라 사이에 심각한 외교문제로 부각되어 태
조 때부터 여러 차례 사신을 보내어 개정을 요구하였다. 하지
만 명나라에서는 시정한다는 약속만 하고 수정을 하지 않아
「종계변무」는 200년간이나 끌면서 역대 왕들의 가장 큰 문
제가 되어왔다.

이때 중국의 관리들은 종계변무사 황정욱을 수행하여 온
사람이 홍씨 성을 가진 역관이라는 것을 알고는 홍순언을 당
시 예부상서였던 석성에게 데려갔다.

석성은 오래 전부터 조선에서 혹 홍씨 성을 가진 역관이 오
면 자기에게 꼭 데려오라고 지시해 놓았기 때문이다. 홍순언
을 만나 이것저것을 물어본 석성은 그가 자신의 부인이 찾는
그 사람임을 알고는 홍순언을 자기 집으로 데려가 부인을 만
나게 한다.

석성의 부인 유씨는 홍순언을 대번에 알아보고는 그를 반
갑게 맞는다. 이어 그녀는 지난날에 베풀어 준 은혜에 깊이

감사하며 그를 극진히 대접한다. 그리고 이 자리에서 석성과
석성의 부인은 홍순언에게 무슨 일이든 어려운 일이 있으면
자신들이 적극 도와주겠다고 약속한다.

이에 홍순언은 자신이 이번에 종계변무사 황정욱을 수행하
여 역관으로 오게 된 이유를 이야기하고, 이 문제가 잘 해결
될 수 있도록 도와달라고 청한다.

그러자 석성은 이를 쾌히 승낙하고는, 이 문제의 해결을
위해 적극 나서 마침내 명나라 조정에서 이성계의 종계를
개록하도록 만든다.

이로써 오랫동안 해결되지 않고 있었던 종계변무가 잘 해
결되자, 이 일에 역관 홍순언이 큰 역할을 했다는 사실이 인
정되어 홍순언은 훗날 광국공신이등관(光國功臣二等官)에
책록된다.

홍순언이 이 문제를 해결하고 조선으로 돌아갈 때 유씨 부
인은 홍순언에게 자신이 그동안 「보은」이라고 직접 새긴 1
백 필의 비단과 함께 많은 금은보화를 선물로 주었다. 그러나
홍순언은 이익을 취하기 위한 일은 장사치나 하는 것이라며
이를 모두 사양하고 귀국한다.

결국 홍순언은 유씨 부인과의 이 같은 깊은 인연을 통해 그
녀의 남편 석성의 전폭적인 신뢰와 도움을 얻어 종계변무를
성공적으로 해결하였을 뿐만 아니라, 임진왜란이 일어났을

때는 또다시 명나라의 원군 파병 문제도 잘 해결함으로써 위기에서 나라를 구하는 데 큰 역할을 했다.

명나라 원군의 조선 파병

조선에 원병을 속히 보내야 한다는 석성의 끈질긴 주장에 명나라 황제와 조정은 마침내 이여송(李如松)을 대도독(大都督)으로 임명하여 5만의 병마(兵馬)를 조선에 파견하기로 결정한다.

이때 이여송은 석성으로부터 홍순언에 관한 이야기를 듣고는 그의 의기(義氣)를 높이 평가하면서 자신이 원병을 이끌고 조선에 가겠다며 선뜻 나섰으며, 원병을 이끌고 조선에 가서 선조를 만났을 때도 다른 사람이 아닌 홍순언에게 통역해 줄 것을 요청한다.

훗날 왜국과의 평화 교섭을 주도했던 명나라의 사신 심유경(沈惟敬)을 추천하여 조선에 보냈던 사람도 다름 아닌 석성이었다.

그런데 이여송을 대도독으로 한 5만의 원병을 조선에 파병하려고 할 즈음, 요동에 있던 순안사(巡按使) 학걸(郝杰)로부터 전서가 날아들었다. 선조가 요동으로 망명을 하겠다는 내용이었다. 이 서한을 받은 명나라 황제와 문무 신료들은 실로 어이가 없었다.

아무리 왜군과의 싸움에서 패해 쫓기는 처지라고는 하지
만, 일국의 임금이라는 자가 나라와 백성들을 버리고 자기만
살겠다고 도망쳐 오겠다는 것이 아닌가.

게다가 조선의 임금이 갑자기 망명해 오면, 외교적으로도
여러 가지 문제가 생길 소지가 있었다.

왜군이 조선을 점령한 후 조선과 중국 간의 국경을 넘어 중
국 땅까지 침략해 들어와서는 조선의 임금을 생포하여 항복
을 받아내기 위해 어쩔 수 없이 쫓아 들어온 것이라고 변명할
수도 있는 일이 아닌가.

이 같은 판단에 따라 명나라 황제 신종은 요동도지휘사(遼
東都指揮司) 총병관(總兵官) 양소훈(楊紹勳)에게 급히 다음
과 같은 내용의 칙령(勅令)을 내리고는 이를 조선의 임금 선
조에게 전하라고 했다.

『국왕이 나라를 버린다면 군민(軍民)이 싸울 뜻을 잃을
것이니, 강을 건너올 생각을 말라.』

망명 따위는 꿈도 꾸지 말라는 엄한 꾸짖음이었다.

이런 칙령과 함께 명나라 조정에서는 양소훈에게 이런 밀
지(密旨)도 보냈다.

『만일 조선의 임금이 끝까지 망명해 오겠다고 고집을 부리면, 그를 따르는 수행 인원을 백 명으로 제한하라.』

그러면서 신종은 양소훈에게 은 2만 냥을 조선에 보내주도록 지시했다. 군비(軍費)로 쓰라는 거였지만, 요동으로 망명하겠다는 선조를 달래기 위한 조치이기도 했다.

선조는 자신이 머물고 있던 의주의 용만관(龍灣館)에서 명나라 황제 신종이 보낸 이 은 2만 냥을 받고는 감격해 하며 명나라 황제가 있는 쪽을 향하여 머리를 조아리며 다섯 번 절했다.

그러나 그는 명나라 황제가 보낸 칙령을 읽어 보고는 요동으로의 망명은 불가능하다는 것을 깨닫고는 이후 요동으로 망명하겠다는 말은 더는 하지 않는다.

이여송이 명나라 군사들을 이끌고 조선에 파병되어 왔을 때 이덕형은 대사헌이 되어 이들을 맞이했는데, 그는 그 후에도 한성판윤으로서 이여송의 접반관(接伴官)이 되어 전란 중 줄곧 행동을 같이하게 된다.

이덕형과 함께 이항복도 접반사로서 이여송과 명나라 군사들을 마지못해 맞이해야 했다.

이때 이항복의 뇌리에 자신이 스물다섯의 나이로 문과에

처음 급제한 이후 늘 자신을 아껴주고 천거해 주었을 뿐만 아니라 많은 조언도 해주었던 율곡 이이가 죽기 전에 자신을 불러 했던 말이 불현듯 떠올랐다.

"슬프지 않은 울음에는 고춧가루를 싼 수건이 좋다."

그러나 이이로부터 이 말을 처음 들었을 때 이항복은 이 말의 뜻을 전혀 알 수 없었다. 그런데 이번에 자신이 명나라 원병들을 어쩔 수 없이 기쁘고 감격스러워하는 표정으로 맞이해야 하는 접반사로 임명되면서 이항복은 이이가 일찍이 자신에게 했던 이 말의 뜻을 비로소 알게 되었다.

비록 마음에는 없더라도 나라를 위해 억지로라도 눈물을 흘리며 감격해 하는 모습으로 이여송을 비롯한 명나라 군사들을 맞이해야 하는 것이 바로 자신의 역할임을 깨달았던 것이다.

이런 점에서 볼 때 일찍부터 왜적의 침략에 대비하자며 십만양병설(十萬養兵說)을 주장했던 율곡 이이는 이미 오래 전부터 우리나라에 언젠가는 「슬프지 않은 울음」을 울어야 할 때가 올 것임을 예견하고 『슬프지 않은 울음에는 고춧가루를 싼 수건이 좋다』는 대처법까지 이항복에게 알려주었던 것일까.

이항복은 이이가 일러준 말 그대로 고춧가루를 싼 수건을 소매에 넣고 이여송을 비롯한 명나라 군사들을 환영하는 자리에 나갔다. 그리고는 소매 속에서 이 수건을 가끔씩 꺼내 눈에 대어 자연스럽게 눈물을 흘렸다.

이여송을 비롯한 명나라 군사들은 그가 정말 감격하여 눈물을 흘리는 것으로 여겼으리라.

이처럼 이항복은 명나라의 도움에 정말 감격해 하는 모습으로 이여송과 명나라 군사들을 맞이하기는 했지만, 실상 그것은 진심으로 눈물을 흘리며 감격해야 할 일이 아니었기 때문에 그는 고춧가루를 싼 수건을 눈에 대어 거짓 눈물을 흘리며 짐짓 감격해 하는 것처럼 연출했던 것이다.

명나라 원군이 온 것을 환영하는 자리에 이어서 조선 조정에서는 대도독 이여송과 그의 휘하에 있는 명나라의 장수들을 모두 초대하여 성대한 환영잔치를 베풀었다.

당시 선조와 조선 조정은 왜군에게 쫓겨 멀리 의주까지 피난을 온 처지라서 몹시 궁핍한 형편이었다. 그러나 멀리서 조선을 돕겠다고 온 명나라 원군의 장수들을 대접하지 않을 수는 없는 일이었다.

그래서 조선 조정에서는 애써 여러 가지 맛있고 귀한 음식물을 마련하여 잔칫상에 내놓았는데, 이 중에는 이여송을 비롯한 명나라 장수들이 생전 보지 못한 이상한 음식이 하나 있었다. 커다란 문어를 통째로 삶아 큼지막하게 썰어 놓은 문어숙회였다.

이 문어숙회를 처음 본 이여송은 무척 신기해하는 표정을 짓더니 곁에 앉아 있던 이덕형에게 문어숙회를 손가락으로 가리키며 묻는다.

"이 음식은 대체 뭐요? 처음 보는 음식인데, 무척 이상하게 생긴 것 같소."

그러자 이덕형이 얼른 말을 받는다.

"아, 이 음식은 조선의 동쪽 바다에서 나는 문어를 삶아서 만든 문어숙회라고 합니다. 우리 조선에서는 귀한 손님이 오셨을 때 특별히 내놓는 음식이지요. 쫄깃쫄깃하면서도 맛이 아주 일품입니다. 한번 드셔보시지요.

문어는 그 생김새가 사람의 머리와 비슷할 뿐만 아니라, 제법 배운 사람처럼 머리에 먹물깨나 들어있다고 해서 글월 문(文)자를 넣어 문어(文魚)라는 이름이 붙었다고 합니다."

"그래요? ……그놈 이름도 재미있고, 사람의 머리 모양 같은 것에 기다란 발들이 다닥다닥 붙어 있는 게 정말 희한하게 생겼소이다."

이여송은 그러면서 호기심 가득한 눈으로 큼지막하게 썰어놓은 문어의 머리와 발을 자세히 살펴보았다.

그러나 그를 비롯해 환영잔치에 참석한 명나라 장수들은 모두 난처한 낯을 보이기만 할 뿐 이 음식에 손을 대는 사람은 아무도 없었다.

문어는 조선의 경상도 지방에서는 예로부터 생일이나 결혼, 회갑 등의 잔칫상은 물론 상례, 제사 음식 등에 빠지지 않고 써 온 귀한 음식이었으나, 중국 특히 중국의 북방에서는 이런 문어를 보지도 못했을 뿐만 아니라 먹어 본 적도 없었기 때문이다.

더욱이 이여송을 비롯한 명나라 장수들은 모두 바닷가에서 멀리 떨어진 중국의 동북 3성 가운데 하나인 요령성(遼寧省) 출신들로서, 문어를 구경조차 해보지 못한 사람들이었다. 때문에 이들은 징그럽게 생긴 문어를 감히 먹을 엄두를 내지 못했던 것이다.

그 이튿날, 이여송은 명나라 장수들을 거느리고 도착 인사를 겸해 선조 임금을 알현했다. 그런 다음 어제 조선 조정에서 환영잔치를 베풀어 준 데 대한 답례로서 잔치를 마련했다며 선조와 조선의 신료들을 초대했다.

그런데 이들이 마련한 잔칫상에 역시 이상한 음식이 하나 놓여 있었다. 그것은 계수나무 속에서 자라는 벌레인 계두(桂蠹)로 만든 음식이었는데, 계두는 중국 한(漢)나라 때의 역사를 기록한 《한서(漢書)》「남월전(南越傳)」에 『남월(南越 ; 지금의 중국 운남성, 베트남 북부)의 왕이 중국에 공물을 보내면서 보석인 비취는 40쌍, 공작새는 두 쌍을 보냈으면서도 계두는 겨우 한 그릇밖에 보내지 않았다.』고 했을 정도로 예로부터 중국에서는 귀하게 여겨 온 음식 재료였다.

중국의 귀족층과 부유층에서는 예로부터 이 계두로 만든 음식을 특별한 별미로 꼽으며 좋아했다. 계두를 꿀에 찍어 먹으면 그 맛이 새콤하고 달콤하며, 아주 향긋한 향이 입안 전체에 퍼졌다.

이여송은 계두로 만든 음식을 맛있게 먹으며 선조와 조선 신료들에게도 이 음식을 권했다. 그러나 벌레를 먹는 풍습이 없는 조선에서는 실로 난감하기 짝이 없는 음식이었다.

더욱이 선조는 비위가 약해 이처럼 벌레로 만든 음식을 보는 것만으로도 역겨웠다. 그러나 선조는 애써 계두를 외면하며 참았다.

그 자리에 초대받아 참석했던 이덕형과 이항복 등의 신료들도 이 계두 음식에는 젓가락을 대지 못했다.

명군(明軍)의 식사 때마다 빠지지 않았던 조선 두부

명나라 원병들이 조선에 왔을 때, 이들의 군량은 조선의 조정에서 대기로 이미 약속되어 있었다. 하지만 조선의 임금과 조정은 왜군에게 쫓겨 도망치기에만 급급했던 터라 명나라 원병들이 먹을 식량을 마련하기에 벅찼다.

더욱이 평양성에 있던 양곡 10만 석마저 지키지 못하고 이를 고스란히 왜군에게 넘겨준 채 도망치는 바람에 명나라 군사들에게 줄 식량은 더욱 부족했다. 게다가 각 지역 관가에 있던 양식들은 이곳에 있던 관리들이 가지고 도망쳤거나 군민들에게 약탈당하고 거의 없는 터였다.

조선 조정으로부터 양식을 제대로 공급받지 못한 명나라 장수들과 군사들은 음식을 제대로 먹을 수 없어 불만이 컸다. 그러자 일부 명나라 군사들은 관가와 민가에 들이닥쳐 양식을 빼앗아가기도 했다.

이에 조선 조정에서는 명군에 대한 식사 지급 기준을 마련해 식량을 보급하는 대신 명군이 민가에 들어가 식량을 약탈하거나 피해를 입히는 것에 대해서는 엄중히 처벌하겠다고 명군에 통보했다. 이때 정해진 명군에 대한 식사 지급 기준은 다음과 같았다.

『고급장교들에게는 천자호반(天字號飯)이라 해서 밥 한 그릇과 함께 고기 한 접시, 채소 한 접시, 절인 생선 한 접시와 두부, 그리고 술 석잔.

초급장교들에게는 지자호반(地字號飯)이라 해서 밥 한 그릇, 고기, 두부, 채소.

일반 군사들에게는 인자호반(人字號飯)이라 해서 밥 한 그

룻, 두부, 절인 새우 한 접시(새우젓).』

여기서 흥미로운 것은, 명군의 고급장교들은 물론 초급장교와 일반군사들 모두에게 매 식사 때마다 두부를 제공하고 있다는 점이다.

왜 이 당시 조선에서는 명군의 지위 고하를 막론하고 이들에게 제공하는 식사에서 끼니때마다 빠뜨리지 않고 두부를 올렸던 것일까?

그 이유는 우선 두부가 명군들이 자기 나라에 있을 때 자주 먹던 음식이어서 그들의 입에 잘 맞았을 뿐만 아니라, 조선 사람들이 만든 두부의 맛이 아주 뛰어났기 때문이다.

이와 함께 당시의 조선 두부는 요즘의 두부와는 달리 수분을 많이 뺐기 때문에 무척 단단해서 부서질 염려도 없고 휴대하기에도 좋았다.

더욱이 두부는 따로 요리를 하지 않고도 아무 때나 그냥 먹을 수 있는 음식이어서 이동이 많은 군사들에게 즉석 음식으로 제공하기에도 편했다.

말하자면 이 당시에 두부는 요즘의 인스턴트식품이나 비상식량, 혹은 전투식량 같은 역할을 했던 것이다.

이 당시를 비롯해서 옛날의 조선 두부가 어찌나 단단했던지, 『조선시대의 두부는 수분을 많이 빼서 단단하여 새끼

줄에 매어 다닐 수 있다.』는 옛 문헌의 기록도 있다. 심지어 『말싸움 중에 새끼에 꼰 두부를 든 사람이 두부를 휘둘렀는데, 상대방이 머리에 이걸 맞고 즉사했다.』는 기록까지 있을 정도다.

그런데 두부의 발상지는 원래 중국으로서 기원전 2세기경 중국의 회남왕(淮南王) 유안(劉安)이 처음 만들었던 것으로 전해온다. 그러나 두부의 맛만큼은 우리나라 것이 더 좋았던 것으로 알려져 있다.

우리나라에서는 비록 중국으로부터 두부 만드는 법을 배웠지만, 이후 그 맛을 더욱 발전시켜 오히려 중국을 능가하게 되었던 것이다.

조선조 세종 16년(1434년)의 《세종실록》은 이렇게 기록하고 있다.

『두부를 포함하여 찬반(반찬)을 잘 만드는 여자를 중국의 궁중에 보냈다.』

또한 명나라의 문헌에는 이런 기록도 있다.

『조선에서 온 여자는 모두 음식을 규모 있고 민첩하게 잘 만들며, 특히 두부 만드는 솜씨는 더욱 정교하여 명나라 황제가 칭찬하였다.』

그만큼 조선시대 때의 두부 제조기술은 두부의 발상지인 중국을 오히려 앞서고 있었다.

이보다 앞선 고려시대 때도 우리의 두부 제조기술은 뛰어났던 것으로 보인다. 고려 말의 문신이자 학자이며 삼은(三隱)의 한 사람으로 일컬어지는 목은(牧隱) 이색(李穡, 1328~1396)이 남긴 다음과 같은 시만 보더라도 이를 능히 짐작할 수 있다.

나물국에 오래 맛을 못 느끼더니,
두부가 삼박하게 맛을 돋우네.
이빨이 성근 사람도 먹기에 좋고,
늙은 몸 양생에는 더욱 좋구나.
물고기 순채(蓴菜)는 남쪽 월(越)나라가 으뜸이고,
양락(羊酪)*은 북쪽의 되놈 것이 으뜸이라면,
우리 땅에서는 두부가 으뜸이라네.

*양락 ; 양젖의 지방질을 굳혀서 만든 음식.

사실 두부는 그 맛이 좋으며 각종 영양소가 풍부하고 소화도 잘 되며 여러모로 건강에 이로운 음식이다. 육류가 부족하던 옛날에는 두부가 아주 중요한 단백질 공급원이었다. 때문에 육류를 먹지 않는 스님들에게는 옛날이나 지금이나 두부가 단백질 공급원으로서 더욱 중요할 수밖에 없다.

우리나라에서는 예로부터 두부를 만든 물을 짜내고 난 찌꺼기인 비지(두부박)로 찌개를 끓여 먹어 왔다. 비지에다 쌀가루나 밀가루를 섞은 다음 빈대떡처럼 부친 비지떡도 종종 해 먹었다.

만두를 빚을 때 돼지고기나 쇠고기, 혹은 꿩고기, 각종 야채류, 배추김치, 숙주나물 등과 함께 만두소의 재료로 두부를 많이 넣는데, 중국 송(宋)나라 때 고승(高承)이 쓴 《사물기원(事物記源)》을 보면, 만두를 가장 먼저 만든 사람은 제갈공명(諸葛孔明)이라고 기록해 놓고 있다. 그러면서 만두가 만들어지게 된 배경에 대해 설명하고 있는데, 이를 요약해 보면 다음과 같다.

제갈공명이 군대를 이끌고 남만(南蠻)의 왕 맹획(孟獲)을 공격하여 승리한 후 돌아오는 길에 남만 땅에 있는 여수(瀘水)라는 강에 이르렀다. 그런데 풍파가 너무 심해 대군이 도저히 강을 건널 수가 없었다. 그래서 진군을 멈추고 며칠을 기다려 보았으나 풍파는 여전히 가라앉지 않았다.

이때 제갈공명 휘하의 장수 한 사람이 제갈공명에게 이런 말을 한다.

"제가 이곳 사람들을 불러 물어보니, 이곳에서는 풍파가 저렇게 심할 때에는 사람 하나를 죽여 그 머리를 벤 후 저 강물 속의 신에게 제사를 지낸다고 합니다. 그렇게 하면 물속의 신(神)이 이를 받아먹고는 풍파를 가라앉혀 준다는 것입니다. 그러니 이 방법을 한번 써 보는 게 어떠신지요?"

그러면서 그는 병사 하나의 목을 베어 그렇게 해보자고 덧붙였다. 그러나 제갈공명은 소중한 목숨을 함부로 끊을 수 없다며 이를 받아들이지 않았다.

그러나 대신 그는 부하 장수에게 밀가루를 반죽하여 사람의 머리 모양으로 만든 후 그 속에 두부와 함께 고기 및 각종 야채들을 넣어 삶아 오라고 지시한다.

이에 부하 장수가 지시대로 만든 것을 가져오자 제갈량은 이를 제사상 위에 올려놓고 강물 앞에서 제사를 지냈다. 그러자 놀랍게도 제사를 지내고 나자마자 곧 그토록 사납던 풍파가 가라앉았다는 것이다.

이후 사람들은 제갈량이 이같이 만든 것을 「만두(饅頭)」라 이름 짓고 즐겨 먹게 되었다고 하는 것이 바로 이 책에 기록된 내용이다.

말하자면 제갈공명이 인두(人頭) 대신 만두로 물귀신을 속인 일화에서 만두가 탄생하였다는 것이다.

두부는 원래 부드러운 음식이라서 많이 씹지 않고도 먹을 수 있다. 그래서 이가 약한 노인들이 먹기에도 좋은 음식이다.

옛날에는 두부가 이빨이 없는 귀신이 좋아한다 하여 제사상
에 올리기도 했다.

왕실에서도 조상을 모실 때 두부를 썼으며, 또 두부를 만드
는 방법에 대해 왕과 신료들이 대화를 나누는 기록도 있다.
임진왜란 때에도 두부는 백성들이 흔히 먹던 음식이며, 맛있
는 두부를 잘 만드는 조선인들도 많았다.

조선조 중기의 문신으로 조선 최초의 양명학자였으며, 조
선시대의 사회적 모순을 비판한 소설 《홍길동전(洪吉童
傳)》을 썼고 허준과 10촌 사이이기도 했던 허균(許筠,
1569~1618)은 그의 「도문대순(屠門大嚼)」에서, 『장의문(藏
義門) 밖에 사는 사람이 두부를 잘 만드는데, 야들야들한 맛
을 무엇이라고 형용할 수가 없다.』라고 썼는데, 이는 당시
두부 제조가 기술적으로 뛰어났다는 것 외에도 서울 안에서
두부 제조가 보편화하였다는 것을 암시한다.

허준은 그의 《동의보감》에서 두부에 대해 이렇게 언급하
고 있다.

『두부는 그 성질이 평이하고 맛은 달고 약간의 독이 있
어, 몸이 차 설사를 자주 하거나 방귀를 많이 뀌는 사람에게
는 좋지 않다. 두부를 많이 먹어 배가 거북하게 부풀어 오르
고 숨이 막히다 급기야는 죽음에 이르는 상황이 벌어질 수

도 있다.』

허준 당시를 비롯한 옛날에는 두부를 외상 치료약으로도 썼으며, 두통으로 고생할 때 따끈한 비지를 헝겊 주머니에 넣어 환부에 대고 있는 방법도 썼다.

허준과 같은 시대를 살며 임진왜란 때 풍전등화(風前燈火)와도 같던 조선을 구하는 데 큰 공을 세운 충무공(忠武公) 이순신(李舜臣, 1545~1598) 장군이 쓴 《난중일기(亂中日記)》에도 두부탕, 즉 연포갱(軟泡羹)에 대한 기록이 나온다.

우리나라의 두부 제조기술은 일본에도 전해져서 육당(六堂) 최남선(崔南善, 1890~1957)은 그의 《조선상식(朝鮮常識)》에서 이렇게 썼다.

『일본의 두부는 임진왜란 중에 적의 병량(兵糧) 담당관인 강부야랑병위(岡部治郎兵衛)라는 사람이 조선에서 배워 갔다고도 하며, 또는 경주 성장 박호인(朴好仁)이 일본에 잡혀가서 두부 제조를 시작한 것이 근세 일본 두부 제조업의 시초라고 하기도 한다.』

전쟁의 판도를 바꾼 충무공 이순신

선조와 조선의 조정이 왜군에 쫓겨 멀리 조선 땅 서북쪽 끝에 있는 의주에서 피난생활을 하고 있을 무렵, 조선 곳곳에서는 전쟁 판도를 뒤집으려는 움직임이 활발하게 일어나고 있었다.

임진왜란이 일어나기 직전이던 1591년(선조 24년)에 전라좌도(全羅左道) 수군절도사(水軍節度使)로 임명된 이순신은 전라좌수영(全羅左水營)으로 부임하자마자 수군들을 훈련시키며 전함을 건조하는 한편, 군비를 확충하며 왜군의 침략에 대비했다.

그러다가 임진왜란이 발발한 1592년(선조 25년) 5월부터 일본 수군과의 전투를 시작한 이순신은 모든 해전에서 일본 수군을 여지없이 격파하며 승승장구(乘勝長驅)하고 있었다.

특히 1592년 음력 5월 7일, 경상도 거제현의 옥포 앞바다에서는 옥포해전(玉浦海戰)이 벌어졌는데, 이 해전에서 이순신이 지휘하는 조선 수군은 도도 다카토라(藤堂高虎)가 이끄는 일본 수군과 맞서 싸워 대승을 거두며 일본 수군의 전선(戰船) 50척 가운데 25척을 격침시켰고, 일본 수군 4천여 명을 죽이는 전과를 올렸다.

당시 왜군의 기세에 밀려 제대로 싸움 한번 해보지도 못한 채 많은 전선과 수군을 잃었던 경상우수사(慶尙右水使) 원균(元均, 1540~1597)은 전라도와 충청도 지방에 이르는 해로(海路)의 목줄 격인 옥포의 지리적 가치와 군사적 중요함을 뒤늦게 깨닫고 전라좌수사(全羅左水使) 이순신에게 구원을 요청한다.

그러자 이순신은 휘하의 판옥선(板屋船) 24척과 협선(狹船) 15척, 포작선(鮑作船) 46척을 이끌고 당포 앞바다에서 원균의 수군과 합세했다. 이때 원균은 거느리고 있던 70여 척의 전선을 대부분 잃고 겨우 6척(판옥선 4척, 협선 2척)만 이끌고 왔다.

5월 7일 낮 12시경, 조선의 수군은 옥포 포구에 정박하고 있는 적선 50여 척을 발견하고는 이를 동서로 포위했다. 이에 놀란 일본 수군이 포구를 빠져나오려는 찰나 조선 수군은 맹렬한 포격을 가했다. 그 결과, 조선 수군은 별 피해 없이 적선 26척을 격침하고 적병 4천여 명을 죽이는 큰 전과를 올리며 승리했던 것이다.

이 옥포해전에서의 승리는 당시 패전만 거듭하던 조선군에게는 그야말로 가뭄의 단비와도 같은 승리였으며, 충무공 이순신 장군이 이후에 연달아 이룩해 내는 「불패(不敗) 신화」의 시작이었다.

흔히 임진왜란 초기에 조선군의 부원수 신각이 경기도 양주에서 거둔 조선 육군 사상 최초의 승리인 「해유령 전투」를 조선군 전체의 첫 승리로 생각하는 사람들이 많다.

그러나 해유령 전투는 5월 16일에 벌어진 전투이고, 옥포해전은 5월 7일에 벌어진 전투이므로 그 날짜만 보더라도 조선군 전체의 첫 승리는 옥포해전이 된다.

다만 옥포는 당시 북으로 피난 중이던 선조와 조선 조정이 있던 곳과는 거리가 멀고, 또 왜적들이 곳곳을 점령하고 있어 옥포해전에서의 승전보가 해유령 전투에서의 승전보보다 늦게 선조와 조선 조정에 보고됨으로써 해유령 전투가 조선군 전체의 첫 승리인 것으로 잘못 알려졌을 뿐이다.

이처럼 서전(緒戰)을 승리로 장식한 전라좌수군은 5월 9일 본영(本營)에 돌아와 전선들을 재정비하고 수군들의 훈련을 계속하며 다음 전투에 대비하다가 그로부터 20일이 지난 5월 29일, 두 번째 출동에 나선다.

그리고 6월 1일까지 이순신이 이끄는 조선 수군은 경상남도 사천 앞바다에서 일본 수군의 함선 13척을 격침하고 왜군 2천 6백여 명을 죽이는데, 이 해전이 바로 사천포해전(泗川浦海戰)이다.

이때 조선 수군의 함대 규모는 이순신이 이끄는 전라좌수영의 정예함선 23척과 원균이 이끄는 경상우수영의 함선 3척 등 총 26척이었다. 특히 이 해전에서는 이순신이 새로 창안하여 만든 전함 거북선이 실전에 처음으로 투입되었으며, 거북선은 최전방 돌격선의 임무를 맡았다.

이 전투 때 이순신은 주력선인 판옥선(板屋船)보다 먼저 거북선을 적진에 들여보내 천·지·현·황(天地玄黃) 등 사자총통(四字銃筒)과 각종 함재 화포를 집중적으로 발사했다.

이에 놀란 일본 수군은 지리멸렬해 사천 포구 쪽으로 도주했고, 이들을 뒤쫓아 간 조선 수군의 판옥선에서는 일제히 포를 쏘아 포구에 있던 적선들을 격침하고 도주하는 적들을 죽였다.

그러나 이 전투에서 이순신도 왼쪽 어깨에 적이 쏜 총탄을 맞았고, 거북선 건조의 책임자이자 군관인 나대용(羅大用)도 적의 총탄에 맞았다.

사천포해전에서 승리를 거둔 이순신의 함대는 곧이어 당포(唐浦)와 당항포(唐項浦), 율포(栗浦)에서 일본 수군과 해전을 벌인 끝에 적선 72척을 격침하고 적병 88명을 죽였다. 이때도 아군의 피해는 전사 11명, 전상 26명으로 적에 비하여 미미한 편이었다.

이 2차 출동 때 전라우수사(全羅右水使) 이억기(李億棋, 156 1~1597)가 함선 25척을 이끌고 와 함께 싸웠으며 원균이 이끄는 함선 3척도 가세함으로써 이순신이 이끌고 온 전라좌수영 소속의 함선 23척과 합하면 조선 수군의 연합함대의 함선은 총 51척이나 되었다.

이순신이 이끄는 전라좌수영의 수군이 1, 2차 출동을 통해 남해에서 일본 수군을 크게 격파하고 있을 때 육상에서는 이미 도성 한양이 함락되었고, 이보다 앞서 선조는 한양을 빠져나가 개성과 평양을 거쳐 의주로 피난 중이었다. 그리고 이 무렵, 전국 각처에서는 의병(義兵)이 일어나 곳곳에서 왜군을 공격하고는 있었으나, 왜군은 이런 속에서도 계속 북상하고 있었다.

당시 일본 수군의 장수들은 처음에 예상했던 것과는 달리 조선 수군의 반격이 없을 뿐만 아니라, 원균이 이끄는 조선 수군을 쉽게 격파했던 터라 배에서 내려 육상 전투에 가담하고 있었다.

그러나 옥포해전에 이어 사천포해전 등에서 이순신이 이끄는 조선 수군에게 연패를 당하자 도요토미 히데요시(豊臣秀吉)는 일본 수군의 병력을 증강하여 속히 합동작전을 통해 조선 수군을 격파하라는 엄명을 내렸다.

이에 따라 일본 수군에서는 와키사카 야스하루(脇坂安治)가 이끄는 제1진이 함선 73척을 거느리고 웅천(熊川) 방면에서 출동했으며, 구키 요시타카(九鬼嘉隆)의 제2진은 40여 척을, 그리고 가토 요시아키(加藤嘉明) 가 이끄는 제3진도 많은 함선을 이끌고 합세했다.

이들은 함대를 셋으로 나누어 남해에서 전라도로 진격한 다음 서해로 북상하며 조선 수군을 격파할 계획이었다.

그런데 제1진의 수군장인 와키사카 야스하루가 공명심에 사로잡혀 이 같은 합동작전의 계획을 무시하고 자신의 휘하

에 있던 함선 73척을 거느리고 단독으로 거제 견내량(見乃梁)
에 이르렀다.

일본 수군이 함대를 모아 남해에서 서쪽으로 이동하려던
이 무렵, 이순신은 일본 수군이 움직이기 시작했다는 보고를
받고는 전라우수사 이억기와 연락하여 재차 출동하기로 했
다. 그리고는 7월 6일, 이순신은 이억기와 더불어 48척의 함
선을 거느리고 전라좌수영이 있는 여수를 출발한 후 노량(露
梁)에 이르러 경상우수사 원균의 함선 7척과 합세했다.

이것이 바로 제3차 출동으로서, 제2차 출동 이후 약 1개월
이 지난 7월 6일부터 13일 사이에 있었던 일이다.

7월 7일 저녁, 조선 수군의 연합함대가 고성(固城)의 당포
에 이르렀을 무렵, 일본 수군의 함선 70여 척이 견내량으로
들어갔다는 보고가 이순신에게 전해졌다.

그런데 견내량은 거제도와 통영만 사이에 있는 긴 수로로
서 그 폭이 좁고 암초가 많아 판옥선이 운신하고 전투를 벌이
기에는 좁은 해협이었다.

반면 한산도는 거제도와 통영 사이에 있어 사방으로 헤엄
쳐 나갈 길도 없고, 한산도는 당시 무인도(無人島)나 다름이
없는 섬이었기 때문에 일본 수군이 궁지에 몰려 상륙한다고
하더라도 굶어 죽기에 딱 알맞은 곳이었다.

이 같은 지리적 특성을 이미 잘 알고 있던 이순신은 우선

판옥선 5, 6척만으로 견내량에 있는 일본 함대를 한산도 앞바다로 유인하여 격멸한다는 전략을 세웠다. 그리고 다음날인 7월 8일, 이순신은 판옥선 5, 6척으로 하여금 적진을 기습하도록 명령했다.

그러자 일본 수군은 조선의 함선이 적은 것을 보고는 일시에 몰려나왔고, 조선 수군의 판옥선들은 쫓기는 체하며 적을 유인하며 달아났다.

이 판옥선들이 계획대로 한산도 앞바다에 이르렀을 때 미리 약속한 신호에 따라 쫓기던 판옥선들은 일시에 북을 울리며 뱃머리를 돌렸다. 이와 동시에 섬 뒤에 숨어 있던 조선 수군의 함선들이 여기저기에서 튀어나와 학익진(鶴翼陣)을 펼쳤다.

학익진이란 전투에서 사용하는 진법(陣法) 가운데 하나로서 마치 학이 날개를 펼친 듯한 형태로 적을 포위하여 공격하는 방법이다. 기본적으로는 일렬횡대(一列橫隊)의 일자 진(一字陣)의 형태를 취하고 있다가 적이 공격해 오면 중앙의 부대는 뒤로 차츰 물러나고, 좌우의 부대는 앞으로 달려 나가 반원 형태로 적을 포위하여 공격하는 방법을 말한다.

이어 판옥선과 거북선의 지자총통(地字銃筒)과 현자총통(玄字銃筒), 승자총통(勝字銃筒) 등 모든 화력이 일시에 쫓아오던 일본 수군의 함선들을 향해 불을 뿜고, 조선 수군의 궁수들은 적선을 향해 수없이 화살을 날렸다.

갑작스러운 역습에 놀란 일본 수군의 함선들은 급히 뱃머리를 돌려 달아나려고 했으나, 일본의 함선들은 원래 조선 수군의 판옥선에 비해 급격한 회전이 어려워 빨리 도망칠 수가 없었다. 때문에 이들 함선들은 이내 조선 수군이 쏘아댄 각종 총통과 불화살에 맞아 파괴되거나 불에 타 침몰했다.

이렇게 격파되거나 불에 타 침몰한 일본 수군의 함선만도 47척이나 되었으며, 12척은 조선 수군에게 나포되었다. 왜장 와키사카 야스하루는 뒤에서 독전하다가 전세가 불리해지자 함선 14척을 이끌고 김해 쪽으로 도주했다.

이 해전은 결국 조선 수군의 대승으로 막을 내렸다. 격전 중 조선 수군의 사상자는 있었으나, 함선의 손실은 전혀 없었다. 일본 수군 4백여 명은 배를 버리고 한산섬으로 도주하여 해초를 먹으며 버티다가 뗏목으로 겨우 탈출했다.

이 해전이 바로 그해 10월에 육상에서 벌어진 진주성 대첩(晋州城大捷)과 이듬해인 1593년(선조 26년) 2월 12일에 있었던 행주대첩(幸州大捷)과 더불어 임진왜란 3대첩의 하나로 부르는 한산도 대첩(閑山島大捷)이다.

이순신은 훗날 이 해전에서 승리한 공으로 정헌대부(正憲大夫, 정2품)로, 그리고 이억기와 원균은 가의대부(嘉義大夫, 종2품)로 승서(陞敍)되었다.

한산도 근해에서 왜선 70여 척을 격침하고 제해권을 장악한 이 한산도 대첩은 일본 수군의 주력을 상당 부분 격파한 쾌거로서 일본의 수륙병진(水陸竝進) 작전계획을 좌절시키는 계기가 되었으며, 육지에서 잇단 패전으로 사기가 떨어졌던 조선군에게 우리도 승리할 수 있다는 용기와 희망을 불어넣어 주는 역할도 했다.

뿐만 아니라 이 해전의 승리로 인해 조선 수군이 남해안 일대의 제해권을 장악함으로써 이미 조선 땅에 상륙해 있던 왜군들에게 두려움을 안겨주며 그들의 사기를 크게 떨어뜨렸다. 조선군에게는 불리했던 전세를 유리하게 전환할 수 있는 발판이 되기도 했다.

이 해전에서의 승리가 지닌 의미에 대해 유성룡은 그의 《징비록》에서 이렇게 썼다.

『대개 왜적들은 본시 수륙(水陸)이 합세하여 서쪽으로 쳐 오려고 하였는데, 이 한 번의 해전으로 말미암아 그 한쪽 팔이 끊어져 버린 것과 다름없이 되고 말았다. 따라서 고니시 유키나가(小西行長)가 비록 평양을 빼앗았다고는 하나, 그 형세가 외롭게 되어 감히 더 전진하지 못하였다.

또한 이 승리로 인하여 국가에서는 전라, 충청도를 보전하였고 나아가서 황해도와 평안도의 연해지역 일대까지 보전할 수 있었으며, 군량을 조달하고 호령(號令, 명령)을 전달할 수 있었기 때문에 국가 중흥이 이룩될 수 있었다.』

구한말 고종황제의 미국인 고문이었던 헐버트는 이 한산도 대첩에 대해 이렇게 말한 바 있다.

"이 해전이야말로 조선의 살라미스 해전(Battle of Salamis, BC 480년 9월 23일, 그리스 연합군과 페르시아군 사이에 벌어진 해전)이라 할 수 있으며, 도요토미의 조선 침략에 사형선고를 내린 것이다……."

한산도 앞바다에서 일본 수군을 섬멸한 이순신과 이억기, 원균은 안골포(安骨浦 ; 진해시 안골동)에 일본 수군의 함선들이 머무르고 있다는 보고를 받고 7월 10일 새벽, 다시 일본 수군을 공격했다.

이때 안골포에 있던 일본 수군의 함선들은 모두 42척으로서 수군장 구키(九鬼嘉隆)와 가토(加藤嘉明)가 이끄는 제2의 수군 부대였다.

조선 수군은 여러 차례에 걸쳐 이들 왜선들을 포구 밖으로 유인하려 하였으나, 겁에 질린 일본 수군은 쉽게 응하지 않았다. 그러자 전라좌수사 이순신은 작전 계획을 바꾸어 학익진을 펴며 먼저 공격을 시작했고, 경상우수사 원균이 그 뒤를 따랐다. 전라우수사 이억기는 포구 바깥에 진을 치고 대기하고 있다가 전투가 시작되자 곧바로 가담하여 싸웠다.

이 해전이 바로 안골포해전(安骨浦海戰)이며, 하루 동안 계속된 이 해전에서 일본 수군 250명이 사살되고, 나머지는 뭍으로 도망쳤다.

안골포해전은 한산도 대첩의 승리와 함께 일본 수군의 주력부대를 쳐서 격멸했다는 데 의의가 있으며, 두 차례에 걸친 이 해전에서 조선 수군이 크게 이김으로써 일본 수군 전체가 사실상 궤멸 상태에 빠지고 말았다.

이와 함께 일본 수군의 제해권이 완전히 상실되면서 육상에 있던 왜군 전체가 마비 상태에 빠짐으로써 평양까지 진출했던 고니시 유키나가의 군대는 더 이상 전진할 수 없는 결과도 초래되었다.

제해권을 조선 수군에게 완전히 빼앗기게 되자, 도요토미 히데요시는 일본 수군 장수들에게 더 이상의 해전은 하지 말도록 지시하는 한편 거제도에 성을 쌓고 그곳에 웅거하면서 기회를 보아 육지에서 조선 수군을 쳐부수는 작전을 모색하라는 명령을 내렸다.

이렇게 되자 왜군은 서해를 이용하여 군수품과 보충 병력을 한양 방면으로 수송하려던 계획 또한 접을 수밖에 없었다. 곡창지대인 호남을 점령하여 군량을 현지에서 조달하려던 계획 또한 이룰 수 없게 되었다.

진액(津液) 부족과 청서익기탕(淸暑益氣湯)

선조가 머무르고 있던 의주 성(城) 북쪽의 제일 높은 봉우리에는 고려 초기에 지어진 통군정(統軍亭)이란 정자가 하나 있었다.

이 통군정에 오르면 압록강 일대가 한눈에 내려다보일 뿐만 아니라 저 멀리 서쪽으로는 양포 일대가 바라다보였고, 남쪽으로는 석숭산과 백마산 일대의 크고 작은 산봉우리들이 한눈에 들어왔다. 그리고 강 건너편으로는 중국 땅이 손에 잡힐 듯 가깝게 보였다.

왜군에 쫓겨 멀리까지 피난 온 자신의 처지가 한탄스러웠던 것일까. 아니면 자신의 뜻과는 달리 강을 건너 요동으로 갈 수 없는 것이 너무도 서럽고 안타까웠던 것일까.

선조는 의주의 용만관에 머무르는 동안 간혹 신료들이나 어의 허준 등을 대동하고 용만관 북쪽에 있는 통군정에 올라 압록강과 그 건너편에 있는 중국 땅을 바라보며 눈물을 지었다.

어느 여름날 저녁, 이날도 선조는 신료 두 사람과 어의 허준 등을 대동하고 통군정에 올랐다. 통군정에 오르니 유난히 밝은 달빛이 흘러내리며 통군정 일대를 환하게 비쳤다.

선조는 이때 저 아래 어둠 속에서 흐르는 압록강과 강 건너에 희미하게 보이는 중국 땅을 한참 동안 말없이 바라보다가 갑자기 큰 소리로 통곡하는 것이었다. 그리고 얼마 후, 선조는 착잡한 심정이 되어 이런 시를 지었다.

나라가 어지러운 이때에
관산에 달을 보니 통곡이 나네.
압록강 바람에 이 마음 상하는구나.
조신들은 오늘날이 있는 다음에도
또다시 서인이니 동인이니 하리오?

斷事蒼惶日　痛哭關山月　단사창황일　통곡관산월
傷心鴨水風　朝臣今日後　상심압수풍　조신금일후
寧復更西東　　　　　　　영복갱서동

나라는 지금 어지럽고 자신의 심경은 외롭고 착잡하기만 한데, 조정의 신하들은 여전히 서인이니, 동인이니 해 가며 당쟁만 일삼고 있는 현실이 너무나도 슬프고 안타까웠던 것일까.

그날 밤, 선조를 용만관에 모셔 드리고 난 허준도 왠지 마음이 착잡하여 잠이 오지 않았다. 허준은 용만관 옆에 있던 자신의 거처 툇마루에 홀로 앉아 평양성에서 가져온 황정차

(黃精茶 ; 둥굴레를 끓인 차)를 마시며 그 구수한 차향(茶香)
을 음미했다. 그러면서 마당에 가득 쏟아져 내리는 밝은 달빛
을 바라보고 있었다.

그때 용운이 달려와 절하며 말한다.

"전하께서 찾으시옵니다."

허준은 급히 자리에서 일어나 선조가 있는 용만관으로 향
했다.

"이런저런 번민이 많아서 그런지 정신이 혼미하고 잠이
안 오는군. 게다가 마음과 기운이 어둡고 기력이 없네. 땀과
갈증도 많이 나고 입맛도 통 없고⋯⋯오늘 통군정에 다녀와
서는 더욱 그런 것 같네."

선조는 허준을 보자 힘없는 목소리로 이렇게 말한다.

그러잖아도 허준은 좀 전에 통군정에서 선조가 통곡하는
모습을 보면서 그의 기운이 요즘 많이 쇠약해진 것을 느꼈다.
뿐만 아니라 선조가 최근 여름철이 되어 날씨가 더워지면서
원기도 많이 떨어지고 몸이 허해지며 근심과 더위로 인해 잠
을 설치는 날이 많다는 것도 알고 있었다. 게다가 선조가 요
즘 쉽게 짜증을 내는 모습도 자주 보아왔던 터였다.

허준은 선조의 말을 듣고 나자, 걱정스런 얼굴로 선조를 진
맥했다. 그런 다음 선조에게 조심스럽게 아뢴다.

"전하, 송구스러운 말씀이오나, 육부(六腑)에 모두 미열

(微熱)이 있고, 심(心)·신(腎)·위(胃)가 조금 허하고 허열
(虛熱)이 약간 있으며, 진액(津液)이 많이 마른 것 같사옵니
다. 식욕이 없으신 건 중기(中氣)가 다소 손상되었기 때문이
옵니다."

선조는 최근 평소 지니고 있던 허열 때문인지 차가운 음식
을 자주 들었는데, 허준은 이것이 선조의 가뜩이나 약한 비위
의 기능을 더욱 약하게 하고 속을 냉하게 만들었을 것이라는
생각이 들었다.

그래서 허준은 선조에게 이런 말을 덧붙인다.

"요즈음 날씨가 덥고 식욕이 없으시더라도 찬 음식은 될
수 있는 대로 멀리하소서. 속이 차가워지면 중기가 약해지고
위의 기능이 떨어져 식욕이 더욱 없어지고 기력 또한 떨어집
니다."

선조를 진맥하고 난 허준은 도성 한양을 떠난 이후 선조의
진액이 계속 말라가는 것이 무엇보다도 걱정되었다. 만일 진
액이 많이 마르거나 인체 내에서 진액이 제대로 순환하지 못
하면 한증(汗證)과 담음(痰飮), 조증(燥症), 갈증 등 여러 가지
병이 생길 가능성이 크기 때문이었다.

한방에서는 예로부터 진액이 인체의 오장육부를 비롯한 여
러 기관과 조직에 영양분을 공급하면서 이들 기관과 조직들
이 서로 원활하게 활동하도록 하고, 생리적 기능이 정상적으

로 유지되도록 하는 역할도 하는 것으로 여기며, 이를 아주
중요시해 왔다.

진액이란 우리 인체 내에 존재하는 모든 체액을 통틀어서
일컫는다. 다시 말해 우리 몸 안에 있는 일정한 계통을 따라
순환하거나 필요에 따라 배출되는 분비물, 즉 피·땀·콧
물·눈물·침·가래·정액·임파액·조직액 등 모든 체액이
다 진액에 속한다.

한방에서는 특히 눈물과 땀, 입 밖으로 흐르는 침, 입 안에
고여 있는 침, 콧물 등 다섯 가지를 「오액(五液)」이라 하며,
이 가운데에서도 땀을 가장 중시한다.

그런데 진액이란 말은 마치 한 단어인 것처럼 붙어 다니지
만, 본래는 「진(津)」과 「액(液)」 두 가지로 나뉘어 있던 것
이 하나로 합쳐진 말이다.

「진」은 원래 땀구멍이 열렸을 때 밖으로 축축하게 스며
나오는 것을 말하며, 피부 주위의 조직에 공급되는 수분을 뜻
한다. 만일 우리 몸에서 진이 많이 빠져나가게 되면 피부 조
직에 수분이 부족해져 땀구멍의 개폐가 원활하지 못하게 되
면서 땀을 많이 흘리게 된다.

「액」은 뼛속으로 스며들어가 뼈의 굴신(屈伸)이 잘 되도
록 하고 뇌수(腦髓)를 좋게 하여 피부를 윤택하게 하는 것을
말한다.

한방의 옛 의서들을 보면, 진액을 「진」과 「액」 두 가지로 구분하여 설명하고 있는데, 「진」은 양(陽)에 속하고 비교적 맑고 멀거며, 위기(衛氣 ; 피부와 주리腠理 등 몸 겉면에 분포된 양기陽氣를 말하며 위양衛陽이라고도 한다)와 함께 피부·근육에 분포되어 피부와 근육을 온양(溫養)하고 촉촉하게 하는 역할을 한다고 했다.

이에 비해 「액」은 음(陰)에 속하고 비교적 탁하며 걸쭉하고 영혈(營血)과 함께 관절·뇌수·눈·귀·코·입 등 칠규(七竅)에 분포되어 축축하게 하고, 자양하는 역할을 하는 것으로 보았다.

또한 옛 의서들에서는 「진」과 「액」은 서로 영향을 주는 것은 물론 서로 이전되며, 기후의 변화에 따라 몸이 그에 적응되도록 조절하는 역할을 할 뿐만 아니라, 몸에서 음양의 상대적 균형을 유지하는 중요한 작용도 한다고 했다.

옛날에는 음식물을 먹은 다음 위(胃)·비(脾)·폐(肺)·삼초(三焦) 등 장부의 작용에 의하여 생기는 영양물질을 가리켜 진액이라고도 했다.

몸 안의 체액과 그 대사물질을 가리켜 진액이라고도 했는데, 특히 땀과 소변의 배설은 몸 안의 진액을 조절하는 데 중요한 역할을 하는 것으로 보았다.

허준은 진액을 대장과 소장에 관련지어 살피며 그의 《동의보감》에서 이렇게 설명하고 있다.

『진은 대장이 주관하고, 액은 소장이 주관한다.

대장과 소장은 위(胃)로부터 영양분을 공급받아 진액을 위쪽으로 올려 피모(皮毛)에 공급하여 땀구멍을 튼튼하게 해준다.

음식을 잘 조절하지 못해 위기(胃氣)가 부족해지면 몸의 진액이 말라버린다. 대장과 소장이 받아들일 것이 없어지기 때문이다.』

진액의 이론적 기초와 관련하여 《동의보감》에서는 중국 송나라 신유학(新儒學 ; 중국 송나라 때 발흥한 유가의 새로운 학풍을 일컫는 말)의 창시자인 정자(程子, 1033~1107)와 주자(朱子, 1130~1200)의 주기론적 자연관을 수용하여 이들이 제시한 수(水)의 개념으로 인체 내의 진액을 살피고 있다.

일찍이 정자는, 『만물의 시원은 수(水)』라 하였고, 주자는 『음과 양이 합쳐져 생기는 초기의 것은 수와 화(火)이며, 이 둘은 모두 기(氣)다.』라고 한 바 있는데, 허준은 이러한 주장들을 받아들여 자신의 《동의보감》에서, 『기가 모이면 진액이 생긴다(積氣生液).』라고 했던 것이다.

그런데 『기가 모이면 진액이 생긴다』는 것은 마음의 동요와 관련이 깊다. 즉 마음이 전혀 동요하지 않은 상태는 아

직 음양이 분리되기 이전의 태극으로 아무것도 낳지 않으나,
만일 탐욕이 동하면 침이 고이고, 슬픔이 동하면 눈물이 흐르
고, 부끄러움이 동하면 땀이 나오고, 성욕이 동하면 정액이
생기는 것으로 본다.

《동의보감》에서는 또한 우리 인체가 수행하는 기능을 오
장(五臟)에 귀속시켜 설명하는데, 이를테면 간이 시각 기능을
담당하고, 심장이 후각 기능을 담당한다고 보는 것 등이 그
예이며, 인체의 진액 대사를 담당하는 장기는 신(腎)인데, 신
은 오장에 진액을 나누어주고 필요에 따라 이를 변화시키는
역할을 하는 것으로 판단한다.

또한 오장에 전달된 진액은 장부마다 다른 모습으로 바뀌
는 것으로 보고 있다.

즉 간에서는 눈물이 되고, 심장에서는 땀이 되고, 비(脾)에
서는 입 밖으로 흐르는 침이 되고, 폐에서는 콧물이 되고, 신
(腎)에서는 입안에 고여 있는 침이 된다는 것이다.

《동의보감》에서는 눈물과 콧물, 땀, 침 등이 생기는 원인
과 만들어지는 과정에 대해서도 다음과 같이 설명하고 있다.

『눈은 주요 경맥이 모이는 곳이요, 진액이 올라가는 길이
며, 코는 기가 드나드는 곳이다. 슬퍼하거나 근심하면 마음이
움직이고, 마음이 움직이면 오장육부가 모두 움직여 주요 경

맥이 움직인다. 그렇게 되면 진액이 통하는 길이 열려 눈물과 콧물이 나온다.

땀이 나는 것은 인체의 습기와 열기가 서로 부딪쳤기 때문이다. 땀은 시루 속에서 증류하여 맺힌 액체로, 소주가 만들어지는 것과 같은 이치로 만들어진다.

입 밖으로 흐르는 침은 위 속에 생긴 열 때문에 생긴다. 이 열로 몸 안의 충(蟲)이 움직이고, 그 움직임 때문에 위가 늘어지면 침샘이 열린다.

입안에 고인 침은 치아 근처의 침샘에서 분비된다. 이는 인체의 생명수이므로 잘 보전하여야 한다.』

《동의보감》에서는 특히 『건강을 위해 함부로 침을 뱉지 말라.』고 강조하고 있는데, 그 이유는 입안에 있는 진액인 침을 아주 귀한 것으로 보기 때문이다. 그래서 《동의보감》에서는 이렇게 말한다.

『하루 종일 침을 뱉지 않고 입안에 머금고 있다가 다시 삼키면 정기가 늘 보존되어 얼굴과 눈에 광채가 돈다.』

사람의 몸에서 나오는 진액은 피부에서는 땀이 되고, 기육(肌肉)에서 혈액이 되고, 신(腎)에서는 정액이 되고, 입에서는 침이 되고, 비(脾)에서는 담(痰)이 되고, 눈에서는 눈물이 된다는 것이 한방적 견해인데, 이들 진액들 중에서 오직 침만 다시 삼킬 수 있다. 땀이니 혈액, 눈물, 정액 등은 한번 나와 버리면 다시 인체 안으로 되돌릴 수 없으나, 오직 침만은 되돌릴 수 있다는 것이다.

그런데 침은 삼키면 인체에 유익하게 작용하여 다시 분비된다. 그래서 허준은 《동의보감》에서 침을 삼키는 것을 회진법(廻津法)이라 하여 중요하게 여겼다.

예로부터 전해오는 선도(仙道)의 장생법 가운데 「연진법(燕津法)」이란 것이 있다. 「연진법」이란 아침에 일어나자마자 자기 입안에서 나오는 침을 될 수 있는 대로 많이 삼켜 체액을 자가 보충하는 방법인데, 선도에서는 이것을 불로회춘(不老回春)의 비결 가운데 하나로 여긴다.

옛 의서에도 다음과 같은 기록들이 보인다.

『옥천(玉泉, 침)을 자주 삼키면 무병장수하고 젊음을 되찾는다.』

『옥액(玉液 ; 옥천, 침을 말함)을 자주 삼키면 오장(五臟)을 윤택하게 하고, 뇌의 기능이 촉진된다.』

《동의보감》「잡병」편에는 이런 내용의 글도 실려 있다.

『곡식을 먹지 않고 흉년을 넘기는 법으로, 배가 고파 죽을

지경에는 침을 모아 하루에 360번 삼키면 좋다. 차츰 연습하
여 1,000여 번 삼키면 저절로 배고픔이 가신다.』

　그러나 우리는 흔히 침은 더러운 것이며, 입안에 고인 침은
얼른 뱉어 버려야 하는 것으로 알고 있다. 그래서 침을 삼키
지 않고 뱉어 버리는 사람들이 적지 않다. 특히 자고 일어난
아침에 입안에 고인 침은 더욱 불결하다는 생각에 일어나자
마자 침을 연거푸 뱉는 사람들도 있다. 심지어 침은 세균덩어
리라고 생각하는 사람들마저 있다.

　하지만 침은 정액이나 호르몬과 마찬가지로 정기(精氣)가
액화된 것이다. 더욱이 침에는 침샘에서 분비되는 파로틴이
란 성분이 있는데, 이 파로틴은 「노화방지 호르몬」이라는
별명을 가지고 있을 정도로 혈관 벽의 노화를 방지하는 데 아
주 좋은 역할을 한다.

　파로틴은 또 혈관의 신축성을 높여 각종 세균과 싸우는 백
혈구를 증가시키는 한편 치아 조직도 튼튼하게 해주고 당뇨
병의 발병과 진행을 억제한다. 그러면서 청소년들의 성장을
촉진하고 모발과 피부의 발육을 좋게 한다.

　이밖에도 침은 소화 작용을 돕고, 눈을 밝게 하며, 치아와
식도를 보호하고, 항균작용을 하며 입안을 깨끗하게 해주고,
면역력을 증강하는 등 좋은 역할을 많이 한다. 음식의 맛을

더욱 잘 느낄 수 있게 하는 작용도 한다.

그러나 파로틴의 분비를 촉진하기 위해서는 음식을 오랫동안 잘 씹어야 한다. 또 사과나 당근, 건포도, 샐러리 같은 식품들을 씹으면 파로틴이 많이 나온다. 틈나는 대로 입안에서 혀를 굴리거나 무설탕 껌을 씹어도 파로틴의 분비가 늘어난다. 단, 젤리 같은 찐득거리는 음식이나 단 음식은 피하는 게 좋은데, 그 이유는 이런 음식들이 충치를 유발하기 때문이다. 쥐포나 육포, 노가리, 마른 오징어 같은 질긴 음식도 치아 건강에 좋지 않다.

『사랑을 하면 젊어지고 예뻐진다』는 말이 있는데, 사실 사랑을 하면서 키스를 자주 하면 남녀 모두 침의 분비가 많아지며, 파로틴의 분비 또한 촉진되면서 보다 젊고 예뻐진다.

이런 것들을 보면, 허준이 건강과 미를 위해서라도 침을 뱉어 버리지 말고 꼭 삼키라고 한 것도 바로 이러한 이유에서였음이 입증된 셈이다.

또 이런 이유로 허준은 선조에게 이렇게 아뢴다.

"진액이 부족해지면, 옥체를 상하게 하옵니다. 그러니 우선 옥천(침)을 절대 뱉지 마시고 입안에 머금고 있다가 다시 삼키소서. 무릇 입속의 침은 금장옥례(金漿玉醴)라고 할 수 있을 정도로 소중한 것이오니, 하루 종일 밖으로 뱉지 않고 계속 삼키면 사람의 정기가 몸속에 보존되어 오장이 윤택해지며 얼굴에 광택이 납니다.

　중국 한(漢)나라 때의 괴경(蒯京)이란 사람은 나이가 120세가 되었어도 기력이 아주 왕성하였는데, 매일 아침 침을 삼키고 이를 악물어 마주치게 하기를 열네 번씩 하였다고 하옵니다."

　그런 다음 허준은 선조에게 청서익기탕(淸暑益氣湯) 류의 처방약을 지어 드리기로 했다. 창출(蒼朮)과 황기(黃耆)·승마(升麻)·인삼(人參)·백출(白朮)·진피(陳皮)·신국(神麴)·택사(澤瀉)·황백(黃柏 ; 술에 씻은 것)·당귀(當歸)·청피(靑皮)·맥문동(麥門冬)·갈근(葛根)·감초(甘草)·오미자(五味子) 등이 들어가는 청서익기탕이 지금 서병(暑病 ; 더위 타는 병, 더위로 인한 병)으로 인해 진액이 부족하고, 기가 허해져 기운이 없고, 갈증이 많이 나며 땀을 많이 흘리고, 번민이 많아 정신까지 혼미한 선조의 병세에 가장 적합한 처방약이라고 판단했기 때문이다.

　그러면서 허준은 선조가 땀을 많이 흘리는 것을 고려하여 그런 증세에 특히 좋은 약재인 황기를 약간 더 넣기로 하고는 용운을 불러 묻는다.

　"전하께 청서익기탕을 올려야겠는데, 여기 들어가는 약재들이 있겠느냐?"

　"속히 살펴보고 오겠사옵니다."

그러더니 용운은 평양성을 떠날 때 가지고 온 약재들을 살펴보고 난 후 황백과 청피만 없고 다른 약재들은 다 있다고 알려 왔다. 이에 허준은 용운에게, 있는 약재들을 가지고 청서익기탕을 정성껏 달여 오라고 지시하는 한편 오미자를 따로 차로 끓여서 가져오라고 했다.

오미자는 진액을 생성해서 갈증을 멈추게 하는 생진지갈 (生津止渴)의 대표적인 약재일 뿐만 아니라, 진액이 부족한 사람이 오미자차를 자주 마시면 진액도 보충하고 갈증도 해소되는 일석이조의 효과가 있기 때문에 진액이 많이 부족하고 갈증도 심한 선조에게 물 대신 수시로 들도록 하기 위해서 였다.

평양성 탈환

평양성을 점령한 왜군은 이상하게도 더 이상 북진하지 않고 있었다. 뿐만 아니라 왜군은 조승훈이 이끄는 명나라의 군사들을 격퇴하고서도 이들을 추격하지 않은 채 평양성에만 웅거할 뿐 순안, 영유 등 평양성에서 아주 가까이 있는 고을조차 침범하지 않았다.

이순신이 이끄는 조선 수군에 의해 서해와 남해에서의 제해권을 완전히 빼앗기고 왜군이 이미 점령한 지역들을 비롯하여 전국 곳곳에서 의병과 승병(僧兵)이 일어나 그들을 공격하고 있어 후방이 불안정해진 터라 왜군은 더 이상 앞으로 나아갈 수가 없었던 것이다.

왜군의 이 같은 동태를 파악한 조선군은 적의 병세(兵勢)가 떨어진 것으로 여겨 순안(順安)의 이원익(李元翼)과 강동(江東)의 이일(李鎰), 강서(江西)의 김응서(金應瑞)와 박명현(朴名賢), 대동강 수군(水軍)의 김억추(金億秋) 등이 평양 서윤(庶尹) 남부흥(南復興)이 모병한 2만여의 군사들을 이끌고 8월 1일 평양성을 공격하기 시작했다.

이것이 바로 평양성 3차 전투로서 이때 조선군은 군사를 셋으로 나누어 평양 서쪽과 대동강 입구, 그리고 중화(中和)의 세 방면에서 공격해 들어간다. 그리고 보통문 밖까지 진출하며 약간의 전과를 올렸다. 그러나 갑자기 왜군이 대대적으로 공격해 오자 조선군은 급히 후퇴해 버리고 말았다

이후 10월에는 다시 관군과 승병이, 그리고 11월에는 승병 단독으로 평양성을 탈환하겠다는 움직임이 있었으나, 이는 계획으로만 그치고 실행으로 옮겨지지는 못했다.

이처럼 왜군과의 싸움은 일진일퇴만 거듭할 뿐 교착상태나 다름없었다. 이는 후방이 불안정해진 왜군은 더 이상 진격할 수 없는 처지였고, 조선군 또한 전력이 왜군을 몰아낼 수 있을 만큼 강하지 못했기 때문이다.

이와 함께 왜군의 발을 평양성에 묶어두고 협상을 통해 왜군의 북진을 막고자 했던 명나라 측의 태도에도 그 이유가 있었다.

특히 명나라 조정에서는 유격장군 심유경을 조선에 급파하여 명나라의 대군이 조선에 출병할 때까지 외교적 교섭을 벌이며 시간을 끌어 일본군의 북진을 지연시키려는 속셈을 하고 있었다.

때문에 이 같은 목적을 가지고 조선에 온 심유경은 어떻게 해서든 평양에 주둔하고 있던 왜장 고니시 유키나가와 회담을 벌여 시간을 끌고자 애썼다.

명나라 측과 일본 측이 회담을 하게 되자, 고니시 유키나가는 심유경에게 대동강 이남의 조선 땅을 일본에 할양하라고 요구했다. 그러자 심유경은 이런 대답을 한다.

"우리 황제 폐하의 허락을 받기 위해서는 약 50일 간의 시간이 필요하오. 그러니 그때까지 휴전을 하는 것이 좋을 듯하오."

그러나 이 말은 실상 명나라의 대군이 파병되어 올 때까지 시간을 벌겠다는 것에 지나지 않았다. 그런데도 고니시 유키나가는 심유경의 이 같은 제의를 받아들이지 않을 수 없었다.

왜냐하면 왜군 측 또한 그동안의 지속적인 전투로 인해 부족해진 병사들을 보충하지 않으면 안 될 처지였을 뿐만 아니라, 부족한 전쟁 물자를 보급받기 위한 시간도 필요했기 때문이었다.

명나라와 일본의 이 같은 속셈은 서로 맞아떨어져 정전협정은 체결되었고, 이에 따라 9월 1일부터 50일 기한부로 잠정적인 휴전이 성립되었다.

휴전 중이던 10월과 11월에 조선의 일부 관군과 승병들은 힘을 합쳐 다시 평양성을 공격할 계획을 세웠다. 그러나 이러한 계획은 결국 실현되지 못하고 불발로 그쳤다.

그러다가 1592년(선조 25년) 12월 말에 압록강을 건너온 명나라의 대제독 이여송 휘하의 5만 병력은 이듬해인 1593년(선조 26년) 1월 초순, 평양성 근교까지 진출했다.

그러자 조선군 쪽에서도 이들 명군과 보조를 같이하여 1만여 명에 달하는 관군과 승병들을 모아 평양성 탈환작전에 투입하기로 했다.

이어 이여송이 이끄는 명군과 조선의 관군 8천여 명 및 승장(僧將) 휴정(休靜, 서산대사)과 유정(惟政, 사명당)이 이끄는 2천 2백여 명의 승병은 합세하여 평양성을 포위했다.

한편 왜장 고니시 유키나가는 조·명 연합군이 평양성을 공격하려 한다는 보고를 받자, 5천여 명의 병력을 인솔하고 황해도 봉산에 주둔하고 있던 제3군 구로다 나가마사(黑田長政)의 휘하 장수 오토모 요시무네(大友義統)에게 구원을 요청했다.

그러나 오토모 요시무네는 이를 거절하고 한양 방면으로 철수함으로써 평양성에 있던 왜군의 사기는 크게 떨어졌다.

1월 6일과 7일에 걸쳐 왜군의 동태를 살피며 탐색하던 조·명 연합군은 드디어 1월 8일 평양성을 공격하기 시작했다. 이때 이여송은 자기 휘하의 모든 장수와 군사들을 지휘하며 이들의 사기를 북돋기 위해 이렇게 외친다.

"후퇴하는 자는 누구를 막론하고 목을 벨 것이다. 그러나 가장 먼저 성에 오르는 자에게는 은(銀) 50냥을 줄 것이다."

평양성을 공격하기 위해 모인 명군 가운데는 공성(攻城)에 꼭 필요한 대포와 대포알, 화약무기 등을 갖춘 포병부대도 포함되어 있었는데, 이 둘은 중국 남부의 절강성과 복건성에서 데려온 병사들로서 남병(南兵)이라 불렀다.

평양성 공격이 시작되자, 이들 남병의 포병부대가 먼저 평양성을 향해 집중적으로 포를 쏘아댔다. 그런 다음 기병과 보병이 모란봉과 칠성문(七省門), 보통문, 함구문(含毬門)의 네 곳으로 나누어 함성을 지르며 공격을 개시했다. 사명대사가 이끄는 조선의 승병부대도 이 공격에 가담했다.

이에 맞선 왜군은 휴전 기간 동안 평양성을 그야말로 난공불락(難攻不落)의 요새로 바꾸어 놓고 대비하고 있었다. 모란봉에만 무려 2천여 명의 조총부대가 배치되어 총구를 성 밖으

로 내놓은 채 공격해 오는 조·명 연합군을 향해 총탄을 마구
퍼부었다.

조·명 연합군과 왜군의 전투는 처절할 정도로 격렬했으
며, 양측 모두 많은 사상자가 발생했다. 성벽 위에서는 치열
한 육박전도 벌어졌다. 명나라의 유격장군 오유충(吳惟忠)은
왜군이 쏜 탄환에 맞았음에도 불구하고 후송을 거부하며 군
사들을 독려했다.

대제독 이여송은 자신이 타고 있던 말이 적의 탄환에 맞아
죽자 얼른 다른 말로 갈아타고는 군사들을 지휘해 사기를 올
렸다. 하지만 이때 조선군 8천여 명은 남쪽 함구문에서 일본
군의 매복에 걸려 상당한 손실을 입었다.

이런 가운데 조·명 연합군은 다양한 화포로 평양성 문과
성벽을 집중적으로 포격한 다음 성문을 부수고 성벽을 넘어
성안으로 돌진했다. 이일과 김응서가 이끄는 조선군은 함구
문으로 조용히 접근하여 방심하고 있던 왜군들을 갑자기 공
격하여 왜군의 방어망을 무너뜨리고 성안으로 돌입했다.

곧이어 조·명 연합군은 평양성의 외성(外城)을 점령하고
중성(中城)으로 돌입하면서 왜군을 만수대와 을밀대 방면으
로 밀어붙였다. 왜군은 견디지 못하고 연광정(練光亭)의 토굴
로 쫓겨 들어가 저항했다.

격렬한 전투가 계속되면서 양측의 사상자가 엄청나게 늘어

나자, 이여송은 고니시 유키나가에게 이런 제안을 보냈다.

『더 이상 대적하지 않고 조용히 물러서겠다면, 퇴로(退路)는 열어 주겠다.』

막심한 피해를 입고 더 이상 승산이 없지 않은가. 게다가 싸울 만한 무기도 떨어져 가고, 군량도 바닥나지 않았는가. 원군도 오지 않을 것이다.

이렇게 판단한 고니시 유키나가는 이여송의 제의를 받아들였고, 이여송은 약속대로 공격을 멈춘 후 평양성에서 물러나와 왜군의 퇴로를 열어 주었다.

그러면서 이여송은 조선군에게도 더 이상 왜군을 공격하지 말고 퇴로를 열어 주라고 명령한다. 그러나 일부 명나라 군사들과 조선군은 이에 반발했다.

궁지에 몰린 왜놈들을 왜 그냥 살려 보낸단 말인가. 이에 명군의 참장(參將) 이녕(李寧)은 이여송 몰래 군사 3천여 명을 이끌고 왜군을 추격하여 358명을 사살했다.

또한 이때 유성룡은 황해도 방어사 이시언(李時言)과 조방장 김경로(金敬老)에게 달아나는 왜군을 추격하여 사살하라는 밀령(密令)을 내렸다. 그리고 이들은 달아나는 왜군을 급습하여 총 530여 명의 왜군을 죽였다.

왜장 고니시 유키나가는 일부 살아남은 군사들을 이끌고

대동강 얼음 위를 건너 달아났는데, 이들이 중화와 황주를 거쳐 다음날 봉산에 이르러 보니, 그곳에 주둔하고 있던 왜군은 이미 도망가고 없었다.

이들 왜군은 다시 용천과 배천을 거쳐 한양으로 철수했으나, 이 과정에서 병력은 어느새 6천여 명으로 줄어들어 있었다. 주·야간에 걸쳐 3일 동안 계속된 혈전 끝에 왜군은 1만 5천여 명의 병력 가운데 거의 1만 명이나 되는 전사자들을 버려두고 퇴각했던 것이다.

이로써 평양성은 왜군에게 함락된 지 7개월 만에 조·명 연합군에 의해 탈환되었다. 또한 평양성 탈환을 계기로 조·명 연합군은 전세를 역전시켜 전쟁의 주도권을 장악하게 되었으며, 조·명 연합군의 공세에 밀려 평양성을 빼앗기고 후퇴해 온 왜군은 모두 한성에 집결하여 방어에만 총력을 기울이게 되었다.

평양성을 탈환했다는 소식이 전해지자, 선조는 몹시 기뻐하며 허준과 이공기에게 속히 평양성으로 가서 부상당한 조·명 연합군을 치료해 주라는 명을 내렸다.

이에 허준과 이공기는 일부 신료들과 함께 급히 평양성으로 달려갔다.

평양성 근처에 이르자, 화약 냄새, 불타는 냄새 등과 함께 악취가 심하게 났다. 3일 동안의 싸움에서 죽은 수많은 시체들이 썩으며 나는 냄새였다. 피비린내도 진동했고, 부상자들의 신음 소리도 곳곳에서 들려왔다.

얼마나 많은 사람이 죽었는지 평양성 내외에 시체가 없는 곳이 없었다. 어떤 곳에는 시체가 산더미처럼 쌓여 있었다. 일본군 1만 명과 명군 수천 명, 그리고 조선군 수백 명이 죽었으니, 어찌 이렇지 않겠는가.

각종 화포와 불화살 등에 맞아 성중의 민가는 반 이상 불타 버렸고, 수많은 가옥과 성문, 성벽 등도 무너져 내렸다.

너무도 처참한 광경에 허준은 넋 잃은 사람처럼 한동안 멍하니 서 있었다. 하늘은 차고, 날은 저물어 가고, 삭풍(朔風)이 세차게 불어 왔다.

그 차가운 바람이 뼛속까지 스며들었지만, 허준은 추운 줄 몰랐다.

그날 밤, 죽은 이들의 시신을 덮어 주려는 듯 하늘에서 백설(白雪)이 분분히 내렸다.

— 《허준》 卷 一 끝 —

허준 & 동의보감 卷一

초판 인쇄일 / 2019년 5월 15일
초판 발행일 / 2019년 5월 20일
★
지은이 / 이철호
펴낸이 / 김동구
펴낸데 / 圖書出版 明文堂 (창립 1923년 10월 1일)
　서울특별시 종로구 윤보선길 61(안국동)
　우체국 010579-01-000682
　☎ (영업) 733-3039, 734-4798
　　(편집) 733-4748
　　FAX.　734-9209
e-mail : mmdbook1@hanmail.net
등록 1977. 11. 19. 제 1-148호
★
ISBN　979-11-90155-01-4　　04810
　　　979-11-90155-00-7 (세트)
★
값 15,000 원 (낙장이나 파본은 구입하신 서점에서 교환해 드립니다.)